Angelika Schrobsdorff

*Von der
Erinnerung
geweckt*

Deutscher Taschenbuch Verlag

Für Ils'chen – in Liebe

Originalausgabe
April 1999
© 1999 Deutscher Taschenbuch Verlag GmbH & Co. KG,
München
Umschlagkonzept: Balk & Brumshagen
Umschlagfoto: Lajos Keresztes
Satz: KCS GmbH, Buchholz/Hamburg
Gesetzt aus der Berling 10,5/12,75˙ (QuarkXPress)
Druck und Bindung: Kösel, Kempten
Gedruckt auf säurefreiem, chlorfrei gebleichtem Papier
Printed in Germany · ISBN 3-423-24153-5

Inhalt

Vorwort	7
Warum?	9
Ein schwieriges Kind	25
Ulitza Murgasch	45
Trink, trink, Brüderlein trink …	50
Von der Erinnerung geweckt	61
Hadera	75
Die Schreibmaschine von Professor Mandelbaum	86
Libbys Selbstverwirklichung	110
Die schönsten Jahre einer Frau	154
La vie en rose	161
Nick	170
Mein Jerusalem	175
Die Aktion	207
Stille Nacht in Bethlehem	219
Frieden	232

Vorwort

Die hier gesammelten Erzählungen habe ich bis auf drei – ›Mein Jerusalem‹, ›Hadera‹ und ›Von der Erinnerung geweckt‹ – nicht zur Veröffentlichung geschrieben. Ich schrieb sie impulsiv, sozusagen aus dem Bauch (um nicht zu sagen aus dem Herzen), versuchte den Knoten eines Schmerzes zu lockern, Wut abzulassen, einen Menschen und dessen sonderbare Handlungen und Reaktionen zu begreifen, mich mit der Schilderung einer komischen Situation zu erheitern.

Ich kann über vieles, was mir passiert ist, nicht sprechen, weinen schon gar nicht, lachen selten. An der Schreibmaschine kann ich das alles. Sie ist für mich das, was für andere der Beichtvater war und der Psychotherapeut ist. Sie wird geradezu menschlich, wenn ich sie einschalte, meine Finger auf ihre Tasten lege und sie schnurren höre. Sie ist bereit, mich auf meinen Wanderungen in die Vergangenheit oder in die Psyche eines Menschen, durch eine Landschaft oder eine Stadt zu begleiten.

Als ich die Erlösung, die ich durch das Schreiben erfuhr, zum ersten Mal entdeckte, war ich vierundzwanzig Jahre alt. Mein Vater war kurz zuvor gestorben, und damit hatte ich den letzten Halt, den letzten geliebten Angehörigen verloren. Ich lebte in München, und es ging mir seelisch und körperlich sehr schlecht. Warum ich in dieser Situation auf den Gedanken kam, mich in die bayerischen Wälder und dort in eine Pension, die wie ein Knusperhäuschen aussah, zu verkriechen, weiß ich nicht mehr. Vielleicht suchte ich die totale Einsamkeit oder den Grund für das, was mich veranlaßt hatte, sie zu suchen. In einer meiner vielen schlaflosen Nächte, in der mich die tiefgezogene Holzdecke buchstäblich zu erdrücken drohte, fand ich ihn. Ich nahm Schreibblock und Stift und begann zu schreiben. Ich schrieb wie in Hypnose, vielleicht auch mit dem sechsten Sinn, schrieb mich zurück zu jenem entscheidenden Punkt, dem »Punkt ohne Wiederkehr«. So entstand meine erste Geschichte: ›Warum?‹ Sie ist Keimzelle und Leitmotiv vieler meiner Bücher geworden.

Von da an wurde das Schreiben zu einer Art Droge, ein Beruhigungs- oder Schmerzmittel, ein Antidepressivum, in manchen Fällen eine Ecstasy-Pille. Damit konnte ich mich bis zum heutigen Tage über Wasser halten.

Als ich diesen Erzählband zusammenstellte, in meiner vollgestopften Truhe Manuskripte sichtete und immer neue, längst vergessene Geschichten fand, war ich verblüfft.

Ich hatte keine so reichhaltige Produktion erwartet und schon gar nicht eine, die bis in die jüngste Gegenwart reichte. Es war, als hätte ich jahrelang Tag und Nacht vor mich hin geschrieben: Geschichten auf verblichenen, zerknitterten oder ganz neuen, bei Krawitz gekauften Seiten, manche bis zur Unleserlichkeit korrigiert, andere, die mir offenbar gefallen hatten, noch einmal säuberlich abgetippt; unordentliche, handgeschriebene Notizen in Dutzenden von Heften oder auf irgendwelchen herausgerissenen Zetteln, präzise Beschreibungen verschiedener Personen und Situationen, dicke Hefter mit nie beendeten Romanen. Delikte einer Süchtigen, die sich, wie groß auf einem Fetzen Papier stand, die Frage stellte: »Schreibe ich, um leben, oder lebe ich, um schreiben zu können?«

Angelika Schrobsdorff

Warum?

Es war das erste Mal, daß ich meine Mutter weinen sah. Sie lag auf dem Bett und schluchzte wie ein Kind, das sich sehr weh getan hatte. Ihre Hände waren zu hilflosen Fäusten geballt, und unter ihren geschlossenen Lidern quollen die Tränen hervor und liefen als eilige Bächlein in den geöffneten, verzerrten Mund hinein. Sie merkte nicht, daß ich im Zimmer stand, starr vor Entsetzen und unfähig, mich von der Stelle zu rühren. Dann wurde plötzlich die Tür aufgerissen und eine Freundin meiner Mutter stürzte herein, lief auf das Bett zu, kniete davor nieder und brach, indem sie ihr Gesicht in das Kissen grub, ebenfalls in Tränen aus. Da drehte ich mich um und rannte wie gejagt aus dem Haus.

Im Garten setzte ich mich ins Gras und eine unbestimmte Ahnung, daß von nun an das Leben ganz anders werden würde, stieg in mir auf.

Einige Stunden darauf ging ich zu meiner Mutter und fragte sie: »Mutti, warum hast du denn vorhin so geweint?«

Sie schaute mich zärtlich an und antwortete: »Das verstehst du nicht und sollst es auch noch lange nicht verstehen, meine Kleine.«

Da nahm die Ahnung die Form eines unheimlichen Schattens an, der mich auf Schritt und Tritt verfolgte.

Es vergingen vier Monate, ohne daß sich etwas Besonderes ereignete, doch dann eines Morgens erschien meine Mutter nicht zum Frühstück.

»Schläft Mutti noch?« fragte ich unsere Wirtschafterin, die gerade ins Zimmer trat.

»Nein, sie ist schon ausgegangen«, antwortete Elisabeth hastig und strich mir über das Haar.

»Ausgegangen!« rief ich. »Das glaube ich nicht!«

Ich wußte, daß Mutti nie zu so früher Stunde das Haus verließ, und kaum war ich allein, schlich ich mich zum Schlafzimmer meiner Mutter und öffnete vorsichtig die Tür. Noch ehe ich einen längeren Blick hineingeworfen hatte, fühlte ich, daß der Raum nicht mehr von ihr bewohnt wurde. Er war kalt, leer, tot! Und als ich meine Augen über die einzelnen Gegenstände des Zimmers gleiten ließ, wurde das Gefühl zur Gewißheit.

Das Bett war nicht mehr bezogen; vom Toilettentisch waren all die kleinen Fläschchen, Töpfchen und Dosen verschwunden; nirgends lag ein Taschentuch, ein Buch, ein Strumpf.

Mein Herz klopfte plötzlich wie wahnsinnig. Etwas würgte mich im Hals. Während ich auf den Schrank zuging, betete ich hastig immer wieder denselben Satz: Lieber lieber Gott, laß ihn nicht auch leer sein! Natürlich war er leer – gähnend leer!

Ich starrte fassungslos hinein und murmelte immer noch denselben Satz vor mich hin. Plötzlich sah ich in der hintersten Ecke eines Faches einen Handschuh liegen. Es war ein langer schwarzer Glacéhandschuh, der wie ein verängstigtes, zusammengeducktes Tierchen aussah. Das Würgen in meinem Hals wurde stärker. Ich ergriff den Handschuh und rannte aus dem Zimmer und zu meinem Vater.

»Wo ist Mutti?« schrie ich.

Er schien von meinem Ausbruch nicht überrascht, sondern nahm mich ruhig in den Arm und setzte mich auf sein Knie. Dann nahm er mir den zerknüllten Handschuh aus der Faust, legte ihn auf sein anderes Knie und strich ihn sanft und sorgfältig glatt.

»Du brauchst keine Angst zu haben, Angeli«, sagte er, »die Mutti ist nur wenige Schritte von hier entfernt, in derselben

Straße. Sie wohnt jetzt in der Pension vorne an der Ecke, weißt du.«

»Aber warum denn?« fragte ich verzweifelt.

»Ja, Kleine«, begann er unsicher und schaute hilflos auf den Handschuh hinab, »das verstehst du noch nicht.«

Da war sie wieder, dieselbe Antwort, und die Ahnung, in Form eines unheimlichen Schattens, wurde größer.

»Du kannst sie aber, wann du willst, besuchen«, fuhr mein Vater fort. Seine Stimme klang gequält, und das Lid seines linken Auges zuckte, wie immer, wenn er in Bedrängnis war.

»Und sie wird doch auch jeden Tag herkommen, nicht wahr?« fragte ich bittend.

»Ja, ja«, murmelte mein Vater ausweichend, doch an der Art, wie er es sagte, erkannte ich, daß es nicht stimmte.

Gleich darauf begleitete mich Elisabeth in die Pension. Meine Mutter schien vergnügt, ja geradezu übermütig zu sein. Sie sprach und lachte sehr viel und glaubte mich damit zu täuschen. Aber ich spürte instinktiv, daß sie unendlich traurig war.

Verschreckt schaute ich mich in dem altmodisch-düsteren Zimmer um, und die Frage: »Warum?« lag mir auf den Lippen. – Aber ich sprach sie nicht mehr aus.

Erst am Abend, als ich mit meiner um fünf Jahre älteren Schwester zu Bett ging, versuchte ich es noch einmal und sagte zögernd: »Bettina, weißt du eigentlich, weshalb Mutti nicht mehr bei uns wohnt?«

Sie warf mir einen schnellen, beunruhigten Blick zu, sprang dann hastig ins Bett, wühlte sich tief in die Kissen und brummte bitterböse und damit ihre Unsicherheit verratend: »Laß mich in Ruhe, ich bin müde und will schlafen.« Und dann nach einer langen Pause: »Schlaf gut, kleine dumme Gans.«

In dem letzten Satz, der grob klingen sollte, schwang ein verdächtiger Ton der Zärtlichkeit mit.

Wieder vergingen Wochen, und langsam kam der Frühling. Meine Mutter hatte seit jenem Tag, da sie in die Pension gezogen war, unser Haus nicht mehr betreten, und über meine Lippen war nie wieder eine Frage gekommen.

Ich gewöhnte mich auch an das neue Leben, das sich für mich zwischen unserem Haus und der Pension abspielte, doch der Schatten wich nicht von meiner Seite.

Eines Abends, als meine Schwester und ich schon im Bett lagen und auf den Gutenachtkuß unseres Vaters warteten, klingelte es plötzlich. Man hörte das Öffnen und Schließen der Haustür, kurzes Flüstern und gleich darauf eilige Schritte, die die Treppe heraufkamen. Meine Schwester und ich schauten uns fassungslos an – das war doch ... Im gleichen Moment wurde die Tür aufgerissen und Mutti stürzte herein. Wir schrien vor Freude und kugelten über die Betten ihr entgegen. Sie fing uns in ihren Armen auf und küßte uns atemlos.

»Meine Süßen«, stammelte sie immer wieder, »wie lange habe ich euch nicht mehr gute Nacht sagen können!«

Sie lachte und weinte. Mein Vater war an das Fußende des Bettes getreten. Sein Mund lächelte, während seine Augen sehr ernst blieben. Und plötzlich, noch in meiner Freude, wurde der unheimliche Schatten lebendig, und Angst breitete sich langsam und beklemmend in mir aus.

»Mutti«, sagte ich und klammerte mich fest an sie, »geh nicht wieder fort, bleib bei uns, bitte!«

Danach entstand eine Pause. Es herrschte Totenstille. Muttis Augen füllten sich mit Panik. Sie warf meinem Vater einen verzweifelten Blick zu.

»Legt euch jetzt mal beide schön in eure Betten«, begann Papa und versuchte das nervöse Zucken seines Lides zu kontrollieren. »Ich möchte euch etwas sagen.«

Er fing an im Zimmer auf und ab zu gehen, den Kopf leicht zur Seite geneigt, die Hände auf dem Rücken. So durchquerte er einige Male mit ruhigen, bedächtigen Schritten den Raum. Ab und zu griff er in seine Tasche und klimperte leise mit dem

Kleingeld. Oder er blieb stehen, legte die Hand fest über seine Augen und murmelte abwesend ein paar Worte. Dann nahm er die Hand wieder fort, schaute sich etwas erstaunt und fragend um, sagte kopfschüttelnd: »Tja« und nahm seine Wanderung wieder auf.

Wir kannten diese Gewohnheiten von ihm lange genug, um zu wissen, daß jedes Wort, jede Einmischung sinnlos gewesen wäre. In solchen Momenten hörte er nichts, sondern bereitete sich sorgfältig auf das zu führende Gespräch vor.

»Also, Tina und Angeli«, begann er endlich und schaute uns dabei fest an, »eure Mutter muß morgen früh verreisen.«

Kaum waren diese Worte ausgesprochen, so weiteten sich meine Augen in wildem Entsetzen und ich warf mich mit dem Aufschrei: »Nein!« nach vorne und meiner Mutter in die Arme.

»Ich hab gewußt, daß es so kommen wird«, murmelte sie verstört und hielt mich krampfhaft fest.

Bettina blieb starr und aufrecht im Bett sitzen und kämpfte tapfer gegen die Tränen an.

Mein Vater, so abrupt und stürmisch in seiner Rede unterbrochen, sagte: »Tja« und strich sich langsam und sinnend über die Stirn.

»Angelika«, fuhr er nach einer Weile fort, »sei vernünftig und mach es uns allen nicht noch schwerer. Deine Mutter muß zwar morgen verreisen, aber in einigen Tagen packen auch wir unsere Koffer und fahren ihr nach. Du, Bettina und ich. Und dann machen wir alle ein paar Wochen Ferien.«

»Na, siehst du, Angeli«, sagte meine Mutter, »ist das nicht schön?!«

»Herrlich!« rief Bettina, und es klang wie ein Stoßseufzer der Erleichterung.

Langsam nahm ich mein tränenüberströmtes Gesicht, das ich am Hals meiner Mutter verborgen hatte, hoch. Mißtrauisch blickte ich von einem zum anderen.

»Ist das auch bestimmt wahr?« wollte ich wissen.

»Es ist ganz bestimmt wahr!« versicherten mir meine Eltern wie aus einem Munde.

Tausend Fragen drängten sich mir auf, aber aus Angst, wieder keine Antwort darauf zu bekommen, schluckte ich sie hinunter. Ich fragte noch nicht einmal, wohin die Reise eigentlich ginge, ich wollte nur immer wieder bestätigt haben, daß wir auch wirklich bald, sehr bald, Mutti folgen würden.

»Ja, mein Mäuslein, ja«, sagte sie beruhigend unzählige Male, »ihr kommt sehr bald nach, und paß auf«, fuhr sie fort und versuchte dabei ein strahlendes Gesicht zu machen, »wie schön das dann alles wird!«

Sie legte mich behutsam ins Bett zurück, ging zu meiner Schwester und küßte sie. Bettina verlor nun doch noch ihre heroisch verteidigte Beherrschung und versteckte ihr Gesicht tief in den Kissen.

Als Mutti noch einmal an mein Bett kam, trat mein Vater dicht neben sie: »Du hast noch nicht gebetet, Angelika«, sagte er dabei ruhig zu mir.

Ich faltete mit kindlicher Sorgfalt die Hände und begann: »Vater unser, der du bist im Himmel ...«

In den nun folgenden Tagen wehrte ich mich verzweifelt gegen den ständig wachsenden Schatten. Die unbestimmte Ahnung, die an dem Tage, da ich meine Mutter zum ersten Male weinen gesehen hatte, aufgetaucht war, hatte sich in Gewißheit verwandelt. Das Leben war von jenem Moment an anders geworden – aber warum??

Nein, ich fragte nicht. Die einzige Frage, die ich mir gestattete, war: Wann fahren wir zu Mutti?

Man vertröstete mich, und aus den Tagen wurden Wochen. Ich wartete, und mit mir wartete der unheimliche Schatten. Wir warteten beide, zäh und geduldig.

Eine Woche vor unserer Abreise begannen die Vorbereitungen dazu. Es war für mich eine der schönsten und aufregendsten Zeiten. Ich war so glücklich, daß ich mich sogar kaum noch mit meiner Schwester zankte. Wir bekamen neue Kleider und Koffer in verschiedenen Größen, je mit A. S. und B. S. versehen.

Ich ging träumend durch die Gegend. Ob ich ein Kleid anprobierte oder einen Abschiedsbesuch machte, immer waren meine Gedanken bei der Reise. Ich malte sie mir in allen Einzelheiten aus und endete immer in einem Taumel von Glückseligkeit bei dem einen Punkt: der Ankunft in einem fremden Land und in Muttis Armen.

Am Morgen unserer Abfahrt geschah dann das, woran ich am wenigsten gedacht hatte.

Die Koffer standen in Reih und Glied; das Auto war startbereit; Bettina ging gemessenen Schrittes, streng darauf bedacht, ihre Erregung zu verbergen, vor dem Haus auf und ab; Papa, immer noch im Hemd, stand in der Mitte seines Zimmers und las tief versonnen, unter den verzweifelten Ausrufen unserer Wirtschafterin, in einer Akte. Der Zug ging in einer Stunde.

Bis jetzt hatte dieser Morgen für mich jeglicher Realität entbehrt. Wie eine Schlafwandlerin verfolgte ich alle Vorgänge, ohne sie jedoch in mir aufzunehmen, und während ich jetzt völlig abwesend in Papas Zimmer saß, fiel mein Blick durchs Fenster auf den Kastanienbaum.

Ich liebte diesen Baum, der meine Phantasie so oft zu stundenlangem Tagträumen angeregt hatte. Doch heute geschah nun gerade das Gegenteil. Er riß mich aus meinen Träumen heraus und führte mich mit einem Schlag in die Wirklichkeit zurück.

Ich kletterte von meinem Sessel herunter und ging in den Wintergarten, von wo aus ich dem Baum noch näher war. Dann öffnete ich ein Fenster und ergriff einen seiner dicht belaubten Zweige. Während ich die kühlen glatten Blätter durch meine Finger gleiten ließ, stand plötzlich drohend der geheimnisvolle

Schatten neben mir. Die ganze Woche über hatte er mir, im Wirbel der Ereignisse, Ruhe gelassen, aber jetzt übte er einen fast körperlichen Druck auf mich aus.

Wie ein Blitzschlag traf mich plötzlich die Gewißheit: Hierher werde ich lange nicht – vielleicht nie mehr zurückkehren. Im gleichen Moment überkam mich das bleischwere Gefühl der Hoffnungslosigkeit, und ich brach in heftiges Schluchzen aus.

Unser Hund, der den ganzen Trubel sowieso schon mit Mißtrauen verfolgt hatte, verlor durch mein Weinen jetzt völlig die Ruhe. Er kam in großen Sätzen auf mich zu, sprang an mir hoch und leckte mir tröstend die Hand. Ich beugte mich zu ihm hinunter, umarmte ihn stürmisch und murmelte: »Kleiner Flash, weißt du, daß wir uns vielleicht nicht mehr wiedersehen werden.«

Eine Träne fiel ihm auf die Nase, und er leckte sie schnell weg. Dann lachte er. Das tat er immer, wenn er ein schlechtes Gewissen hatte oder verlegen war. Im Augenblick war er offensichtlich sehr verlegen über meinen Gefühlsausbruch, denn er zeigte in einem besonders breiten Grinsen alle seine Zähne und verrenkte dazu seinen Körper auf akrobatische Art. Er hatte Erfolg, denn ich grinste zurück, und die schwarzen Gedanken verflogen.

Wir fuhren in ein Land, das Bulgarien hieß und auf dem Balkan lag. Ich hatte nie etwas davon gehört, aber Papa erklärte mir, während er mich, auf meinen Wunsch hin, in das obere Schlafwagenbett verfrachtete, daß es ein sehr schönes Land wäre.

»So schön wie Deutschland ist es sicher nicht«, meinte ich mit Nachdruck, »aber wir bleiben ja auch nicht zu lange dort!«

Mein Vater hatte alle Mühe, einerseits die Decke um mich zu wickeln und andererseits auf der wackeligen Leiter nicht die Balance zu verlieren. Er liebte solche gymnastischen Übungen nicht und sagte einige Male: »O la la!«

»Nicht wahr, Papa«, beharrte ich, »wir bleiben doch nicht zu lange dort?«

»Nein, nein, mein Kind, wir bleiben nicht zu lange«, sagte er und küßte mich.

Am nächsten Nachmittag kamen wir an.

Der Zug fuhr langsam in der Bahnhofshalle ein. Wir standen alle drei am offenen Fenster. Papa, wie es seine Art war, leise und versonnen vor sich hin murmelnd; Bettina, eisern darauf bedacht, ihre freudige Erwartung zu unterdrücken und ein gleichgültiges Gesicht zu zeigen; ich, atemlos, mit einer riesenhaften Puppe unter dem Arm.

Und dann ein lauter Aufschrei, und aus der wartenden Menschenmenge löste sich meine Mutter und rannte auf unser Abteil zu. Sie trug ein helles, geblümtes Leinenkleid, einen breitrandigen Strohhut und weiße Sandalen mit hohen Absätzen. Sie war sehr braun, sehr strahlend, sehr schön.

Während sie uns abwechselnd immer wieder in die Arme schloß und küßte, hingen meine Blicke gebannt an ihren Augen. Es waren die schönsten Augen, die ich je gesehen hatte, und in diesem Moment auch die seligsten. Es war das letzte Mal, daß ich diese Augen so glücklich sah.

Wir verbrachten einige Wochen in einem kleinen Ort am Schwarzen Meer. Das Wetter war fast unerträglich heiß; die Menschen laut und schwarz behaart; das Essen fett und scharf; das Hotel schmutzig. Darüber hinaus gab es Fliegen, unheimliche Schwärme von Fliegen.

Ich wäre unglücklich gewesen, wenn ich nicht seit langer Zeit zum ersten Mal wieder meine Eltern – beide – Mutti und Papa – bei mir gehabt hätte. Diese Tatsache ließ mich alles andere vergessen. Auch liebte ich das Meer und meinen kleinen verwahrlosten Esel, Florinka, den meine Eltern mir für die Zeit unseres Aufenthaltes gemietet hatten. Ich verbrachte den größten Teil des Tages am Meer, magnetisch angezogen von der Unendlichkeit des Wassers. Gegen Abend, wenn es etwas kühler wurde, holte ich Florinka von der Wiese und setzte das zerzauste Eselchen, mit Hilfe von Weidenrute, eindringlichem Zureden und vielen Stücken Zucker, in einen mürrischen Trott. Während Florinka faul dahinzockelte und ich unter meinem riesigen Strohhut hervor in die wilde, schöne Landschaft blickte, waren meine Gedanken in Deutschland.

Ich hatte Sehnsucht nach dem Land und nach unserem Leben dort – jenem Leben, in welchem Muttis Tränen noch keinen unheimlichen Schatten heraufbeschworen hatten.

Als der Sommer sich seinem Ende zuneigte, fuhren wir in die Hauptstadt des Landes und nahmen Zimmer im Grandhotel Bulgaria.

Ich jubelte innerlich, denn ich vermutete, daß es nun zurück nach Deutschland ginge. Aus einer eigenartigen unbewußten Furcht heraus fragte ich meine Eltern nicht, ob meine Vermutung stimme, sondern beobachtete nur scharf jede kleinste Veränderung und zog daraus meine eigenen Schlüsse. So wurde ich täglich viele Male zwischen Freude und Angst hin und her geworfen, denn sprach auch das eine für unsere baldige Abreise, so ließ mich etwas anderes das Gegenteil befürchten. Obwohl die Koffer nicht ausgepackt wurden – was ein gutes Zeichen war –, beunruhigte mich die gedrückte Stimmung meiner Eltern. Ich bemerkte, daß sie sich oft stundenlang leise miteinander unterhielten und bei meinem Erscheinen abrupt das Gespräch unterbrachen. Mit Mißtrauen beobachtete ich auch die häufigen Besuche vieler schwarzbehaarter Bulgaren, die sich, nachdem sie mich temperamentvoll begrüßt und, zu meinem Schrecken, abgeküßt hatten, mit meinen Eltern in ein anderes Zimmer zurückzogen.

Der Schatten schlich sich von Tag zu Tag näher an mich heran.

Eines Morgens, als wir gerade das Frühstück beendet hatten, sagte mein Vater zu mir: »Angeli, wollen wir heute zusammen einen kleinen Spaziergang machen?«

Ich sprang sofort auf: »O ja, Papa!« rief ich entzückt und fuhr dann eifrig fort: »Und vielleicht fahren wir auch ein bißchen mit einem Faiton, ja?«

Faiton hieß soviel wie Pferdedroschke und wurde in diesem Land an Stelle eines Taxis benutzt. Bei mir war Faitonfahren natürlich sofort zu einer großen Leidenschaft geworden. Die Wagen waren klapprig und altmodisch, die Pferde, wie im Zirkus, bunt mit Decken, Federbüschen und Ketten geschmückt; die Kutscher trugen selbst bei 40 Grad Hitze dicke rote Bauchbinden und Pelzmützen.

Papa erfüllte mir sofort meinen Wunsch, und so ließen wir uns nach bedächtigem Auswählen des schönsten Faitons auf dem Rücksitz desselben nieder und fuhren los. Kutscher und Pferde, stellte sich heraus, waren recht temperamentvoll, und als sich das schaukelnde Gefährt in wilde Fahrt setzte, sagte Papa einige Male nachdenklich: »O la la.« Er brachte es nicht fertig, mir, die ich mit strahlendem Gesicht stolz neben ihm saß, das zu sagen, was zweifellos bald gesagt werden mußte.

In der Nähe eines Parkes ließ er die Pferdedroschke anhalten, machte dem Kutscher durch Zeichen verständlich, er möge warten, und ging dann langsam, indem er mir die Hand auf die Schulter legte, auf die Anlagen zu.

»Meine Tochter«, sagte er nach einer Weile, »ich weiß, daß dich das, was ich jetzt sagen muß, traurig machen wird – aber ich kann nichts tun, um das zu verhindern. Es liegt nicht in meiner Macht, Angeli.«

Auf der anderen Seite ging jetzt der Schatten. Auch er legte eine Hand auf meine Schulter, und die war so schwer, daß ich mich gerne niedergesetzt hätte.

»Ja, Papa«, sagte ich matt.

»Ich fahre heute abend nach Deutschland zurück«, fuhr er

fort, »und du wirst mit deiner Mutter und Schwester noch eine Zeitlang hierbleiben müssen.«

»Wie lange, Papa?«

»Ich weiß es noch nicht genau, Kleine.«

»Ich mag Bulgarien nicht, Papa – und ohne dich wird es noch viel schlimmer.«

»Ich weiß, Angeli – aber denk an deine Mutter, sie braucht dich sehr.«

Wir gingen schweigend weiter, und ich bemühte mich krampfhaft, Papa zuliebe nicht zu weinen.

Dann sagte ich plötzlich langsam und deutlich: »Papa, kann ich es wirklich noch nicht verstehen?«

Er begriff mich sofort, blieb stehen und beugte sich zu mir nieder.

Sein Gesicht war unendlich gütig.

»Doch«, sagte er, »du könntest es schon verstehen, aber du würdest noch nicht damit fertig werden.«

Und während er sich wieder aufrichtete und mich bei der Hand nahm, fügte er noch hinzu: »Wir haben dich sehr lieb, meine Kleine, und wollen dir so viel wir können ersparen.«

»Gut, Papa«, sagte ich und grübelte darüber nach, was man mir wohl ersparen wollte.

Wir zogen in eine kleine häßliche Wohnung am Rande der Stadt. Das ganze Leben hatte sich nun endgültig geändert. Der Schatten lauerte in allen Ecken und jagte mir bei Tag und Nacht Furcht ein. Aus meiner Mutter war ein anderer Mensch geworden. Schaute man in ihre wunderschönen, dunklen Augen, in denen eine tiefe Schwermut lag, so wußte man, daß es für sie keine Hoffnung und keine Rettung mehr gab.

Der Winter kam, und ein öder grauer Tag glich dem anderen.

Ich hatte mir einen Kalender angefertigt, dessen Tage bis zum 22. Dezember gingen. Er hing über meinem Bett, und jeden Abend strich ich das betreffende Datum sorgfältig aus. Dann zählte ich nach, wie viele Tage noch übrig blieben.

»Warum geht denn dein Kalender nur bis zum 22. Dezember?« fragte mich eines Tages meine Mutter.

Ich schaute sie groß an.

»Aber Mutti«, sagte ich betroffen, »länger können wir doch gar nicht in Bulgarien bleiben!«

»Wieso?« fragte sie zerstreut.

»Weil am 24. Dezember Weihnachten ist, und weil wir da natürlich in Deutschland sein müssen, das weißt du doch!«

»Ja, du hast recht«, murmelte sie und ging schnell aus dem Zimmer.

Dieses Datum war für mich der einzige feste Anhaltspunkt in einer wankenden Welt geworden. Es war das einzige, woran ich nicht zweifelte – Weihnachten mit Papa und Mutti in Deutschland zu feiern.

Am Morgen des 22. Dezember stand ich am Fenster. Schnee fiel in dichten großen Flocken vom Himmel und löste sich auf der Straße in grauen Matsch auf.

Ich dachte an meinen Kastanienbaum und ob er vielleicht auch schon seine weiße Haube aufhatte.

Bis jetzt waren keine Anstalten zur Abreise getroffen worden.

Bettina saß hinter mir am Tisch und schrieb Briefe. Ich drehte mich langsam zu ihr um und fragte: »Wie viele Stunden braucht man eigentlich von hier bis nach Deutschland?«

Sie schaute mit gerunzelter Stirn unwillig von ihrer Tätigkeit auf und brummte: »Warum willst du denn das plötzlich wissen?«

»Weil übermorgen der 24. ist, du Schaf!« erwiderte ich ärgerlich.

»Na und?« meinte sie kopfschüttelnd und fügte dann noch hinzu: »Außerdem, werd nicht frech zu mir!« Damit beugte sie sich wieder über die Seite.

Auf einmal packte mich entsetzliche Angst. Ich setzte mich schnell auf einen Stuhl, und meine Blicke hingen starr an Bettinas Federhalter, der eifrig über das Papier kratzte.

»Bettina«, sagte ich schließlich verzweifelt, »übermorgen ist Weihnachten. – Weißt du denn nicht, daß wir an diesem Tag in Deutschland bei Papa sein müssen!?«

Jetzt ließ sie den Federhalter sinken und schaute mich entgeistert an. »Du spinnst wohl!« sagte sie.

»Ich spinne nicht«, schrie ich los und hämmerte mit den Fäusten auf den Tisch. »Du weißt es nur noch nicht, aber ich, ich ...«

»Angeli, schrei nicht so«, sagte sie plötzlich sehr ruhig und sah mich dabei besorgt an. »Wir dürfen gar nicht nach Deutschland; wir müssen hierbleiben.«

Ich versuchte zu schlucken, aber es ging nicht. Ich wollte mich bewegen, aber ich war wie gelähmt.

»Das ist doch nicht wahr, Bettina«, brachte ich endlich mühsam hervor.

»Doch, Angeli«, sagte sie sehr langsam, »es ist leider wahr!«

Den ganzen Tag über lief ich verstört herum. Aus den tausend wirren Gedanken, die durch meinen Kopf jagten, kristallisierte sich langsam wieder die alte Frage – wurde größer und größer, sprang mir aus allen Ecken entgegen, tobte in jedem Nerv meines Körpers: *Warum?*

Und trotz meines Sträubens zogen nun die Augenblicke, da dieses »Warum« so brennend in mir aufgetaucht war, an mir vorüber. Diese Augenblicke, die immer mit so viel Angst, Schrecken und Traurigkeit verbunden waren. Die in unser Leben eingegriffen, uns auseinandergerissen und unglücklich gemacht hatten. Die unsere kleine Welt, Schlag für Schlag, systematisch zerstört hatten. Und endlich kam ich zu der Überzeugung, daß diese Augenblicke unlösbar mit meiner Mutter verknüpft waren.

Jetzt war mein Entschluß gefaßt.

Mutti saß mit einem Buch in der Nähe des Ofens. Als ich eintrat, schaute sie kurz auf, lächelte und las dann weiter.

Ich setzte mich leise auf einen Stuhl ihr gegenüber und zerrte mit den Zähnen an einem Taschentuch, während ich keinen Blick von ihr wandte.

Sie sah sehr müde aus, und ihre Augen, von den schweren Lidern bedeckt, lagen in tiefen Höhlen. Sie war alt geworden, und all das Strahlende, Lebendige war aus ihrem Gesicht gewichen.

Ein wilder Sturm setzte in mir ein. In meiner Angst zerrte ich so heftig an dem Taschentuch, daß es zerriß. Es gab einen schrillen, durchdringenden Ton.

Mutti schaute erschrocken auf.

»Sag mal, Angeli, was machst du hier eigentlich?« fragte sie nervös.

Ich schluckte und gab keine Antwort.

»Was sitzt du denn da, wie vom Donner gerührt, und starrst mich an?« fuhr sie noch gereizter fort.

»Mutti«, sagte ich, nachdem ich noch einige Male geschluckt hatte, »ich muß dich was fragen.«

»Du siehst krank aus«, stellte sie jetzt fest, legte das Buch beiseite und deutete neben sich auf das Sofa: »Komm, setz dich zu mir!«

Ich ging zögernd auf sie zu und kauerte mich dann mit angezogenen Knien in die Ecke.

»Na, was gibt's denn«, fragte sie und schaute mich beunruhigt an.

Jetzt wirst du es gleich erfahren, dachte ich mir, und Panik überkam mich bei dem Gedanken. Jetzt muß sie dir eine Antwort geben. Ich nahm einen letzten großen Anlauf.

»Mutti«, begann ich leise, »bitte, bitte, sag mir endlich, was du Schlimmes getan hast.« Die letzten Worte waren nur noch ein Flüstern.

Meine Mutter starrte mich in maßlosem Erstaunen an. »Was meinst du denn, um Gottes willen, Angeli?« fragte sie.

»Du kannst es mir doch ruhig sagen«, stotterte ich jetzt hastig los. »Ich habe dich so lieb, daß mich nichts, gar nichts daran hindern kann, dich auch weiter so liebzuhaben. Du brauchst es mir deswegen nicht zu verheimlichen.«

Mutti schüttelte entgeistert den Kopf. »Angelika«, sagte sie, »ich begreife nicht, was du da redest. Was soll ich denn getan haben?«

»Das weiß ich doch eben nicht«, rief ich verzweifelt aus. »Aber warum, Mutti, warum ist seit Monaten alles so furchtbar anders geworden? Warum dürfen wir nicht wieder zurück nach Deutschland? Warum ist Papa nicht mehr bei uns? Du mußt doch etwas getan haben, sonst wäre nicht alles so schrecklich geworden!« Und damit brach ich in fassungsloses Weinen aus.

»Ach so«, sagte Mutti ganz still und nahm mich in ihre Arme. »Jetzt verstehe ich. Hör gut zu, mein Kleines, ich will es dir erklären. Ich habe nichts Schlimmes getan, aber weißt du, Angelika ...«

Ich habe keine Erinnerung mehr an die Worte, mit denen sie mir das Unerklärliche erklärte. Verstanden habe ich es nicht. Bis zum heutigen Tage. Das »Warum« ist geblieben.

(München 1951)

Ein schwieriges Kind

Mein Verleger sagte, mein Buch sei jetzt fix und fertig. Ob ich ein paar Exemplare haben wolle. »O ja, gerne!«
Ich versuchte, mir das Buch vorzustellen und das Gefühl, das ich haben würde, wenn ich es das erste Mal in Händen hielte. Man hatte mir viel von diesem Gefühl erzählt, und ich glaubte, es müsse ein wehmütig-stolzes, ein zärtliches, auf jeden Fall ein ganz erhabenes Gefühl sein.
Mein Verleger sagte, er würde mir am nächsten Tag zehn Exemplare ins Hotel schicken; so gegen elf Uhr. Ich könne natürlich auch zwanzig haben.
Die Vorstellung, zwanzig Exemplare meines Buches um mich herum liegen zu haben, war mir geradezu peinlich. »Nein, danke«, sagte ich deshalb erschrocken, »zehn genügen vollkommen.«
»Gut, gnädige Frau«, sagte mein Verleger, der ein sehr höflicher Mensch ist, »ich hoffe, Sie werden viel Freude an dem Buch haben.«
»Das hoffe ich auch«, sagte ich und dachte an die Aufbesserung meiner Finanzen.
Erst als ich den Hörer aufgelegt hatte, fiel mir ein, daß der Verleger eine ganz andere Freude gemeint haben könnte. Die Freude an dem Produkt zahlloser Stunden, die ich, Zigaretten rauchend, Tee trinkend, wütend, verzagt, verzweifelt, hinter der Schreibmaschine verbracht hatte. Die Freude, endlich dieses Buch, mein Buch, vor mir zu sehen. Aber daran hatte ich nicht gedacht!

Am nächsten Morgen ging ich schon früh auf Wohnungssuche. Ich war ganz bei der Sache, aber gegen elf Uhr wurde ich unruhig. Ich sagte dem Vermittler, der mich gerade auf die Vorzüge eines Müllschluckers aufmerksam machte, ich müsse jetzt ins Hotel zurück.

»Wollen sich gnädige Frau nicht noch den Kelleranteil ...«

»Nein, nein«, unterbrach ich ihn schnell, »Keller haben mich nie sehr interessiert. Ich muß jetzt wirklich ins Hotel zurück. Mir wird da nämlich etwas sehr Wichtiges zugeschickt.«

»Selbstverständlich, gnädige Frau«, sagte er und schloß die Tür ab, »ich möchte Sie nicht aufhalten.«

Eigentlich hatte ich ein bißchen gehofft, er würde mich fragen, was mir denn so Wichtiges zugeschickt würde. Aber nach ganz privaten Dingen zu fragen, durfte sich ein Wohnungsvermittler natürlich nicht erlauben.

Wir fuhren im Lift hinab. Der Vermittler schwieg und spielte mit dem Schlüsselbund. Er sah nicht dumm aus. Vielleicht sollte ich ihm doch eine Erklärung abgeben: die Wohnung interessiere mich sehr, aber mein Verlag – ein sehr guter, solider Verlag übrigens – schicke mir heute zehn Exemplare meines ersten Buches zu und darum müsse ich schnell ins Hotel zurück. Ja, diese Erklärung war ich ihm geradezu schuldig.

Ich öffnete schon den Mund, da sagte er: »Daß das WC nicht im Badezimmer ist, spricht für die gute Ausführung der Wohnung, gnädige Frau. In den meisten Neubauten befindet sich das WC ...«

Ich schluckte meine Erklärung hinunter. Er war so mit dem WC beschäftigt, daß ihn mein erstes Buch bestimmt nicht interessierte. Vielleicht würde er mich sogar für eine Angeberin halten, oder noch schlimmer, nach dem Inhalt meines Buches fragen. Gute Vermittler tun schließlich alles, um ihre Kunden zufriedenzustellen. Ich sagte also, das vom Bad getrennte WC hätte mich auch beeindruckt, und überhaupt sei die Wohnung sehr hübsch, und ich hoffte – der Satz rutschte mir einfach über die Lippen – dort mein zweites Buch in Ruhe schreiben zu können.

»Ruhe«, hakte er sofort geschäftstüchtig ein, »haben Sie bestimmt in dieser Wohnung. Die Lage ist ideal.«

Erleichtert stellte ich fest, daß er doch recht dumm aussah.

Als ich ins Hotel zurückkehrte, war es Viertel vor elf. Die Bücher waren noch nicht da. Ich sagte dem Portier, daß ich ein Paket von meinem Verlag erwarte. Er nickte abwesend, und deshalb klärte ich ihn auch gar nicht über den Inhalt des Paketes auf.

Ich ging in mein Zimmer hinauf und setzte mich aufs Bett. Nach einer Weile wurde mir das zu langweilig, und ich begann, meine Sachen im Schrank zu ordnen. Das Telefon klingelte, und ich dachte, »jetzt sind die Bücher angekommen«. Aber es war nur mein Anwalt. Da ich drei Monate verreist gewesen war, fragte er mich als erstes, wie mir die Reise gefallen habe und wie es mir gehe. Ich sagte, die Reise sei herrlich gewesen, es gehe mir gut, und abgesehen davon – fühlte ich mich verpflichtet zu berichten – warte ich gerade auf mein Buch.

»Was für ein Buch?« fragte mein Anwalt, der immer sehr zerstreut ist.

»Na, das Buch, das ich geschrieben habe!« sagte ich und lachte etwas verlegen. »Es soll ein richtiges Buch geworden sein. Gedruckt, gebunden, mit Umschlag und allem. Der Verlag schickt es mir heute.«

»Ich gratuliere«, sagte mein Anwalt, »hoffentlich wird es ein Bestseller.«

Bei dem Wort »Bestseller« wurde ich, wie immer, nervös. Ein Bestseller ist so selten wie ein Haupttreffer im Toto, und schon der Gedanke daran macht nervös. Ich begann schnell von geschäftlichen Dingen zu reden. Das Gespräch dauerte lange, aber als ich es beendet hatte, waren die Bücher immer noch nicht da. Es war halb zwölf. Um zwölf hatte ich eine Verabredung. Ich ging zum Portier und fragte, ob das Paket angekommen sei.

»Nein«, erklärte er streng, »ich hätte Sie ja sonst benachrichtigt.«

»Ach ja, natürlich«, sagte ich beflissen, denn Hotelportiers soll man nicht verärgern, »ich dachte nur …«

Ich schwieg und blieb unschlüssig am Empfang stehen.

»Haben Sie noch einen Wunsch?« fragte der Portier ungeduldig und zog die Brauen in die Höhe.

»O nein«, sagte ich schnell und lächelte ihn an.

Das Lächeln blieb unerwidert. Ich wandte mich ab und verließ das Hotel.

Auf der Straße wartete ich noch eine Weile, aber schließlich mußte ich ja zu meiner Verabredung. Ich schaute noch ein paarmal zurück, dann bog ich um die Ecke.

»Meine Bücher werden sicher sehr enttäuscht sein, wenn ich zu ihrem Empfang nicht da bin«, dachte ich.

Der junge Mann – er heißt Horst, aber der Name paßt glücklicherweise nicht zu ihm – saß im Schneideraum 4 und sagte: »Wo steckst du eigentlich?« – mit drohender Betonung auf dem »wo«.

Da ich mich nur zehn Minuten verspätet hatte, fand ich seine Empörung sehr übertrieben.

»Ich habe mich amüsiert«, sagte ich, »mit einem neuen Liebhaber.«

Solche Frivolitäten schätzte der junge Mann nicht – auch nicht im Spaß – und so war die Mißstimmung schon da, noch bevor ich mich neben ihn setzte. Er hantierte an einem Schneidetisch, und ich war beeindruckt, wie er kilometerlange Filmstreifen – die wie Schlangen aussahen und sich auch so benahmen – ruhig und sicher bändigte. Ich sagte ihm aber nicht, daß ich beeindruckt sei, denn jetzt war ich ebenso mißgestimmt wie er, und wenn ich mißgestimmt bin, leide ich, noch mehr als gewöhnlich, unter Föhn. Ich nahm an, es war Föhn. Ich seufzte tief.

»Fühlst du dich nicht gut?« fragte der junge Mann.

»Nein, ich fühle mich nicht gut.«

Er drückte mir eine Handvoll Vitamintabletten in die Hand, denn davon trägt er immer einen großen Frischhaltebeutel mit sich herum. Aber zugänglicher wurde er trotzdem nicht.

Wir schwiegen längere Zeit.

»Willst du mir nicht deinen neuen Film zeigen?« fragte ich schließlich.

»Kann ich machen«, sagte er und tat, als läge ihm nicht viel daran. Er machte sich am Schneidetisch zu schaffen, und ich betrachtete abwechselnd sein rechtes Ohr, das wohlgeformt ist, und seine Hände, die schön sind.

Ich hätte ihm gerne erzählt, daß heute der große Tag sei, an dem ich zum ersten Mal mein Buch in Händen halten würde. Aber da wir jetzt par Distance waren, fürchtete ich, er würde dieses Ereignis nicht gebührend zu würdigen wissen. Also sagte ich nichts und hatte ein wenig Mitleid mit mir.

Er zeigte mir den Film, und ich fand ihn ausgezeichnet. Ihm sagte ich, ich fände ihn recht gut, denn zu loben verbot mir mein Trotz.

»Es freut mich, daß du ihn recht gut findest«, meinte er so nebenbei – und dann: »Was hast du eigentlich den ganzen Vormittag gemacht?«

»Ich habe gewartet«, sagte ich und war bereit, ihm die Geschichte von den zehn Büchern zu erzählen.

»Auf wen?« kam es wie aus der Pistole geschossen.

»Auf Fritzchen!« sagte ich. »Weißt du, wer Fritzchen ist?«

Jetzt war die Situation nicht mehr zu retten. Der junge Mann ließ seine Filmschlange so heftig abspulen, daß sie zerriß.

»Verdammter Mist«, sagte er.

Ein Mädchen und ein Mann betraten den Schneideraum. Das Mädchen war sehr groß und sah frisch gescheuert aus. Sie hatte rote, glänzende Backen. Ihr Begleiter, obgleich nicht mehr so jung, schien dem Alter des Kinderspecks noch nicht entwachsen. Der junge Mann stellte sie mir vor, und sie sagten: »Angenehm.« Danach wurde über Filme, Schnitt und Blenden gesprochen – natürlich im Jargon der Eingeweihten. »Na, und was ist mit der Finanzierung?« fragte der Mann mit dem Kinderspeck. »Hat sich Becker schon dazu geäußert?«

Der junge Mann zog eine Grimasse.

»Wie gehabt«, sagte das frisch gescheuerte Mädchen.

»Wie gehabt« hatte immer ein Bekannter von mir gesagt, wenn er seinen Whisky ausgetrunken hatte und der Barmann ihn fragte, ob er noch etwas wolle. Ich mußte lachen, aber das hätte ich nicht tun sollen, denn der junge Mann sah mich sogleich mißtrauisch an.

»Ich habe nur gelacht«, sagte ich, neigte den Kopf zur Seite und faltete die Hände im Schoß.

Das Mädchen rief plötzlich, sie habe Hunger, und forderte alle Anwesenden auf, mit ihr essen zu gehen. Der junge Mann sagte, ihm wäre der Appetit vergangen. Ich sagte, mir sei er auch vergangen. Der Mann mit dem Kinderspeck hatte, Gott sei Dank, Hunger. Er begleitete das Mädchen mit den roten Backen zum Essen.

Als sie gegangen waren, gähnte ich laut und lange. Ich würde nur immer in seiner Gesellschaft gähnen, sagte der junge Mann. Ich nickte zustimmend und stand auf.

»Gehst du?«

»Ja«, sagte ich.

»Wohin?«

»Ins Hotel.«

»Und warum?«

»Weil ich ein Rendezvous habe ...«

Ich wartete, bis sich sein Gesicht verfinstert hatte.

»... mit meinem Buch.«

»Wie kommt denn dein Buch plötzlich ins Hotel?«

»Durch Boten.«

»Und das sagst du mir jetzt erst?«

»Warum hätte ich's dir früher sagen sollen? Interessiert es dich vielleicht?«

»Du scheinst mich mit dir zu verwechseln. Mich interessiert alles ...«

»Ich möchte endlich zu meinem Buch«, rief ich in wehleidigem Ton.
»Na, dann geh doch!«
Ich ging.
»Kein Mensch interessiert sich für mein Buch«, klagte ich im stillen.

»Ist das Paket für mich angekommen?« fragte ich den Hotelportier.
»Das Paket ...«, sagte er und schaute um sich. »Nein.«
»Aber ...«
»Ach das Paket ...! Ja, das ist schon oben in Ihrem Zimmer.«
Es war ein sehr umfangreiches Paket und sauber verschnürt. Zuerst versuchte ich den Knoten zu öffnen, aber das ging nicht. Dann versuchte ich die Schnur seitwärts herunterzuzerren, aber das ging auch nicht. Ich hatte zwar eine Schere, aber die diente nur der Maniküre – also den zartesten Häutchen meiner Finger. Ich schaute die Schere lange an, dann nahm ich sie und zerschnitt die dicke Schnur. Ich fand mich brutal, aber irgendwie mußte ich ja endlich an die Bücher kommen.
Jedes Buch war einzeln in hellbraunem Papier verpackt. Obendrauf war mein Name gestempelt, der Titel des Buches und der Preis. 19,80 las ich und dachte, als ich es so blau auf hellbraun sah: »Mein Gott, kein Mensch wird so viel Geld für mein Buch ausgeben!« Ich fröstelte ein wenig, ritzte das Papier hastig mit dem Daumennagel auf und riß es herunter. Dann starrte ich lange auf mein Buch. Nicht etwa weil ich – so wie man es mir vorausgesagt hatte – ein erhabenes Gefühl empfand, sondern weil mich der Umschlag fesselte. Er war geschmackvoll und gekonnt, und es ging mir durch den Kopf, daß derjenige, der ihn entworfen hatte, viel begabter sei als ich.
Vor signalrotem Grund hob sich, zart wie ein Scherenschnitt und dennoch eindringlich, die Silhouette eines Mannes ab. Der Mann, im Profil, aufrecht und doch lässig stehend, eine Zigarette zwischen den Fingern, schwarz bis auf den weißen Kragen

und die weiße Manschette, strömte, von den übertrieben zugespitzten Schuhen bis hinauf zu dem modisch-flachen Hut, eine immense Arroganz aus. Ich dachte, hier ist mit ein paar Strichen mindestens ebensoviel zum Ausdruck gebracht worden wie auf meinen 563 Seiten. Ich seufzte tief und schlug das Buch auf.

Ich las – wie ich es bei jedem neuen Buch tat – die ersten zwei, drei Sätze, die letzten zwei, drei Sätze und dann noch ein paar aus der Mitte. Als ich nicht die leiseste Spannung empfand, war ich erstaunt. Dann aber fiel mir ein, daß ich den Inhalt ja bis zum Überdruß kannte. Ich begann noch einmal – Anfang, Ende, Mitte – und versuchte mich dabei in die Empfindungen eines unbeteiligten Lesers hineinzuversetzen. Würde er das Buch gelangweilt zuklappen? Würde er noch einen Satz dazugeben und mit der Feststellung, es sei gar nicht so schlecht, ein paar Sekunden die Seiten durchblättern? Würde er vielleicht sogar gespannt weiterlesen, die ganze Seite von oben bis unten und dann auch noch die zwölfte und die dreihundertundsiebzehnte? Ich schlug die dreihundertundsiebzehnte Seite auf, las und fand sie hoffnungslos schlecht. Es hatte keinen Sinn – ich konnte mich nicht in eine fremde, unbeteiligte Person versetzen. Ich ließ mich auf einen Stuhl fallen, legte das Buch auf meine Knie, starrte auf den arroganten Mann, meinen Namen, streng und schwarz gedruckt, den Titel, schwungvoll und weiß gedruckt, drehte das Buch schließlich um und erschrak fürchterlich. Auf dem Einbandrücken war mein Foto, und es war ein gräßliches Foto.

»O Gott«, dachte ich, »wenn jemand dieses Foto sieht, stellt er das Buch gleich wieder ins Regal zurück. Das ist ja schrecklich, das ist ja ein Alptraum – so sehe ich doch bestimmt nicht aus!«

Ich nahm einen Spiegel zur Hand und stellte erleichtert fest, daß ich wirklich nicht so aussah. Den Spiegel in der Hand, das Buch auf den Knien, blieb ich lange sitzen. Ich wartete auf ein wehmütig-stolzes, ein zärtliches, ein erhabenes Gefühl. Aber es wollte sich nicht einstellen. Das Gefühl, daß man meinem Aussehen mit diesem Foto Unrecht getan hatte, verdrängte jedes andere. Ich begann im Zimmer auf und ab zu gehen. »Du solltest dich schämen«, sagte ich leise zu mir selbst, »was willst du nun eigentlich sein: Glamourgirl oder Schriftstellerin?«

Ich sah zu meinem Buch hinüber, und es lag da, als hätte ich ihm einen Fußtritt versetzt – einsam und im Stich gelassen. Ich ging zu ihm, stützte die Hände auf den Tisch und betrachtete es wieder. Und siehe da – ich spürte Tränen in meinen Augen. War es nicht mein Kind – ein schwieriges Kind, das ich zwanzig Monate getragen und unter schrecklichen Wehen geboren hatte?

Am Nachmittag kam Jossi. Wir kennen uns seit zwölf Jahren und sind trotzdem Freunde geblieben. Jossi ist Ungar – ein zierlicher, adliger, wie aus dem Ei gepellter Herr, einer der wenigen, auf den das Wort »Herr« noch zutrifft. Jossi ist reizend, aber nicht sehr unterhaltsam, denn sein Leben dreht sich um fünf Dinge: Autos, Frauen, elegante Kleidungsstücke, Titel und Bauchschmerzen. Das ist, meiner Meinung nach, nicht ausreichend.

»Da bin ich wieder«, sagte ich, und wir umarmten uns. Zu diesem Zweck mußte ich mein Buch, das ich unter dem Arm trug, auf den Tisch legen. Jossi, der leicht gerührt ist, zwinkerte heftig mit den Augen. Dann ließ er mich los, schaute mich kopfschüttelnd von oben bis unten an und rief: »Jesus, Maria und Joseph ... du siehst aus, Putzikam, als wärst du in der Fremdenlegion gewesen!«

Jossi ist ein Ästhet – und wenn nicht jedes Haar, frisch gewaschen und glänzend, am richtigen Platz war, fühlte er sich persönlich beleidigt. Ich war mir meiner unordentlichen Frisur, meiner tiefgebräunten Haut und meiner Magerkeit schwer bewußt.

»Es war heiß drüben«, sagte ich entschuldigend, »und die Reise war überhaupt sehr anstrengend!«

»Das sieht man«, brummte er, und ich versuchte seine Augen von mir ab und auf mein Buch zu lenken.

Als mir das nicht gelang, sagte ich verzweifelt: »Schau, ich hab da ein Geschenk für dich.«

Ich deutete auf mein Buch. Nach einem letzten indignierten Blick, der ihn davon zu überzeugen schien, daß es sich bei mir nicht um eine optische Täuschung handelte, wandte er müde den Kopf.

»Was ist das?« fragte er.

»Dreimal darfst du raten!«

Jetzt trat er doch näher an den Tisch und beugte sich sogar ein wenig hinab.

»Hätt' ich nie geglaubt«, sagte er.

»Was?«

»Daß das gedruckt wird.«

»Du steckst heute voller Komplimente.«

Er lächelte gequält: »Putzikam, dir sage ich immer die Wahrheit.«

»Das sind die unangenehmen Begleiterscheinungen einer zwölfjährigen Freundschaft.«

Er sagte: »Dieser Mann auf dem Einband ... ts, ts, ts ...«

»Ich finde den Einband ausgezeichnet!«

»Ja, er ist ganz gut.« Er gähnte und drehte das Buch um. Davor hatte ich mich gefürchtet.

»Jesus, Maria und Joseph«, schrie er, »was ist denn das für ein schräääckliches Foto von dir!!!?«

»Tja ...«

»Putzikam, das kannst du auf keinen Fall drauflassen!«

»Reg dich nicht auf – ich rufe jetzt meinen Verleger an und sage ihm, er soll fünftausend neue Einbände drucken lassen. Er macht das, ohne mit der Wimper zu zucken.«

Jossi rang die Hände. Ich wünschte, seine angeborene Müdigkeit würde zurückkehren. Er wurde immer im falschen Moment munter, und dann erweckte er, mit seinen flinken, kleinen Bewegungen, den Eindruck eines auf dem Rücken liegenden, zappelnden Käfers.

»Putzikam!« Er hielt mir das Buch unter die Nase und stach mit dem Zeigefinger auf das Foto. »Die Leser müssen ja glauben, daß du häääßlich bist!«

»Na, und wenn schon«, sagte ich, obwohl mir das gar nicht so gleichgültig war, »wenn sie das Buch kaufen, dann sicher nicht, um mein Bild zu betrachten.«

»Doch!« schrie Jossi. »Ich, zum Beispiel, ich würde mir das Buch sofort kaufen, wenn das Foto einer schönen Frau hinten drauf wär, aber nicht wenn ...«

»Jossi«, unterbrach ich ihn gereizt, »wenn ich für Leser wie dich geschrieben hätte, dann hätte ich ein pornografisches Buch mit Nacktaufnahmen veröffentlicht.«

»Wär gar nicht schlecht gewesen«, meinte er nachdenklich, »würdest sicher mehr damit verdienen.«

Ich gab auf.

»Wie geht es dir gesundheitlich?« erkundigte ich mich, denn das war das sicherste Mittel, um ihn von meinem Foto abzubringen.

Er sackte sofort in sich zusammen. Seine Mundwinkel zogen sich müde herab, sein Blick wurde elegisch.

»Wie soll's mir schon gehen«, seufzte er, »schlääächt, natürlich!«

Von da an hatte ich keine Schwierigkeiten mehr mit ihm. Er blieb elegisch, und unsere Gesprächsthemen waren die gleichen wie seit zwölf Jahren: Autos, Frauen, elegante Kleidungsstücke, Titel und Bauchschmerzen.

Um fünf Uhr entschloß ich mich, zum Friseur zu gehen. Das häßliche Foto und Jossis wenig schmeichelhafte Bemerkungen trieben mich einfach dazu. Ich befahl Jossi, mich zum besten Friseur Münchens zu fahren. Er tat es sofort und willig, verlangte aber, daß ich danach bei ihm vorbeikäme, um ihm meinen frisierten Kopf vorzuführen. Dafür mußte er versprechen, einige Martinis bereitzuhalten. Wir einigten uns.

Ich gehe nicht lieber zum Friseur als zum Zahnarzt. Die

Gesprächigkeit, die immer da herrscht, wo Frauen sich mit ihrem Aussehen beschäftigen, geht mir genauso auf die Nerven wie der Bohrer des Dentisten.

Aber bei diesem Friseur hatte ich Glück. Ich wurde in eine Einzelkabine gesetzt und von einem kleinen regen Mann mit Einfühlungsvermögen bedient. Er drängte mir nicht die kurzgestutzte Standardfrisur auf, sondern sagte, Individualismus sei etwas sehr Wertvolles und daher solle ich meine Haare lang tragen. Ich lächelte dankbar, und er legte mir eine Frisur, die ich anerkennen mußte.

»Schön bist du jetzt wieder, Putzikam«, sagte Jossi. Man sah ihm an, daß er sehr erleichtert war.

»Du dachtest wohl, ich bin endgültig mies geworden!« lachte ich, denn jetzt konnte ich mir diese prekäre Frage getrost leisten.

»Bei manchen Frauen geht das ganz plötzlich.«

Ich sah ihn vorwurfsvoll an. Seine Wahrheitsliebe machte mich auf die Dauer ein wenig nervös.

»Aber wenn ich dich jetzt so betrachte, glaube ich, daß …«

»Sei endlich still und bring den Martini!«

Der Martini schmeckte ganz ausgezeichnet, und schon beim ersten Schluck ahnte ich die Katastrophe voraus. Nichts steigt so schnell zu Kopf wie diese teuflische Mischung aus Gin und Vermouth, und nichts trinke ich lieber.

Jossi legte eine sentimentale Frank-Sinatra-Platte auf.

»Muß das sein?« fragte ich.

»Ich wünschte, ich könnte so singen wie er«, klagte Jossi.

»Wenn du keine anderen Wünsche hast!«

Ich hatte mein Glas schon ausgetrunken, und Jossi füllte es wieder.

»Langsam, langsam«, protestierte ich, meinte es aber gar nicht so.

»Ich möchte so gern mit dir verreisen«, sagte Jossi.

»Das möchtest du schon seit zwölf Jahren.«

Ich hob mein Glas.

»Jetzt trinke ich auf mein Buch«, erklärte ich. »Bitte, gib es mal her.«

Er gab mir das Buch, und ich stellte es vor mich hin.

»Prost, Buch«, sagte ich, »auf daß du mir keine Schande machst!«

Jossi schüttelte müde den Kopf.

»Bist du schon betrunken?«

»Noch nicht, aber gleich! Gib mir noch einen, und dann muß ich gehen.«

»Vorher mußt du mir noch eine Widmung in das Buch schreiben.«

»Nein«, sagte ich erschrocken.

»Warum nicht?«

»Ich erzähle ja auch niemals Witze oder Anekdoten. Ich bin einfach nicht der Gesellschaftstyp.«

»Was hat das mit Widmungen zu tun?«

»Sehr viel«, sagte ich, stand auf und schwankte ein wenig.

»Du hast Alkohol schon besser vertragen«, sagte Jossi.

»Das Buch«, kicherte ich, »das Buch ist an allem schuld.«

Der junge Mann wartete vor dem Hotel.

O weh! Ich öffnete hastig die Wagentür. »Jetzt geht das Theater los.«

Jossi grinste, zum ersten Mal vergnügt, küßte mir die Hand und sagte: »Viel Spaß.«

Der junge Mann lächelte unheilvoll. Hätte er finster dreingeschaut, es wäre nicht so unheilvoll gewesen wie dieses festgefrorene Lächeln.

»Das hab ich mir gedacht«, sagte er und stand sehr groß, sehr einschüchternd vor mir.

»Was?« fragte ich.

»Daß du aus dem Auto irgendeines Mannes steigst und« – ein Blick genügte – »betrunken bist.«

»Weder bin ich betrunken, noch ist Jossi irgendein Mann«, sagte ich würdevoll, »also bitte!«

»Wie viele Whiskys hast du getrunken, und warum hast du mir nicht …?«

»Es waren keine Whiskys, es waren Martinis!«

»Also schön, Martinis …! Und beim Friseur warst du außerdem!«

»Stört dich das etwa auch!?«

»Ich möchte nur einmal erleben, daß du meinetwegen zum Friseur gehst!«

»Woher weißt du, daß ich nicht deinetwegen beim Friseur war?«

Er warf mir einen geringschätzigen Blick zu: »Hast du schon jemals etwas getan, um mir eine Freude zu machen?!«

»Na, das ist wirklich die Höhe!«

In diesen nicht gerade sinnvollen Streit vertieft, hatten wir das Hotel betreten, hatte ich den Schlüssel verlangt, waren wir im Lift hinaufgefahren, hatte ich das Zimmer aufgeschlossen und die Tür hinter uns zugemacht. Jetzt schwiegen wir. Der junge Mann stellte seine Air-France-Tasche auf den Boden, behielt den Regenmantel aber an. Er stand mit dem Rücken zu mir und betrachtete ein uninteressantes Bild an der Wand. Ich stand irgendwo im Zimmer und musterte meine Fingernägel. Dabei stellte ich traurig fest, daß ich schon wieder ganz nüchtern war.

»Am Flugplatz, als ich dich abgeholt habe«, sagte der junge Mann, ohne sich umzudrehen, »glaubte ich, du hättest dich geändert.«

»Und ich glaubte, du hättest dich geändert.«

Er wandte sich mir zu, und sein Regenmantel raschelte: »Aber du hast dich nicht geändert.«

»Wir sind beide aus dem Alter heraus, in dem man sich noch ändern kann.«

Er nahm meine Antwort gar nicht zur Kenntnis.

»Es wäre gut, wenn du dich ändern würdest – gut für dich! So wie du jetzt bist, wirst du nie etwas erreichen.«

Das ging mir zu weit. Ich sah zu dem Stapel Bücher auf der

Kommode hinüber, dann in die Augen des jungen Mannes, dann wieder zu den Büchern zurück. Das tat ich ein paarmal und sehr betont. Er nahm meine Blicke ebenfalls nicht zur Kenntnis.

»Wenn du dich nicht entwickelst«, sagte er, »und das tust du offensichtlich nicht, dann ...«

»Hast du vielleicht schon ein Buch veröffentlicht?!«

»... dann wird es dein erstes und letztes Buch bleiben.«

»Besser ein Buch als gar keins.«

»Ich möchte das sehr bezweifeln!«

Das traf.

»Ich weiß, daß du von meinem Buch nichts hältst«, sagte ich, »ich weiß, daß du mich als Schriftstellerin nie ernst genommen hast. Aber daß du mir das heute, an diesem Tag, an dem ich mein Buch das erste Mal ...«

Ich brach ab, ließ Arme und Schultern hängen, ging müden Schrittes zu der Kommode, strich mit den Fingerspitzen über eines der Bücher.

Hinter mir blieb es still, aber ich ahnte sein betretenes Gesicht, seine Unschlüssigkeit, weil er nicht wußte, ob er mich trösten sollte. Dann raschelte es auf mich zu.

»Red keinen Unsinn«, sagte er und legte mir die Hand auf die Schulter, »ich habe deine Arbeit immer anerkannt.«

»Das hast du eben nicht, und ich verzichte auf deinen Trost!«

Ich schüttelte seine Hand mit einer unwilligen Bewegung ab, griff nach einem der Bücher umd hob es zärtlich an meine Wange. Mitleid mit mir und meinem Erstlingswerk überwältigte mich.

»Ach Gott, ach Gott!« spöttelte der junge Mann. »Fühlst du dich mal wieder verkannt? Zerfließ nur vor Selbstmitleid, arme Kleine!«

Sofort ließ ich das Buch sinken und legte es energisch auf den Tisch. Ich liebte es nicht, durchschaut zu werden.

»Ich habe nicht das geringste Selbstmitleid«, erklärte ich, »und ich wüßte auch gar nicht, warum ich es haben sollte.«

Ich ging – jetzt leichten und federnden Schrittes – an ihm vorbei zum Spiegel, betrachtete mich, summte ein Lied vor mich hin, zupfte ein Löckchen zurecht und fand mich sehr attraktiv.

»Wie gefällt dir eigentlich meine Frisur?« fragte ich und lächelte mir im Spiegel zu.

»Spießbürgerlich.«

Ich fuhr bitterböse herum. Er hatte sich an den Schrank gelehnt, hielt mein Buch in der Hand und betrachtete es. Auf diesen Moment hatte ich die ganze Zeit gewartet, aber jetzt schien er mir unwichtig.

»Könntest du mir vielleicht erklären, was du an der Frisur spießbürgerlich findest?!«

Er warf einen kurzen Blick in meine Richtung: »Ich finde sie rundherum spießbürgerlich … Übrigens, der Einband ist wirklich gut – sehr modern.«

Ich gab keine Antwort, schaute aber wieder in den Spiegel und fand mich nun gar nicht mehr so attraktiv. Ich haßte den jungen Mann. »Na wunderbar!« rief der plötzlich. »Da haben wir die Bescherung!«

Ich begann mir die Haare zu bürsten.

»Dein Foto hintendrauf, damit auch jeder weiß, wer das geschrieben hat!«

Ich bürstete ruhig weiter.

»Bei einem solchen Roman – der so oberflächlich verschlüsselt ist!«

Ich bürstete die Haare auf der linken Seite zurück, auf der rechten vor.

»Weißt du eigentlich, daß du von jetzt ab in der Öffentlichkeit stehst, daß du dich jedem kleinen Journalisten ausgeliefert hast!?«

Ich legte die Bürste beiseite und nahm den Kamm.

»Hörst du mir eigentlich zu?!«

»Du bist leider Gottes nicht zu überhören!«

»Ich kann ja auch schweigen, falls dich das, was ich zu sagen habe, nicht interessiert.«

Ich kämmte mir eine Haarsträhne schwungvoll in die Stirn.

»Wie oft habe ich dich gebeten, das Buch unter Pseudonym erscheinen zu lassen! Wie oft ...«

»Wolltest du nicht schweigen?« fragte ich und wandte mich böse lächelnd vom Spiegel ab.

Er starrte mich an – gekränkt, wütend, außer sich.

Ich erkannte, daß er drauf und dran war, seine Tasche zu nehmen und aus dem Zimmer zu stürmen. Um das zu verhindern, sagte ich: »Also gut, laß uns in Ruhe darüber sprechen.«

»Da gibt es nichts mehr zu sprechen.«

»Jetzt plötzlich, nachdem du über nichts anderes gesprochen hast, gibt es nichts mehr darüber zu sprechen!?«

Er warf das Buch auf den Tisch: »Du hast deinen Willen mal wieder durchgesetzt! Dein Name, dein Foto ...«

»Herr im Himmel! So viel Wirbel um ein verdammtes Foto! So viel Wirbel um nichts und wieder nichts! Ich habe ein Buch geschrieben, aber das scheint keinen zu interessieren! Das Foto ist alles! Einer schreit: ›So ein häääßliches Foto kannst du nicht drauflassen.‹ Der andere schreit: ›Durch das Foto wirst du eine öffentliche Person ...‹«

»Eine Person des öffentlichen Lebens«, verbesserte der junge Mann grimmig, »aber das, was du gerade gesagt hast, ist noch viel treffender.«

Ich holte eine Flasche Rotwein und einen Korkenzieher aus dem Schrank.

»Mach bitte auf«, sagte ich.

»Wann hast du eigentlich das letzte Mal gegessen?«

»Was spielt das für eine Rolle? Rotwein auf leeren Magen bekommt mir bestimmt besser als deine ewigen Vorhaltungen und Beleidigungen.«

»Wenn man dir die Wahrheit sagt, dann fühlst du dich beleidigt, das ist alles.«

Ich füllte ein Zahnputzglas mit Rotwein.

»Möchtest du auch was?«

»Nein, danke.«

»Du solltest aber. Wir müssen doch mein Buch feiern, wo wir gerade so in Stimmung sind.«

Er trat auf mich zu, nahm mich bei den Schultern und schüttelte mich: »Ich möchte mit diesem Buch nichts mehr zu tun haben. Zwanzig Monate hast du daran geschrieben und zwanzig Monate hast du dich und mich verrückt gemacht. Jetzt ist es endlich raus. Jetzt möchte ich meine Ruhe und nicht mehr mit einer Frau zusammensein, die kein Privatleben hat.«

Ich fühlte mich plötzlich sehr schlapp. Ich nahm seine Hände von meinen Schultern und setzte mich aufs Bett.

»Ja, zwanzig Monate habe ich daran gearbeitet«, sagte ich, »und du hast es miterlebt. Diese ewige Angst: wird das Kapitel so, wie ich es mir vorgestellt habe; ist die Seite gut geworden; ist dieser Satz auch kein Klischee; kann man nicht einen besseren Ausdruck finden? Diese Angst – werde ich durchhalten; werde ich morgen wieder schreiben können – übermorgen – in einem halben Jahr? Werde ich schlappmachen, werde ich den roten Faden nicht verlieren? Hat das Buch Schwung, Spannung, Ausdruck? Wird es nicht etwa langweilig, oberflächlich, verlogen? Und bei jedem Niesen die Angst: werde ich krank und ein paar Tage aussetzen müssen? Die Angst vor dem Verleger und dem Lektor: werden sie es gut finden? Die Angst beim Zubettgehen: werde ich morgen einen guten Übergang von der einen Szene zur anderen finden? Der unruhige Schlaf und das Aufwachen mit der Gewißheit: jetzt ist es soweit, jetzt muß ich einen Übergang finden – und wenn es Stunden dauert oder Tage! Zwanzig Monate Angst und Anspannung. Zwanzig Monate die Tasten der Schreibmaschine und Berge von Manuskriptseiten. Zwanzig Monate die Sehnsucht, fertig zu werden, und die Panik, nicht fertig werden zu können …!«

Ich sah den jungen Mann an, der, den Blick auf mich gerichtet, mitten im Zimmer stand.

»Du hast es doch miterlebt!« sagte ich. »Und du hast dich mit mir gequält. Du wußtest, was mir dieses Buch bedeutet, und du warst großartig. Und jetzt, wo es überstanden ist, wo wir uns umarmen und freuen und liebhaben sollten, benimmst du dich wie ein Hahn auf dem Mist – krähst, schlägst mit den Flügeln, regst dich über Nebensächlichkeiten auf: ein lächerliches Foto, zwei Martinis – o Gott, spielt das denn im Moment eine Rolle!?«

Er stand da, immer noch stumm und bewegungslos, aber sein Gesicht war ganz sanft geworden, so sanft wie in den vielen, vielen Stunden, in denen ich mich bei ihm ausgeweint hatte: »Ich kann nicht mehr schreiben! Das Buch wird entsetzlich! Ich bin eben doch keine Schriftstellerin.« Und er: »Natürlich kannst du schreiben, und das Buch wird großartig! Du brauchst gar keine Angst zu haben!«

»Na?« fragte ich. »Woran denkst du?«

»An einen Abend, an dem ich dir unvorsichtigerweise eine Geschichte von Camus vorgelesen hatte und du sofort dein ganzes Manuskript zerreißen wolltest.«

»Das war ein Abend, was?«

»Grauenvoll!«

Wir grinsten uns an. Ich griff nach meinem Glas.

»Warte einen Moment«, sagte er, »du wirst doch wohl nicht allein auf dein Buch trinken.«

Er holte das zweite Zahnputzglas und goß es voll. Wir stießen an: »Auf dich«, sagte er, »und auf dein Buch! Beides ist ausgezeichnet gelungen.«

»Ich finde das Buch weitaus eindrucksvoller. Schau mal!«

Ich nahm es vom Tisch und hielt es hoch. Er setzte sich neben mich, und wir sahen es eine Weile gedankenvoll an.

»Es ist wirklich schön«, sagte er, »und ich bin stolz auf dich.«

Plötzlich war ich auch stolz auf mich. Das Buch glänzte rot und schwarz. Ich las laut meinen Namen und den Titel.

»Wie klingt das?«

»Großartig.«

»Nicht wahr?«

Ich nahm den Umschlag ab.

»Leinen«, sagte ich, »fühl mal.«

Er strich mit den Fingerspitzen darüber: »Schön«, sagte er.
Ich schlug das Buch auf.
»Der Druck ist sehr anständig, nicht wahr?«
»Sehr anständig«, sagte er.
Wir waren ganz nahe zusammengerückt und beugten uns über das Buch. Unsere Wangen berührten sich.
»Liest du?« fragte ich ihn.
»Ja.«
»Muß das jetzt sein?«
»Also höre mal! Jetzt widme ich mich voll und ganz deinem Buch, und da fragst du mich, ob das sein muß.«
Ich nahm ihm das Buch aus der Hand und klappte es zu.
»Wie findest du meine Frisur?«
»Zauberhaft.«
Ich legte die Arme um seinen Hals: »Morgen beginne ich ein neues Buch«, sagte ich.
»O Gott«, seufzte er.

(München 1961)

Ulitza Murgasch

An der Ecke Ulitza Murgasch steige ich aus dem Auto. Ich will das Pflaster der Straße unter meinen Füßen spüren und das Echo meiner Schritte hören; ich will so tun, als ginge ich nach Hause zu dem zerfallenen, gequälten Gesicht meiner Mutter.

Die Ulitza Murgasch ist eine winzige, abfallende Straße mit etwa einem Dutzend niedriger, altersschwacher Häuser und großen dichtbelaubten Bäumen. Eine idyllische Straße, wenn man in einer sternenklaren Nacht hindurchspaziert und über zerzauste Hecken in kleine, verwilderte Gärten blickt. Vor dem Haus Nummer vier bleibe ich stehen. Es ist das älteste und baufälligste Haus dieser Straße. Die Fassade mit ihrem abbröckelnden Verputz, ihrem Netz aus Rissen und Sprüngen erinnert an das verhutzelte Gesicht eines Greises. Ja, dieses Haus hat etwas vom Schicksal seiner Bewohner angenommen. Es lebt, es atmet, es erinnert sich, es kennt unsere Geheimnisse, unseren Schmerz, die kurzen Atempausen der Freude.

Das untere Geschoß ist von hohen Büschen fast ganz verdeckt. Dort lebte damals eine achtzigjährige weißrussische Aristokratin, die ich zu meiner Enttäuschung nie zu Gesicht bekam. Die alte Dame, in ständiger Angst vor einer Razzia der Miliz, hatte sich in ihrer Wohnung eingeschlossen, und nur hin und wieder sah ich einen filigranen Schatten am Fenster vorbeihuschen.

In der Etage darüber ging es nicht weniger bedrückend zu. Hier hauste das Ehepaar Bratkov, sie eine schöne, üppige Frau, er ein um viele Jahre älterer, gebrochener Mann, ehemaliges

Mitglied der italienischen Botschaft und daher stellungslos und dem neuen Regime verdächtig. In diesem ungünstigsten aller Momente hatte Frau Bratkova den seit zwanzig Jahren ersehnten Stammhalter geboren, ein schwächliches, ewig greinendes Kind, mit dem sie weinend durch die verwahrloste Wohnung lief, während ihr Mann apathisch in einer Ecke saß und seinen Kummer mit billigstem Fusel hinunterspülte.

Im Dachgeschoß schließlich befand sich eine Mansardenwohnung. Sie bestand aus zwei kleinen Zimmern, einer morschen, überdachten Veranda, die als Rumpelkammer diente, einer Küche, in der der Herd, und einem Klo, in dem das elektrische Licht nicht funktionierte, beides konnte angeblich auch nicht repariert werden. In dem einen Zimmer vegetierte die fast blinde Witwe eines ehemaligen Ministers, der, während des Machtwechsels kurzerhand erschossen, mit seinen Regierungskollegen ein Massengrab teilte.

In dem anderen Zimmer wohnten meine Mutter und ich, und obgleich wir weder zaristisch noch faschistisch, sondern schlechthin Opfer des Nationalsozialismus waren, hatten wir das neue Regime mit seinen teils willkürlich, teils irrtümlich angewandten Strafmaßnahmen nicht weniger zu fürchten als unsere Hausgenossen. Ich war staatenlos geworden, ein unguter Zustand in einem russisch besetzten Land, und meine Schwester ließ man für ihren deutschen Vater büßen, übersah dabei die jüdische Mutter und den bulgarischen Ehemann und steckte sie in eins der berüchtigten Lager. Das war der Auftakt zu einer neuen, lang ersehnten Epoche. Wir hatten uns diese Epoche anders vorgestellt – nicht frei von Not, aber frei von Angst. Wir hatten uns getäuscht.

Ich gehe auf die gegenüberliegende Seite der Straße, setze mich auf den Bordstein und weine. Es ist gut, auf den warmen Steinen zu sitzen und die Tränen zu weinen, die man damals, erstarrt in bitterem Trotz, nicht zu weinen vermocht hatte. Jetzt ist es vorbei. Sie sind längst tot, die Eltern, der Bruder, die Träume und Hoffnungen eines jungen Mädchens. Man hat kaum noch etwas zu befürchten. Man wehrt sich nicht mehr. Man kann weinen.

Aber damals, mit siebzehn ...

Die Tränen galten einem kostbaren, zerrissenen Strumpf, einer Dauerwelle, die man sich nicht leisten konnte, einem Fest, zu dem man kein passendes Kleid hatte. Gegen den tiefen, echten Schmerz rebellierte man. Man war entschlossen, sich nicht auffressen zu lassen von diesem Schmerz, der, wenn man sich mit ihm anlegte, gewiß der Stärkere gewesen wäre. Man war entschlossen aufzufressen, alles was sich einem bot, sich so voll zu fressen, daß ein plötzliches Ende mit der Gewißheit kam, doch ein kleines Stück Leben hinuntergeschlungen zu haben.

Das Haus sieht mich an. Im Dachgeschoß brennt Licht, hinter beiden Fenstern, dem der fast blinden Ministerwitwe und unserem. In unserem Zimmer stand ein schmaler, grüner Kachelofen, ein Tisch, zwei Stühle, ein kleiner Schrank, ein Hocker mit einem Spirituskocher darauf, an den Wänden je ein Feldbett und eine Blechschüssel, anstelle eines Badezimmers.

»Es gibt Schlimmeres«, hatte meine Mutter gesagt. Gewiß, es gab Schlimmeres. Zum Beispiel, daß sie todkrank, ihre Tochter im Lager, ihr einziger Sohn im Krieg gefallen und ihre Mutter in Theresienstadt umgekommen war. Das Zimmer roch nach Schmerz und Tod.

Ja, ich habe es gehaßt, dieses Zimmer, und trotzdem war es auch das meine gewesen. Das Zimmer einer Siebzehnjährigen, die vor dem Spiegel neue Frisuren ausprobierte, die Schlager trällerte und ihre fadenscheinigen Kleidchen bügelte; die von einer herrlichen Zukunft träumte und am Fenster die erste, die große, die einzige, die ewige Liebe, in Gestalt eines britischen Soldaten, erwartete. Von diesem Zimmer aus bin ich zu meinem ersten Rendezvous gegangen, zu meinem ersten Ball und zu der ersten Nacht mit einem Mann.

Hierher bin ich zurückgekehrt, mal himmelhochjauchzend, mal zu Tode betrübt, mal kleines Mädchen, das die Arme seiner Mutter suchte, mal ganz erwachsen und über die Ratschläge der Mutter erhaben. Und dann habe ich das Zimmer verlassen, als Frau eines amerikanischen Offiziers und »große Dame«, in Pelzmantel und hochhackigen Schuhen, habe mich, ein Köfferchen in der Hand, die morsche Treppe hinuntergetastet und bin auf einen großen, schwarzen Wagen mit amerikanischer Fahne zugeschritten. Ein Fahrer hat mir die Tür aufgehalten, und ich habe kaum den Mut gehabt, mich noch einmal umzudrehen. Ich zwang mich dazu, im letzten Augenblick, und da sah ich sie, diese bedauernswerten Gestalten: den filigranen Schatten der alten Aristokratin, Frau Bratkova mit dem jammernden Kind im Arm, die leeren Augen der Ministerwitwe und meine Mutter: nur noch der Hauch einer Frau. Und sie lächelten dieses entsetzlich tapfere, neidlose Lächeln, und sie winkten. Das ganze Haus lächelte und winkte und der Fahrer lächelte und winkte, nur ich stand da, grußlos, und haßte den Schmerz, der mir die Freude des neuen Anfangs stahl.

Ich stehe auf, überquere die Straße, gehe durch die Öffnung, wo einstmals ein Gartentor gewesen sein muß, steige die vier Stufen empor, öffne die schmale, knarrende Tür und taste nach dem Lichtschalter. Die elektrische Birne, unter einer Schicht aus Fliegendreck und Staub, glüht trübe auf und beleuchtet das enge, nach Moder riechende Treppenhaus. Hier hat sich nichts geändert. Alles ist noch etwas mehr verkommen und verfallen, aber das zu entdecken gelingt nur einem geübten Auge. Um unbemerkt zu bleiben, lösche ich wieder das Licht und schleiche die Stiege hinauf. Das abgewetzte Geländer, die eingesunkenen, leise ächzenden Stufen, zwölf bis zur ersten Etage. Hinter der Tür, halb Holz, halb Mattglasscheibe, brennt Licht. Auf dem kleinen Schild unter dem Klingelknopf steht kaum noch lesbar: Wladimir Bratkov. Er muß schon längst tot sein, aber sie lebt offenbar noch, eine alte Frau jetzt, und der greinende Säugling ein zwanzigjähriger Mann. Nein, ich möchte sie nicht wiedersehen, möchte nicht fragen und gefragt werden. Bitte, keine Tränen, keine Küsse, kein tapferes Lächeln! Noch ein paar schmale, steile Stufen bis zur Mansardenwohnung, auf halber Höhe ein kleines, verdrecktes Fenster, dann die Tür, nicht höher und nicht breiter als eine Schranktür.

Und was habe ich nun davon? Wozu stehe ich hier und starre die Tür an? Worauf warte ich? Auf die Siebzehnjährige in dem gewürfelten, aus Bettzeug geschneiderten Kleid und den holzbesohlten Schuhen? Ja, ich möchte sie noch einmal heraustreten sehen aus dieser Tür, möchte in ihrem Gesicht lesen, was sie denkt, was sie fühlt, was sie erwartet. Möchte ihr sagen, daß ich sie um jene Zeit der Not beneide, eine Zeit, die keine Heuchelei kannte und keine Verstellung; jene Zeit, in der jede Minute bewußt und intensiv gelebt worden, in der nichts lau, nichts halb gewesen ist: Das Unglück ist Unglück gewesen – ein Schmerz so tief, daß er den Atem nahm, und das Glück ein Jubel, ein Erzittern der Erde. Angst ist Angst gewesen – kalter Schweiß und Zähneklappern und Hoffnung ein barmherziges Luftholen in einem hoffnungslosen Kampf.

Ich drehe mich um und beginne die Treppe hinabzusteigen.

Sie ist tot, sage ich mir, damals, als sie ins Auto stieg, in ihrem Pelzmantel und den hochhackigen Schuhen, damals begann sie zu sterben.

(München 1962)

Trink, trink, Brüderlein trink …

Unsere »Konferenz« fand in einem Kellerlokal statt, das sich auf Folklore spezialisiert hatte und damit etwas Farbe in die Düsternis brachte. Die Kinder – André 23, Evelina 18 Jahre alt –, die Bettina dorthin zitiert hatte, saßen bereits an einem Tisch in nächster Nähe einer lautstarken Drei-Mann-Kapelle, die sich im Verlauf des Abends ungünstig auf unser Gespräch auswirken sollte. Als André uns kommen sah, erhob er sich von seinem Stuhl und ging uns entgegen. Feingliedrig und mit einer krausen, schwarzen Haarkappe, hatte er Ähnlichkeit mit einem griechischen Jüngling der Antike. Er legte einen Arm um die Schultern seiner Mutter, den anderen um mich und führte uns zum Tisch.

»Wie schön du aussiehst«, sagte Evelina, für die ich ein westliches Vorbild geworden war.

»Sie schmiert sich ja auch nicht so an wie du«, schnappte Bettina, »kannst du ihr nicht endlich mal klarmachen, Angeli, daß diese Schminkerei den Teint verdirbt und sie außerdem häßlich und um zehn Jahre älter macht?«

Evelina hatte sich zur Feier des Abends wie ein Fotomodell zurechtgemacht: ein mattes Make-up, dick getuschte Wimpern und breite Lidstriche, die ihre Augen wie ein Trauerflor umrahmten.

»Bettina«, sagte ich, »Evi ist kein Kind mehr, und häßlich ist sie nun schon gar nicht. Wenn sie sich abends mal schminkt, ist das ihre Sache. Außerdem sind wir nicht hergekommen, um ihr Make-up zu diskutieren.«

Evelina warf mir einen dankbaren Blick zu, und Bettina murrte: »Eine schöne Hilfe habe ich an dir!«

»Nett ist das hier«, sagte ich, »aber ziemlich laut. Schwer, sich dabei zu unterhalten.«

»Wir haben das absichtlich gemacht«, erklärte André, »bei dem Lärm kann man uns wenigstens nicht abhören.«

»So ist das, Angeli«, nickte Bettina grimmig, »man muß vor jedem Menschen Angst haben, selbst vor den Schlitzaugen da am Nebentisch.«

»Die Schlitzaugen nennt man Chinesen«, sagte André.

»Ich glaube, es sind Koreaner«, sagte Evelina.

»Ist ja auch egal«, entschied Bettina, »sehen alle gleich aus, die Gelben. Wenn die mal über uns kommen, dann gnade uns Gott.«

»Ist doch ganz wurscht, ob gelb, rot, schwarz oder weiß über uns kommt«, fuhr ich auf, »oder willst du vielleicht behaupten, die weiße Rasse mordet humaner als die schwarze oder gelbe? Du solltest dich etwas besser informieren, wenn du's bis jetzt noch nicht gelernt hast.«

Bettina überlegte einen Moment, dann erwiderte sie: »Ich kann mir über solche Dinge nicht auch noch den Kopf zerbrechen. Unser eigenes Schicksal ist mehr als genug für mich. Ich brauche meine ganze Kraft, um das auszuhalten und einen Weg zu finden ...«

»Mamma«, unterbrach Evelina sie, »hör auf, dir etwas vorzumachen.«

»Wenn man durchhalten will, muß man sich manchmal etwas vormachen.«

»Ja, und genau daran sind wir bis jetzt gescheitert.«

»Wie meinst du das?« fragte Bettina.

»Du verstehst mich schon, Mamma.« Evelina zündete sich, von dem drohenden Blick ihrer Mutter unbeeindruckt, eine Zigarette an und fuhr fort: »Seit wir vor drei Jahren zum ersten Mal in Deutschland waren, machst du Pläne, unrealistische Pläne, von denen du ganz genau weißt, daß sie undurchführbar sind. Wir werden nach Deutschland gehen, sagst du, für immer, wir werden ...«

»Pst, Evi!« Bettina packte ihre Tochter am Arm und warf schnelle, verstörte Blicke um sich: »Um Gottes willen, schrei nicht so!«

»Laß mich zu Ende sprechen, Mamma. So laut, wie die spielen, kann ich gar nicht schreien. Du sagst, wir werden schon rauskommen, du, André und ich, und weißt genau, daß wir zu dritt nicht rauskommen werden.« Die Musik brach ab, und Evelina senkte ihre Stimme: »Jedenfalls nicht auf normalem Weg. Du sagst, ich, Evi, werde in München studieren. Ja, natürlich, die haben gerade auf mich gewartet, und das Geld fürs Studium liegt auch schon bereit. Du sagst, für André wird sich schon eine Stellung finden ... Mamma, du schmiedest andauernd Zukunftspläne und vergißt darüber die Gegenwart! Für André muß erst mal eine Ausreisegenehmigung gefunden werden und dann eine Stellung.«

Bettina saß da wie ein in die Enge getriebenes Tier. Das eine erblindete Auge weit geöffnet, das andere in tiefer Ratlosigkeit auf mich gerichtet. Sie tat mir unendlich leid.

Ein wahres Ungetüm an Kellner kam in drohender Haltung auf uns zu, und einen Moment lang sah es so aus, als hätte er auf geheimnisvolle Weise alles mitgehört und wollte uns jetzt hinausschmeißen.

»Was wollt ihr?« fragte er mit polternder Stimme.

Bettinas Gesicht zog sich vor Schreck zusammen, und sie stotterte mit kleiner Stimme: »Wir wollten nur etwas essen ... wenn das möglich ist.«

André, der mit Sorgfalt die Manschetten seines Hemdes zurechtgezupft hatte, wandte jetzt langsam den Kopf, sah dem Kellner kühl ins Gesicht und fragte: »Ist das hier eine Kaserne oder ein Restaurant?«

»Andretscho«, flüsterte Bettina, und Evelina kicherte.

»Also wenn es ein Restaurant sein sollte«, fuhr André unbeirrt fort, »dann würden wir gerne etwas essen. Was gibt es, Genosse?«

»Kälbernes mit Erbsen.«
»Und was ist mit einer Suppe?«
»Keine Suppe mehr. Nur Kälbernes mit Erbsen.«
»Ich esse Kalbfleisch mit Erbsen ausgesprochen gern«, sagte ich.

»Das Kalb ist ein Ochse, der an Altersschwäche krepiert ist«, lachte André, »und die Erbsen sind so groß und hart wie Kanonenkugeln.«

Er bestellte viermal Kälbernes mit Erbsen und eine Flasche Rotwein.

Der Kellner, den Kopf zwischen die Schultern gezogen, trampelte davon.

»Ein typischer Genosse«, sagte André mit angeekeltem Gesicht, »und so was hat die Macht.«

»Und kann raus, wann und wohin es will«, fügte Bettina hinzu.

»Vielleicht sollten wir uns jetzt lieber mit euch anstatt dem Kellner beschäftigen«, sagte ich, »wo waren wir stehengeblieben?«

»Bei Mammas Zukunftsplänen«, sagte Evelina und zog an ihrer Zigarette, »wir drei, glücklich vereint, in Deutschland.«

»Du kannst dir deinen Sarkasmus sparen«, wies ihre Mutter sie zurecht, »nur dumme Sprüche und keine Vorschläge bringen uns nicht weiter.«

»Also«, sagte ich, »wenn ich jetzt jedem von euch eine Einladung schicke, besteht dann auch nur die geringste Möglichkeit, daß ihr alle drei die Ausreisegenehmigung bekommt?«

»Nein«, erklärte André, »mich lassen sie nicht raus. Ich stehe kurz vor dem Militärdienst, den ich als noch unerfahrener Arzt in irgendeinem dreckigen Nest absolvieren darf. Verschwinde ich vorher, werde ich in Abwesenheit zum Tode verurteilt. Das kann mir persönlich zwar gleichgültig sein, aber ich habe auch noch einen Vater, und den werden sie für mich büßen lassen.«

»Auch wenn du nicht zum Militär müßtest, würden sie uns nicht zu dritt rauslassen«, wandte Evelina ein, »die ahnen doch, was wir vorhaben, und werden nicht ihre wertvollste Geisel laufenlassen.«

»Bleibt ja immer noch eine Geisel«, sagte ich trocken.

»Aber keine wertvolle«, bemerkte Evelina. »Pappa ist alt, und außerdem wissen die, daß die wenigsten Frauen wegen ihrer Männer zurückkommen. Es sind die Kinder, die sie nicht im Stich …«

»Pst«, machte Bettina, »er kommt!«

Ich war auf einen Milizionär gefaßt, aber es war nur der Genosse Kellner. Er brachte einen Teller mit Brot, entkorkte die Flasche und stellte sie auf den Tisch.

»Ich heb euch eine Crème caramel auf«, schrie er uns an.

»Das ist sehr freundlich von Ihnen«, bedankte ich mich mit einem Lächeln, doch der Mann nahm es nicht zur Kenntnis und stapfte davon.

»Na seht ihr«, sagte ich, »der Genosse meint es gut mit uns. Er ist zwar ein Poltergeist, aber ein netter. Wir haben ihn völlig mißverstanden.«

»Mißverstanden«, grollte Bettina, »so 'n Quatsch! In Bulgarien ist ein Gast oder Kunde ein lästiges Übel. Wenn ich bedenke, wie man in Deutschland bedient wird!«

»Deutschland, Deutschland über alles …«, spottete André und goß uns Wein ein, »wenn deine Landsmänner so großartig sind, könnten sie uns vielleicht aus der Klemme holen. Immerhin verdankst du es ihnen, daß du hier gelandet bist.«

»Stimmt genau«, sagte ich.

»Was stimmt genau?« fragte Bettina.

»Daß du ihretwegen hier gelandet bist.«

»Eins hat nichts mit dem anderen zu tun«, erklärte sie streng, und dann, die Fäuste an die Schläfen pressend: »Moment, da fällt mir gerade etwas ein.«

Evelina, André und ich sahen uns stumm an und warteten.

»Wer war das noch?« fragte sich Bettina. »Ach ja, jetzt weiß ich's! Eine Bekannte meiner Freundin, Lotte. Sie ist mit ihren zwei Kindern rausgelassen worden. Natürlich hatte sie gute

Beziehungen zu irgendeinem hohen Tier, aber ich könnte ja mal ...«

»Mamma«, fiel ihr Evelina ins Wort, »das sind doch wieder nur Spinnereien! Glaubst du vielleicht, sie geben den Namen dieses hohen Tieres preis?«

»Man muß alles versuchen.«

»Na, dann versuch mal«, sagte ihre Tochter resigniert.

Ich trank einen Schluck Wein, dann fragte ich: »Wie sieht es denn mit Evi aus? Sie hat schon zweimal das Ausreisevisum bekommen. Glaubst du, sie geben es ihr ein drittes Mal?«

»Gott, Angeli«, seufzte Bettina, »wie soll ich das wissen? Damals war sie noch eine Schülerin, und Schülerinnen läßt man eher raus als Studentinnen.«

»Ich bin ja noch gar keine Studentin«, widersprach Evelina verärgert.

»Aber auch keine Schülerin mehr.«

»Spielt denn das wirklich so eine entscheidende Rolle?« wollte ich wissen.

»In unserem Fall spielt alles eine entscheidende Rolle«, antwortete Bettina. »Wir sind schließlich vorbelastet: ich komme aus Deutschland, Mizo aus einer sogenannten faschistischen Familie, beide sind wir nicht in der Partei und die Kinder in keiner kommunistischen Jugendorganisation. Manchmal denke ich mir, wir sind doch eigentlich Idioten! Hätten wir nicht unsere Mäntelchen nach dem Wind drehen können? Die Funktionäre mit Kind und Kegel können fahren, wohin sie wollen. Was hätte es uns gekostet, gute Parteimitglieder zu werden und ...«

»Mamma, hör doch auf«, sagte André müde, »du mit deinem störrischen Charakter hättest dir lieber die Zunge rausschneiden lassen als ›Es lebe der Kommunismus!‹ geschrien. Du kannst doch noch nicht mal Pappa etwas Zärtlichkeit vorheucheln. Nimmst lieber in Kauf, daß er sich wie ein Verrückter aufführt und dir das Leben zur Hölle macht.«

Zum Glück kam in diesem Moment der Kellner und knallte

vier Teller auf den Tisch. Ich schaute auf einen Fetzen Fleisch und dann in Bettinas erstarrtes Gesicht.

»Das ist der Dank«, murmelte sie, »der Dank für alles, was ich für meine Kinder getan habe.«

»So kommen wir nicht weiter«, sagte ich entmutigt.

Die Kapelle begann von neuem zu spielen, und eine füllige Sängerin in Nationaltracht ließ einen Goldzahn blitzen und sang: »Heide, Mädchen, laßt uns waschen, waschen laßt uns weiß die Wäsche ...«

»Ich sehe nur eine Möglichkeit«, sagte André, »wenn Mamma und Evi ein Ausreisevisum bekommen und etwa einen Monat in Deutschland sind, dann fliehe ich.«

»Du bist wahnsinnig geworden«, schrie Bettina, »weißt du überhaupt, was du da redest? Ich will das Wort ›fliehen‹ nie wieder hören, verstehst du, André. Du wärst nicht der erste, der auf der Flucht totgeschossen würde. Ich habe genug durchgemacht, ich bin am Ende!«

»Heide, Mädchen, laßt uns kochen«, sang die Füllige, »kochen laßt uns weiße Bohnen ...«

»Ich habe noch einen anderen Gedanken«, sagte Evelina, »wenn ich, zum Beispiel, eine Scheinehe schließen würde, so wie meine Großmutter damals in der Nazizeit mit einem Bulgaren, dann bekäme ich einen deutschen Paß.«

»Evi«, erinnerte ich sie, »was nützt es André, wenn du eine Scheinehe schließt? Es geht doch darum, daß er nicht herauskommt.«

»Meine Schwester«, lachte André, »will wie immer das Nützliche mit dem Angenehmen verbinden.«

»Genosse«, rief Bettina, die sich mit dem Wein Mut angetrunken hatte, »bringen Sie uns bitte noch eine Flasche!«

»Also nehmen wir mal den Fall an«, sagte ich, »Bettina und André bekommen die Ausreisegenehmigung und Evi nicht ...«

»Dann fahre ich auch nicht«, unterbrach mich Bettina erregt, »ich kann die Kleine unmöglich allein in Bulgarien lassen.«

»Und ich sage dir, du fährst!« befahl Evelina. »Du wirst meinem Bruder nicht die einzige Chance nehmen. Ein Mann hat es viel schwerer als ein Mädchen, ein Mädchen kann sich immer irgendwie durchmogeln. Also wenn André keine Ausreisegenehmigung bekommt, dann bleibe ich bei ihm.«

»Na, dann wäre ja alles geregelt«, sagte ich, »du, Bettina, bleibst wegen Evi hier, Evi bleibt wegen André hier, und André bleibt wegen seinem Vater, Mizo, hier. Bravo!«

»Hör nicht auf sie«, beschwichtigte mich André, »Mamma und Evi fahren und damit basta.«

Ich schwieg und verwünschte lautlos, aber inbrünstig das Regime, das Menschen zu Sklaven machte, sie mit unsichtbaren Ketten aneinanderschmiedete, so daß ein einziger, sollte er den Versuch machen auszubrechen, die ganze Reihe mit sich risse.

»Heide, Mädchen, laßt uns spinnen, spinnen laßt uns weiße Wolle...« jauchzte die Sängerin.

Ich versuchte eine Erbse auf die Gabel zu picken, aber sie war so hart, daß sie immer wieder absprang.

»Heide, Erbse, laß dich essen, essen laß dich von der Tante...«

»Was murmelst du da?« fragte Bettina.

»Ich spreche mit einer Erbse.«

Evelina lachte, und Bettina seufzte und sagte: »Aus dem einen Land wollten wir nicht raus und mußten, aus dem anderen wollen wir raus und dürfen nicht. Das ist doch ungerecht, nicht wahr, Angeli? Das ist doch gemein.«

»Ja«, sagte ich.

Die Sängerin hatte ihr vielstrophiges Lied beendet, und der Akkordeonspieler trat an einen der Tische und spielte ein ungarisches Lied. Bettina sah ihm eine Weile schweigend zu, dann sagte sie: »Früher habe ich auch Akkordeon gespielt, erinnerst du dich, Angeli?«

»Ja«, sagte ich.

»Und später, weil Mizo es wollte, habe ich Klavier gelernt. Damals habe ich ja alles gemacht, was er wollte, und heute...«
Sie verstummte.

»Und heute?« fragte André.

Aber sie sah und hörte ihn nicht. Mit nach innen gekehrtem Blick fixierte sie die Bilder, die sich in ihrem Kopf abspulten. Was waren das für Bilder? Mizo und sie, ein verliebtes junges Paar, das sich gegenseitig Trauben in den Mund schob und küßte, das unter einem blauen Sommerhimmel in den Bergen wanderte und unter einem Mond Foxtrott tanzte. Ein verliebtes junges Paar, das, wie zahllose andere Paare vor ihnen, mit ihnen, nach ihnen, in die Dreschmaschine der Weltpolitik geriet und zermalmt wurde.

Das ist doch ungerecht, nicht wahr, Angeli? Das ist doch gemein!

Plötzlich begann Bettina energisch zu essen. Sie sah uns dabei nicht an, war mit trotzigem Gesicht nur auf den Fraß auf ihrem Teller, auf Messer und Gabel, kauen und schlucken konzentriert. Jeder Bissen ein Schritt zurück in die unausweichliche Gegenwart.

»Was ist denn, Mamma?« fragte Evelina.

»Was soll denn sein. Ich esse. Essen muß man, nicht wahr? Oder wollt ihr auf das zarte Kalbsschnitzel und das feine gemischte Gemüse in Deutschland warten? In dem Gemüse waren Morcheln drin, erinnerst du dich, Angeli?«

»Ja.«

»Gibt es das Gemüse immer noch?«

»Wahrscheinlich. Ich weiß es nicht. Ist unser Gespräch somit beendet?«

»Ich glaube ja«, sagte sie und legte Messer und Gabel sorgfältig auf den fast leer gegessenen Teller, »denn sollte ein Wunder geschehen und wir alle drei über die Grenze kommen, was soll dann aus Mizo werden? Ich kann Mizo nicht einfach im Stich lassen. Wie immer ich heute auch zu ihm stehe, ich kann es nicht.«

Ich war kurz davor zu schreien, einen unartikulierten Affenschrei, einen Fluch, einen Notruf an Gott. Aber als sich die Augen von André und Evelina ängstlich auf mich richteten, gelang es mir, mich zu beherrschen.

»Hätte dir das nicht schon etwas früher einfallen können?« fragte ich. »Wir hätten uns viele ebenso mühsame wie nutzlose Gedanken und Gespräche erspart. Soweit ich mich erinnere, stand Mizo in denen nie zur Debatte. Mit Bulgarien wolltest du auch ihn verlassen. Stimmt das oder nicht?«

»Ja, es stimmt, aber plötzlich ... ich weiß nicht, was es war ...«

»Das Klavier, das du für ihn zu spielen gelernt hast«, sagte ich.

»Und die Schimpfworte, die er dir an den Kopf wirft«, sagte André.

»Sprich nicht so, André«, rügte Bettina, »er ist dein Vater. Und damals, als mein Paß in Bulgarien nicht verlängert wurde und die Nazis mich nach Deutschland zurück und in ein Arbeitslager schicken wollten, hat Mizo mich auf der Stelle geheiratet und damit gerettet. Soll ich ihn da jetzt allein im Dreck sitzenlassen?«

»Bettina«, erinnerte ich sie, »du warst es, die seit einem Jahr von nichts anderem geredet hat, die Mizo verlassen und mit den Kindern auf Biegen und Brechen nach Deutschland kommen wollte.«

»Das will ich immer noch, das werde ich immer wollen. Aber du siehst doch, was sie mit uns machen! Überall rennt man gegen eine Wand, und wenn sich eine Tür öffnet, fällt die andere ins Schloß. So war es doch immer in unserer Familie ... von Generation zu Generation zu Generation.«

Ich schwieg und duckte mich unter dem Gewicht einer grenzenlosen Müdigkeit.

Der Akkordeonspieler stand jetzt am Tisch einer größeren Gesellschaft und spielte: »Trink, trink, Brüderlein trink ...« Die Leute faßten sich unter, begannen zu schunkeln und den Text mitzusingen.

»Das sind Deutsche«, stellte Bettina fest.

André warf einen kurzen Blick zum Tisch hinüber, lächelte spöttisch und zuckte die Achseln.

»Deutsche aus der DDR«, belehrte ihn Evelina, nahm einen Spiegel aus ihrer Tasche und begann sich das Gesicht zu pudern.

Bettina, das Glas in der Hand, wiegte sich zu der Musik und trällerte leise: »Trink, trink, Brüderlein trink, lasset die Sorgen zu Haus ...«

(München 1962)

Von der Erinnerung geweckt

Am 24. Dezember, gegen 24 Uhr, hielt ich mit meinem Volkswagen vor dem Hilton Hotel in Berlin. Ein paar endlose Beine in braunen Hosen, umweht von einem sandfarbenen Kutschermantel, kamen mit Riesenschritten auf mich zu. Dann wurde die Wagentür aufgerissen, wurden die Beine irgendwie zusammengeklappt, und in der Öffnung tauchten nach und nach eine goldbeknopfte Brust, ein kleiner Kopf und ein brauner Zylinderhut auf.
»Guten Abend, gnädige Frau.«
»Guten Abend.«
Ich starrte interessiert auf seinen Zylinder, den ein orangefarbenes Band zierte, und er musterte argwöhnisch meine abgetragene Schafpelzjacke, die er an Gästen des Hilton nicht gewöhnt zu sein schien.
»Bleiben Sie über Nacht, gnädige Frau?«
Jetzt beäugte er eine große Tragetüte, die neben mir auf dem Sitz stand und all das enthielt, was in meinem Kühlschrank kläglich verdorben wäre.
»Jawohl«, sagte ich, »ich bleibe über Nacht.«
»Dann lassen Sie den Wagen ruhig stehen. Ich besorge alles weitere!«
Das war mir sehr angenehm, denn die siebenstündige Fahrt durch eine stille Nacht, heilige Nacht hatte mich erschöpft.
Ich ergriff die unansehnliche Tragetüte und überließ ihm den ansehnlichen Teil – einen Koffer und einen Pelzmantel.

Die Hotelhalle bot ein gar festliches Bild: ein brennender Weihnachtsbaum, kunstvoll geschmückt; ein Adventskranz, groß wie das Rad eines Lastwagens; Damen in feierlichem Schwarz, Herren im Smoking; und all das umspült von den Weihnachtsklängen einer Hammond-Orgel.

Ich trat an die Rezeption, stellte meine Tüte auf den Boden und knöpfte meinen Schafpelz auf. Neben mir stand eine Amerikanerin in obligater Nerzstola und blockierte den Empfangschef:

»That was a lovely Christmas … really … I've never seen prettier decorations … and the dinner, it was delicous …«

Gegen Nerz und Gesprächigkeit kam ich natürlich nicht an. Es dauerte dann auch ein mehrstrophiges ›O du fröhliche, o du selige‹, bis sich der Empfangschef mir zuwandte, und zwei weitere Weihnachtslieder, bis alle Formalitäten erledigt waren. Schließlich wurde mir ein Boy mit Schlüssel zugeteilt und eine »gute Nacht« gewünscht.

Mein Zimmer lag im siebenten Stock. Es war ein angenehmes Zimmer, in einem sanften, variationsreichen Blau: pastellblau die Wände, grün-blau der Teppich, grau-blau die Decke über dem Bett, marineblau der Vorhang. Ich fertigte den Boy mit dem Schlüssel, dann den mit dem Koffer ab, packte das Notwendigste aus, entkleidete mich und legte mich ins Bett. Auf dem Nachttisch lag eine Kognakbohne, goldverpackt und an einem grünen Stern befestigt. Auf dem Stern stand: »Das Hilton wünscht Ihnen« – und dann in sechs Sprachen – »Gute Nacht«. Ich aß die Kognakbohne und löschte das Licht. Die Stille und Dunkelheit taten mir nicht gut. Der Schlaf, der mir so nahe gewesen war, ließ mich im Stich. Auf einmal fühlte ich mich unbehaglich in dem großen – trotz Kognakbohnen – unpersönlichen Hotel, in dem blauen Zimmer, in der kühlen, frisch duftenden Bettwäsche. Ich fragte mich, warum ich mich auf dieses sentimentale Abenteuer eingelassen hatte.

Jahrelang hatte ich mich gegen all das gewehrt, was mich an

meine Kindheit erinnerte. Ich hatte Berlin gemieden und Weihnachten nur aus Pflicht meinem Sohn gegenüber gefeiert. Ich hatte sie vergessen wollen, diese Straßen und Häuser, in denen ich aufgewachsen war, ich hatte sie nicht sehen wollen, diese Weihnachtsbäume, die für mich zum Symbol einer herrlichen Kindheit geworden waren. Und dann plötzlich, Jahre und Jahre später, tat ich genau das, wogegen ich mich so standhaft gewehrt hatte: ich suchte die Erinnerung.

»Es war in Schöneberg, im Monat Mai ...« spielte das Radio. Der Tag war bleigrau, ohne Licht, ohne Schatten und Konturen. Ich stand am Fenster und starrte auf den sich drehenden Mercedesstern, der auf einem hohen, kastenartigen Gebäude thronte. »Ein kleines Mädelchen war auch dabei ...«
Ich ging zum Radio und schaltete es ab. Aber das Lied blieb. »Ich war sechzehn und schrecklich pummelig«, hatte mir meine Mutter eines Tages erzählt. »Außerdem hatte ich zwei dicke, rotbraune Zöpfe, die mir bis zu den Hüften baumelten. Damals fand eine Schüleraufführung statt und ich wurde auserwählt, ›Es war in Schöneberg, im Monat Mai‹ zu singen. Ich muß ein komischer Anblick gewesen sein – kugelrund, bezopft und in einem hellblauen Spitzenkleid mit Rüschen und Volants. Zum Glück war ich völlig unbefangen. Ich sang und tanzte ein wenig dazu. Als ich geendet hatte, brach ein so stürmischer Applaus los, daß ich das Lied wiederholen mußte. Aber das Merkwürdige an der Geschichte: das Mädchen, das nach mir dran kam, eine bildhübsche, gertenschlanke Blondine, hatte mit ihrem ›Gretchen am Spinnrad‹ überhaupt keinen Erfolg.«
Ich zündete mir eine Zigarette an und trat wieder ans Fenster. Ich sah meine Mutter, kugelrund und bezopft, singend und tanzend auf einer Bühne. Ich sah all die neuen gleichförmigen Häuser, die mich an die Gebäude erinnerten, die mein Sohn aus Legosteinen zusammensetzte. Ich sah den ramponierten Turm der Kaiser-Wilhelm-Gedächtnis-Kirche und schließlich,

direkt unter mir, den Zoo. Ich schaute ungläubig darauf hinab. Das, was ich vom Fenster des Hilton an diesem bleigrauen Tag sah, war trostlos: braune aufgeweichte Wege, kahles Gestrüpp, ein lehmgelber Teich und ein paar leere Tiergehege. Und damals ...

»Jetzt mach mal einen Vorschlag, meine Kleine. Was könnten wir heute unternehmen?«

»Wir könnten in den Zoo gehen, Papa, bitte, bitte, in den Zoo!«

»Schon wieder? Also schön, dann lauf und laß dich anziehen.«

Man hatte mir mein dunkelblaues Hamburger Mäntelchen angezogen und den kleinen steifen Hut aufgesetzt. So ausstaffiert, war ich an der Hand meines großen, gutaussehenden Vaters in den Zoo gegangen. Wie bunt war er mir damals vorgekommen, wie aufregend und wie unbeschreiblich groß. Die Wege waren Alleen gewesen, die bescheidenen Tiergehege weite Gelände, die Teiche Seen. Und dann die Tiere! Was für phantastische Exemplare hatte es da gegeben: Tiere mit Taschen im Bauch, mit Höckern auf dem Rücken, mit Stacheln am Körper, mit Hörnern auf der Nase, mit Streifen im Fell. Wir hatten uns Zeit genommen, Papa und ich. Wir hatten Erdnüsse, trockenes Brot und Bananen gekauft und die Tiere gefüttert. Wir hatten uns über die Nützlichkeit eines Rüssels unterhalten und über die Schönheit eines Tigers. Wir hatten lange die possierlichen Biber betrachtet und waren dann weitergewandert zum Vogelhaus. Zum Abschluß hatten wir im Pavillon, zu den munteren Operettenklängen eines Orchesters, Kuchen gegessen. Ja, so war es gewesen – damals ...

Ich zog den Vorhang zu, so wie ich das Radio ausgeschaltet hatte. Dann nahm ich einen Stadtplan von Berlin und breitete ihn auf dem Bett aus. Ich hatte auf diesen komplizierten Plänen noch nie gefunden, was ich suchte, aber diesmal – war es Zufall oder Intuition – fand ich es auf Anhieb: da war Westend mit der Ahornallee; da der Grunewald mit dem Johannaplatz;

und da Charlottenburg mit der Grolmanstraße. Ich kreuzte die drei Straßen an, faltete den Stadtplan zusammen und steckte ihn in meine Handtasche.

Ich hatte Berlin mit zehn Jahren verlassen, und meine Erinnerung an die Stadt war beschränkt. Geblieben war ein vages Allgemeinbild von bunten Lichtreklamen, breiten Straßen, behäbigen Mietshäusern, großzügig angelegten Villenvierteln und einer Vielfalt an S- und U-Bahnhöfen.

Als ich jetzt durch die Stadt fuhr, kam mir vieles bekannt vor, aber nichts vertraut. Berlin war mir gleichgültig geworden. Das einzige, was mich noch mit dieser Stadt verband, waren die Häuser und Straßen, in denen ich mich zu Hause gefühlt hatte.

Ich fuhr zunächst nach Westend, um das Haus meiner Großeltern Schrobsdorff aufzusuchen. Als Kind hatte mich dieses Haus fasziniert und mit angenehmem Gruseln an ein verwunschenes Märchenschloß erinnert. Es hatte Türme und Zinnen, Marmorsäulen und dicke, efeuüberwachsene Mauern; es hatte zahllose Zimmer von enormer Größe und Höhe, dunkle Nischen und Erker, stuckverzierte Plafonds, pompöse Kronleuchter, düstere Gemälde und riesige goldgerahmte Spiegel; und außerdem hatte es einen prachtvollen Garten mit samtigen Rasenflächen, mächtigen Bäumen, weißen Kieswegen und einer romantischen Grotte. Kein Wunder, daß mich all das entzückt, daß ich die Sonntage herbeigesehnt hatte. Denn jeden Sonntag Punkt ein Uhr mußten sich sämtliche Mitglieder der Familie zum Mittagessen einfinden.

Ich hatte einen miserablen Orientierungssinn, aber die Ahornallee fand ich mühelos. Als ich die stille, von alten Bäumen eingefaßte Straße wiedersah, überkam mich dasselbe Gefühl, das mich veranlaßt hatte, das Radio abzuschalten und die Vorhänge zuzuziehen. Aber diesmal gab ich mir nicht nach. Ich fuhr langsam über die erste Querstraße hinweg, dann über die zweite. Die dritte, wußte ich, war die Klaus-Groth-Straße, und an dieser Ecke begann das Grundstück. Ich drehte das Fenster hinunter und hielt nach den Türmen und Zinnen Ausschau. Aber da waren keine Türme und keine Zinnen, und als ich die Ecke erreicht hatte, trat ich auf die Bremse und starrte fassungslos auf einen Komplex hellgrün gestrichener Wohnhäuser. Mein Märchenschloß war verschwunden. Das einzige, was davon übriggeblieben war, war der schmiedeeiserne Zaun mit dem großen Tor, die Auffahrt aus Kopfsteinpflaster, das ehemalige Chauffeur- und Gärtnerhaus und ein Stück tristen kahlen Gartens.

Ich wollte wegfahren und konnte nicht. Noch einmal sah ich uns – meine Eltern und mich – vor dem Haus mit den Türmen und Zinnen halten, die Marmortreppe emporsteigen und die riesige Halle betreten.

»Da seid ihr ja alle, meine Kinder! Kommt her! Laßt euch umarmen und küssen … zuerst mein allerkleinstes, mein Herzblatt!«

Meine Großmutter, eine prachtvolle Erscheinung von barocker Statur und überschwenglichem Temperament, war uns entgegengerauscht, hatte mich an ihren üppigen Busen gepreßt und stürmisch geküßt. Die Hunde, ein launischer Zwergpinscher und ein alter, dicker Dackel, die jeden Morgen parfümiert und mit einer seidenen Schleife geschmückt wurden, hatten uns kläffend umsprungen. Ganz wohl war mir bei all dem nicht gewesen. Meine Großmutter hatte mich immer ein wenig eingeschüchtert. Mehr noch allerdings mein Großvater, ein strenger, unnahbarer Patriarch mit einem Löwenhaupt. Kaum dem Busen entronnen, war ich ins sogenannte Herrenzimmer geführt worden. Hier, in einem gewaltigen Ledersessel sitzend, hatte Großvater mein artiges Begrüßungszeremoniell entgegengenommen. Ich hatte einen tiefen Knicks gemacht, mich dann auf die Zehenspitzen gestellt und ihm die Stirn zu einem sparsamen Kuß geboten.

Danach war ich – damals noch einziges Enkelkind – von den Armen eines Onkels auf den Schoß einer Tante und von dem Schoß einer Tante in die Arme des nächsten Onkels gewandert. Ich hatte diese Prozedur ebenso wohlerzogen erduldet wie die des anschließenden Mittagessens, eines ausgiebigen, schweren Mittagessens, an einer langen festlich gedeckten Tafel. All das hatte lange gedauert, viel zu lange für meine Ungeduld. Ich wollte nur entkommen und den Nachmittag genießen. Wie hatte ich diese Nachmittage geliebt – Nachmittage, die ich in einem Schaukelstuhl im Wintergarten oder auf einem Eisbärenfell (mit Kopf und aufgerissenem Rachen) im Musikzimmer verträumte; Nachmittage, an denen ich mit Helga, der Chauffeurstochter, im Garten Versteck und auf dem Dachboden Gespenster spielen durfte; Nachmittage, an denen mir meine Großmutter in ihrem grünen Biedermeierzimmer selbstverfaßte lyrische Gedichte vorlas: »Von der Erinnerung geweckt steht manches auf, was hier und dort gewesen, denn in den Gärten geht der Abend um mit zärtlichen Gebärden.«

Das war der letzte Vers meines Lieblingsgedichts gewesen, und als ich jetzt hier saß, fiel er mir plötzlich wieder ein: Von der Erinnerung geweckt steht manches auf …

Das Haus am Johannaplatz, ein dreistöckiges, weißverputztes Haus, war noch da. Es hatte sich auch nicht verändert. Mit seinen abgerundeten Fensterbögen sah es aus, als zöge es arrogant die Brauen hoch. Denn es war ein stattliches Haus und sich seiner Stattlichkeit bewußt.

Ich stieg aus, um es mir ganz genau zu betrachten. Es war unversehrt geblieben, hatte die Zeiten der Not und des Elends blendend überstanden. Weiß, glatt und selbstzufrieden strahlte es mich an. Ich empfand tiefen Groll gegen dieses gesunde Haus, hinter dessen hochgezogenen Fensterbrauen meine glückliche Kindheit ein Ende genommen hatte. Da, in der zweiten Etage war es gewesen, da, wo jetzt die Topfpflanzen auf der Fensterbank standen. Topfpflanzen, was für eine Albernheit! Früher hatten dort weiße Stores gehangen, und die

Fensterbank war mein Lieblingsplatz gewesen. Wie oft hatte ich da gesessen, ein Buch gelesen und ab und zu auf den stillen runden Platz hinuntergeschaut. Jetzt stand ich hier unten, schaute zum Fenster empor, schaute durch es hindurch in unser Speisezimmer. Ich sah den blau-roten Perserteppich, den ovalen Eßtisch, den Kronleuchter mit den vielen schillernden Kristalltropfen.

»Nun iß schon, Kleine. Es wird doch alles kalt!«

»Papa, kommt Mutti wieder nicht zum Essen?«

»Nein, sie ist in der Stadt und hat sehr viel zu tun.«

»Warum hat sie denn jetzt immer so viel zu tun?«

»Iß, mein Kind. Du weißt doch, sonst schimpft Elisabeth.«

Aber Elisabeth, unsere Haushälterin, hatte in letzter Zeit selten geschimpft. Sie, die uns alle mit eiserner Strenge kommandiert hatte, war plötzlich sanft geworden.

Ich betrat den kleinen Garten und begann um das Haus herum zu gehen. Hier, an der linken Seite war das Mädchenzimmer gewesen, ein schmaler Korridor und dann die Küche. Ich hatte mich oft und gerne in der Küche aufgehalten, denn in der Hitze des Herdes, in der Nähe der walkürenhaften Elisabeth, hatte ich mich in der letzten Zeit am geborgensten gefühlt. Sie war, im Gegensatz zu früher, nie ungeduldig geworden, hatte mich in Töpfe gucken, Teig rühren und viele Fragen stellen lassen.

»Elisabeth, warum muß ich eigentlich nicht mehr zur Schule gehen?«

»Willst du etwa?«

»Nein, ich bestimmt nicht, aber Papa und Mutti haben es doch immer gewollt. Und jetzt, seit wir hier eingezogen sind, das ist … warte mal … zwei, nein schon drei Wochen her, muß ich einfach nicht mehr zur Schule gehen.«

»Also wenn du so unbedingt zur Schule gehen willst …«

»Ich will ja gar nicht, aber ich will wissen, warum ich nicht gehen muß!«

»Kleines, schau doch mal nach, was der Flash wieder anstellt. Wenn er so ruhig ist, dann hat das was Böses zu bedeuten.«

Natürlich war Flash, mein irischer Terrier, ein wirksames Ablenkungsmanöver gewesen. Meine Eltern hatten mir den Hund beim Einzug in die neue Wohnung geschenkt, und ich war selig gewesen, einen richtigen lebendigen Hund zu besitzen, einen mit rostbraunem Fell und der Eigenart, über das ganze Gesicht zu lachen. Und Flash, rostbraun und lachend, hatte seinen Zweck erfüllt. Er hatte mich in kritischen Momenten abgelenkt, und er hatte mich beschäftigt.

Ich bog um die Ecke des Hauses. Dort hinter den hohen schmalen Fenstern war Papas Bibliothek gewesen, ein Raum, in dem ich mich immer sehr still und ernst verhalten hatte, und daneben war der Wintergarten. Offensichtlich wurde er jetzt nicht mehr als solcher benutzt, denn die großen Fensterscheiben waren mit bunten Gardinen verhängt. Aber damals waren Wintergärten in Mode und für mich von größter Wichtigkeit gewesen. Denn nirgends hatte es sich so hübsch frühstücken lassen wie in einem Wintergarten.

»Mutti, ich glaube, das Ei ist schlecht. Riech doch mal dran.«

»Ach Kind, das bildest du dir bei jedem Ei ein. Es ist ganz frisch und riecht tadellos.«

»Mutti, fahren wir Ostern nach Westensee?«

»Nein, diesmal nicht, diesmal fahren wir woanders hin.«

»Aber ich möchte viel lieber nach Westensee zu meinen Ponys.«

»Möchtest du denn nicht mal ins Ausland – in ein ganz anderes Land, in dem es schrecklich viel Neues zu sehen gibt?«

»Was ist denn das für ein Land?«

»Ich werde es dir nachher auf der Landkarte zeigen.«

»Ist es schön da?«

»Es wird dir bestimmt gefallen. Ich fahre voraus, weißt du, und du kommst dann ein paar Wochen später nach und ...«

»Nein, Mutti, bitte nicht! Fahr nicht weg ... ich habe Angst ...«

»Komm her, mein Geliebtes, du brauchst keine Angst zu haben, hörst du, gar keine Angst ...«

Kurze Zeit darauf war meine Mutter fort gewesen.

Ich ging weiter. Flashs Lieblingsbaum, eine greise Kiefer, lebte immer noch. Die Garage hatte ein neues Tor bekommen. An der rechten Seite des Hauses hatte man ein Blumenbeet angelegt. Aus meinen Orangenkernen, die ich an einem fruchtbar anmutenden Frühjahrsmorgen aus Papas Schlafzimmerfenster gespuckt hatte, war leider nichts geworden. Ich schaute zum Fenster hinauf. Da hing ein schlaffer Vorhang aus irgendeinem großmaschigen Material. Wie schrecklich! Papa hatte Vorhänge aus smaragdgrünem Samt gehabt und ein großes französisches Bett und Einbauschränke voll der schönsten Sachen. Beim Anziehen hatte ich ihn immer beraten dürfen, und darauf war ich besonders stolz gewesen.

»Und jetzt die Krawatte, mein Kind. Welche würdest du da vorschlagen?«

»Die dunkelblaue mit den winzig kleinen roten Tüpfchen ... Papa, heute früh hab ich einen Brief von Mutti bekommen. Sie schreibt, daß ich ja nun bald zu ihr käme.«

»Ja, bald ... sehr bald ... Freust du dich?«

»Auf Mutti freue ich mich ganz furchtbar ... nur ... Papa, ich verstehe das alles nicht. Warum müssen wir so weit wegfahren, wenn wir es hier so schön haben?«

Mein Vater hatte den Arm um mich gelegt und war mit mir ans Fenster getreten. Ich hatte ihn angeschaut und gehofft, er werde etwas Erlösendes sagen. Aber er hatte nur hinuntergeblickt, dahin, wo jetzt das Blumenbeet war, und er hatte geschwiegen.

Ich ging die paar Schritte zur Gartentür und legte die Hand auf die Klinke. Einen Moment lang blieb ich so stehen. Hatte ich es damals gewußt, damals, als ich von Papa, Elisabeth und Flash eskortiert, das Haus am Johannaplatz verließ? Nein, ich hatte es nicht gewußt, aber ich hatte es gespürt. Als Papa diese selbe Tür hinter uns geschlossen und mich zum Auto geführt hatte, da war ich in Tränen ausgebrochen.

»Na, was suchen Se denn?« fragte die Frau. »Ich seh doch, Se kennen sich hier nicht aus.«

Sie war unaufgefordert an mein Auto getreten – eine typische Berlinerin, mit einem vifen freundlichen Gesicht, einem Filzhut auf dem Kopf und einem Minihund unter dem Arm.

»Ich suche die Grolmanstraße.«

»Dann sind Se hier goldrichtig. Welche Nummer wollen Se denn?«

»Die Nummer weiß ich nicht mehr«, sagte ich. »Ich war das letzte Mal vor 25 Jahren hier.«

»Ach herrjemine, da würde Ihnen die Nummer auch nüscht mehr nützen. Das sind ja alles neue Häuser hier. Die Grolmanstraße, wissen Se, is ratzeputz zertrümmert worden.«

Der Minihund hatte ein giftgrünes Strickmäntelchen an und zitterte erbärmlich.

»Tja«, sagte die Frau, »da kann ich Ihnen wohl auch nicht mehr helfen.«

»Nein«, sagte ich, »das können Sie wohl nicht.«

Die Grolmanstraße war, von den neuen Häusern abgesehen, eine alte Charlottenburger Straße – ein wenig düster, aber nicht trist. Ich fuhr sie langsam hinauf und wieder hinunter, hinauf und wieder hinunter. Da war ein Fischgeschäft mit gelben Kacheln, ein Friseur, eine Fahrschule, eine Kneipe namens »Kindel-Klause«, ein Tabakwarenladen, ein Lokal, das sich »Dee-Dee-Bar« nannte. Und dann war da ein einziges übriggebliebenes altes Haus, mit hohen schmalen Fenstern und hölzernen Fensterkreuzen, mit verschnörkelten Ornamenten am Gesims und bauchigen schwarz-vergitterten Balkonen. Vor diesem Haus blieb ich schließlich stehen. Es war bestimmt nicht das Haus, in dem meine Großeltern Kirschner gelebt hatten, aber es erinnerte mich daran. Sie hatten die Wohnung im Parterre gehabt, eine geräumige, dämmrige Wohnung, und schwere Möbel von einer behaglichen Häßlichkeit.

Ich hatte mich nirgends wohler und geborgener gefühlt als in der Grolmanstraße, denn zu niemandem hatte ich mehr Vertrauen gehabt als zu den Großeltern Kirschner. Ich hatte sie geliebt, ohne die Furcht, mit der ich meine temperamentvolle Mutter, ohne die Ehrfurcht, mit der ich meinen würdevollen Vater geliebt hatte. Omutter war klein und zart und melancholisch gewesen. Sie hatte ihren einzigen Sohn durch die Spanische Grippe verloren, den Verlust nie überwunden, die Trauerkleidung nie abgelegt. Sie war mir unvergeßlich geblieben – eine schmale, schwarzgekleidete Gestalt an einem Nähtisch, bunte Garnrollen im Schoß, ein weißes Tuch in den Händen, das sie im Kreuzstich mit einem Blumenmuster bestickte. Und Opapa. Ich werde ihn immer da sitzen sehen, in seinem großen Ohrensessel, unter dem goldgerahmten Kinderporträt meiner Mutter – ein kleiner, runder, ewig heiterer Mann mit gütigen wasserblauen Augen, einer rosigen, weißumkränzten Glatze und einer Fliege unter dem Kinn.

»Opapa, darf ich mal auf deinen Klingelknopf drücken?«

»Aber natürlich darfst du, mein kleiner goldener Hase.«

Ich hatte mich rittlings auf seine Knie gesetzt und mit dem Zeigefinger auf eine Warze an seinem Kinn gedrückt.

»Klingelingeling«, hatte er gemacht, und ich, obgleich ich das Spiel schon seit Jahren spielte, hatte schallend gelacht.

Wie unwiderstehlich komisch waren mir die Späße meines Großvaters vorgekommen und wie wunderbar die leise Trauer meiner Großmutter.

»Bitte, Omutter, sing mal: ›Und der Hans schleicht umher …‹«

»Aber mein Liebling, dann mußt du doch wieder weinen.«

»Das macht ja nichts … bei so was weine ich schrecklich gern.«

Sie hatte ihre Stickerei beiseite gelegt, mich auf ihren Schoß genommen und gesungen: »Und der Hans schleicht umher, trübe Augen, blasse Wangen und das Herz so voller Bangen …«

Sie waren anders gewesen, meine Großeltern, anders als alle, die ich jemals gekannt hatte. Sie waren gleichbleibend gut, sanft und voller Liebe gewesen. Sie hatten zu Weihnachten zwar keinen Christbaum gehabt und zu Ostern keine buntgefärbten Eier, aber am Freitag abend war der Tisch festlich gedeckt und mit einem siebenarmigen Leuchter geschmückt worden, und an Ostern hatte es Matze gegeben, gefüllten Karpfen, Kreppchen und einen etwas süßen, aromatischen Wein. Mich hatte das alles sehr entzückt – die Matze, die anstatt Brot gereicht wurde, das Käppchen, das sich mein Großvater Freitag abends auf den Kopf setzte, der Kerzenleuchter, den meine Großmutter mit feierlicher Gebärde entzündete, das alte in Leder gebundene Buch mit der merkwürdigen Schrift, die ich nicht zu entziffern vermochte. Ich hatte bei all diesen Dingen nie etwas Fremdes empfunden. Es war mir vertraut gewesen, denn es kam von meinen Großeltern, und was von meinen Großeltern kam, war gut und schön und unantastbar richtig.

Das Bleigrau des Tages hatte sich vertieft. Die Grolmanstraße war wie ausgestorben – kein Mensch, kein Auto, kaum ein Geräusch. Hinter den Fenstern brannte bereits Licht. Mir fiel ein, daß ja heute der erste Weihnachtsfeiertag war und noch dazu die Mittagsstunde. Sie saßen wohl alle bei ihrem Weihnachtsbraten und feierten das Fest der Liebe und des Friedens. Ich fragte mich, ob nicht etliche von ihnen meinen Großeltern begegnet waren, damals, in den letzten Wochen. Hatten sie die Güte in ihren Augen gesehen? Nein, wahrscheinlich nicht. Aber den gelben Stern auf ihrer Brust, den werden sie gesehen haben. Und vielleicht hatten auch einige das Motorengeräusch des Lastwagens gehört, der sie in einer dunklen Morgenstunde abgeholt hatte. Und vielleicht hatten sie am anderen Tag zugeschaut, wie ihre Möbel aus dem Haus getragen wurden – der kleine Nähtisch und der große Ohrensessel …

Ich fuhr ins Hilton zurück. Der Riese mit dem Zylinder riß mir die Wagentür auf. Ein Boy in einer orangefarbenen Pagenjacke riß mir die Hoteltür auf. Der Weihnachtsbaum brannte. Eine Gruppe festtäglich gekleideter Menschen lachte. Der Fahrstuhl öffnete lautlose Türen und von seiner Decke rieselte beschwingte Tanzmusik. Mein Zimmer war blau, peinlich sauber und unerträglich unpersönlich. Auf dem Nachttisch lag schon wieder eine Kognakbohne.

Ich zog mir nicht einmal den Mantel aus. Ich stopfte meine Sachen in den Koffer und floh. Ich floh aus dieser Stadt, in der ich alles besessen hatte und alles verloren.

(Berlin 1963)

Hadera

Hadera liegt in Israel, genauer gesagt, auf halbem Weg zwischen Tel Aviv und Haifa, etwa zwei Kilometer von der Autostraße entfernt. Es ist ein kleiner Ort, unbedeutend und ungeliebt von den Israelis. Die meisten kennen ihn gar nicht, und wenn sie ihn kennen, rümpfen sie die Nasen: »Hadera?« sagen sie. »Was für ein scheußliches Nest!«

Gewiß, Hadera hat nicht den Reiz der Wüstenstadt Eilath, nicht die Noblesse Jerusalems, nicht die Schönheit Caesareas und nicht den orientalischen Zauber Beer Shevas. Es hat kein Meer zu bieten, keine sanft gerundeten Hügel, keine Orangenplantagen. Die Landschaft, in die es hineingesetzt worden ist, sieht aus wie ein zu braun geratener Eierkuchen, und der Ort selbst hat weder Charakter noch Charme. Die Häuser sind dürftige Gebäude, von denen man nur eins mit Sicherheit behaupten kann: Sie haben vier Wände, Türen, Fenster, ein Dach und eine häßliche Fassade. Die Straßen sind so angelegt, daß man sich bestimmt nicht in ihnen verirrt: Zwei parallel laufende Straßen kreuzen zwei parallel laufende Straßen und münden dann jeweils in einen runden Platz. In der Mitte der Plätze wächst etwas struppiges Gras, staubbedeckt wie die Blätter einiger mächtiger Bäume.

Mehr gibt es über Hadera kaum zu sagen, es sei denn, man erwähnt noch die wichtigsten Gebäude: den Supermarkt; die Bank Leumi, das solideste Bauwerk des Ortes; ein mehrstöckiges Verwaltungsgebäude, das weiß verputzt und daher noch sehr neu sein muß; und ein Kino, das James-Bond-Filme bietet und einmal, kurioserweise, mit einem Gastspiel von Marcel Marceau überraschte. Selbstverständlich gibt es noch viele verschiedenartige Läden, in denen man sich – dank einer heillosen Unordnung – so wohl fühlt wie früher als Kind in einer Rumpelkammer, und, um es nicht zu vergessen, zwei restaurantähnliche Lokale. In dem einen wird orientalisch, in dem anderen osteuropäisch, in beiden koscher gekocht.

Das also ist Hadera, und wenn ich jetzt hinzufüge: ein liebenswerter Ort, dann sollte man diese Worte nicht für pure Ironie halten. Ich meine sie ernst. Hadera hat zwar keinen Charakter, keinen Charme, aber es hat ein Gesicht – das Gesicht der Menschen, die dort wohnen. Auf den geraden Straßen und runden Plätzen, unter den ergrauten Baumkronen und hinter den schäbigen Fassaden spielt sich das Leben ab – das bunte, kontrastreiche Leben eines Volkes, das aus fünf Erdteilen und einundvierzig Ländern, aus den größten Städten und winzigsten Dörfern zusammengeflossen ist.

Ich fahre jeden zweiten Tag nach Hadera und immer mit dem Gefühl froher Erwartung. Denn obwohl ich jedesmal den gleichen Rundgang mache, habe ich auch jedesmal ein ebenso neues wie vertrautes Erlebnis. Mein Rundgang beginnt mit einem Einkauf im Supermarkt. In Deutschland betrete ich nie einen Supermarkt, denn die exakte Gruppierung der Waren, das »In-Reih-und-Glied« der Konserven, die hygienisch weißen Kittel des Personals, die ganze sterile Unpersönlichkeit dieser Einrichtung ist mir ein Greuel. In Hadera dagegen ist der Supermarkt weder unpersönlich noch steril. Obgleich er in der Gesamtanlage nach amerikanischem Muster eingerichtet ist, hat er sich im Detail die Seele eines kleinen Krämerladens bewahrt.

Als ich ihn jetzt betrete, diesen Raum, in dem es nach Hering riecht, nach Staub und frischem Brot, fühle ich mich gut aufgehoben. Aus einem großen Haufen drahtgeflochtener Einkaufskörbe angele ich mir einen heraus, befestige ihn an einem klapperigen Fahrgestell und schiebe los.

Die mehrstöckigen Verkaufsstände, auf denen sich in unübersichtlichem Durcheinander die Waren drängen, faszinieren mich: Da gibt es Konservendosen, zum Teil leicht angerostet und zerbeult, verstaubte Flaschen mit schwer definierbarem Inhalt, Beutel mit blassem Gebäck, Zahnbürsten mit angegrauten Borsten, Gläser mit eingemachten grünen Tomaten, buntes Plastikgeschirr und eine, wie es scheint, reiche Auswahl an Gewürzen.

Da ich Rosmarin brauche, trete ich näher, betrachte nachdenklich die kleinen durchsichtigen Behälter, stelle fest, daß sie hebräisch beschriftet sind, und entschließe mich, einen nach dem anderen zu öffnen, um daran zu riechen. Beim zehnten angelangt, bin ich sicher, daß sie – vom Knoblauchsalz abgesehen – alle denselben Geruch haben. Hilfesuchend wende ich mich an einen kleinen dicken Mann, der seiner Tätigkeit nach – er stellt Konservendosen in ein Fach, statt sie herauszunehmen – ein Angestellter sein muß.

»Do you speak English?« frage ich. »Oder Deutsch?«

»A bissele Deitsch«, sagt der Mann, und da er sich gerade eine Zigarette anzünden will, bietet er auch mir eine an.

»Vielen Dank«, sage ich und erkundige mich dann, ob es im Supermarkt ein Gewürz namens Rosmarin gibt.

»Natirlich«, versichert der kleine Dicke, »gibt es alles im Supermarkt.«

Behende läuft er zum Regal mit den Gewürzen, nimmt einen kleinen Behälter heraus und drückt ihn mir in die Hand.

»Ich glaube nicht, daß das Rosmarin ist«, wende ich zaghaft ein.

»Nu«, sagt er und hebt die Schultern bis zu den Ohren, »und wozu willst de haben Rosmarin?«

»Um ein Huhn damit zu braten.«

»Ein Huhn? Habe ich dir gegeben ein Gewirz extra für Huhn.«

Ich wage nicht seine Rede anzuzweifeln, bedanke mich herzlich und wende mich der Kühltruhe mit Milchprodukten zu.

Immer wenn ich vor dieser Kühltruhe stehe und auf das Käsesortiment niederblicke, überkommt mich ein Gefühl der Rührung. Da liegen, in Israel hergestellt, Gorgonzola, Schweizer- und Edamerkäse. Rein äußerlich sind sie recht gut gelungen: der Schweizer hat Löcher, der Edamer eine rote Wachsrinde, der Gorgonzola grüne Flecken. Doch gäbe es keine so deutlichen Anhaltspunkte, kein Mensch könnte den Geschmack des einen von dem des anderen unterscheiden. Zum Glück gibt es auch eine einheimische Käsesorte, einen vorzüglichen herben Schafkäse, den man auf den Tischen mitteleuropäischer Juden kaum findet. Ich nehme ein Stück davon und ziehe weiter zu den Fleischwaren. Hier allerdings gerate ich jedesmal in Verlegenheit. Die Auswahl, durch das koschere Gesetz bedingt, ist gering. Es gibt hauptsächlich Hühner – Hühner ohne Kopf und Krallen, tiefgefroren. Hühner mit Kopf und Krallen, ungefroren. Hühner, lebendig, in Käfigen. Außerdem gibt es natürlich Hühnerleber, auch ein Stück Rindsleber und Würste, von denen zu kosten ich niemals wagen würde.

»Schalom, Schalom«, sagt der Verkäufer, der sich freut, eine so treue Kundin in mir gefunden zu haben.

»Schalom«, sage ich, und wir lächeln uns an. Er ist ein zierlicher Mann mit einem biblischen Gesicht, einem schwarzen Bart und einem Käppchen auf dem Hinterkopf.

»Wollen Sie haben sehr gute Schnitzel?« fragt er.

»O ja«, sage ich überrascht von dem seltenen Angebot.

Er öffnet den Kühlschrank und holt ein großes Stück zartes rosa Fleisch heraus.

»Ein herrliches Kalbfleisch«, lobe ich.

»Ist nicht Kalb, ist Putenschnitzel.«

Also wieder ein Tier mit Flügeln und Federn. Ich unterdrücke einen Seufzer und spiele erfreut. Er schneidet mir eine Scheibe ab, wickelt sie in braunes Papier und legt sie mir behutsam in den Einkaufskorb.

Jetzt habe ich also statt Rosmarin ein Gewürz »extra für Huhn« und statt eines Kalbsschnitzels ein Putenschnitzel. Fehlt mir nur noch das Gemüse. Heute gibt es riesige Auberginen, winzige Gurken, »Kussa«, in Italien Zucchini genannt, Avocados, Paprikaschoten und herrliche Tomaten, auf die ich mich sogleich stürze. Neben einer alten Dame mit faltigem Gesicht und einem schönen Brillanten am Finger wühle ich in der Kiste und suche die besten heraus. Mit der Petersilie habe ich weniger Glück. Die Sträuße sind welk, und ich suche vergeblich nach einem frischeren. Ein Mann in alten Khakihosen und Baskenmütze sieht mir eine Weile zu, dann beginnt er mir zu helfen. Schließlich zieht er einen nicht minder welken, dafür aber sehr großen Strauß hervor, reicht ihn mir und sagt: »Take this one, Madame, it's very good.«

Natürlich nehme ich die Petersilie, so wie ich das Gewürz und das Putenschnitzel genommen habe, bedanke mich und gehe zur Kasse. Die Kassiererin, eine junge Frau mit dunklem Teint und schwarzen Sammetaugen, strahlt mich an: »Schalom, Geweret«, sagt sie, und dann – sie gibt die Hoffnung nicht auf, daß ich sie verstehen könnte – bricht ein Schwall an Worten über mich herein. Erst als ihr mein hilfloses Lächeln beweist, daß ich sie eben doch nicht verstehe, breitet sie in einer Geste des Bedauerns die Arme aus und wendet sich der Kasse zu. Sie tippt die Preise langsam und sorgfältig ein, legt mir danach die Rechnung vor und hilft mir, die Sachen in meiner Einkaufstasche zu verstauen.

»Toda raba!« sage ich, und über dieses fließend ausgesprochene »vielen Dank« gerät sie in wahre Begeisterung.

Meine nächste Station ist das Süßwaren- und Spirituosengeschäft Zuckermann, das dem Supermarkt schräg gegenüber liegt.

Die Inhaber, ein Ehepaar, sind geborene Berliner. Beide sind klein und schmal, kraushaarig und bebrillt. Allerdings gibt es da doch einen Unterschied zwischen ihnen, einen sehr entscheidenden sogar: hinter seinen Brillengläsern schauen einen die guten Augen eines duldsamen Mannes an, hinter den ihren lauert der kritisch abwertende Blick einer Spießerin.

Der Laden ist dank seiner preußischen Ordnung und seiner so seltenen Angebote wie Spekulatius, Borkenschokolade und Marzipankartoffeln ein beliebtes Ziel deutscher Juden. Heute ist er bis auf einen hageren alten Herren in Begleitung eines dicken kleinen Jungen leer. Herr Zuckermann begrüßt mich mit offensichtlicher Freude, während mich seine Frau mit kurzem Blick und unentschlossenem Lächeln streift. Ich nicke ihr zu und schüttele ihm die Hand. Dann verlange ich einen Rotwein, einen anderen als das letzte Mal und einen – wenn es geht – etwas besseren.

Herr Zuckermann seufzt über meinen anspruchsvollen Geschmack, und der alte Herr wendet sich von einer bunten Auswahl kandierter Früchte ab und mir zu: »Unser Wein«, erklärt er, »ist noch a bisserl unkultiviert. Darf ich fragen, welchen Sie getrunken haben?«

»Einen roten Avdat.«

»Dann versuchen S' doch mal den weißen Mikwe.«

»Da sieht man's mal wieder«, lacht der kleine Zuckermann, »ein Wiener, ein Weinkenner.«

»Des war amal«, sagt der alte Herr und dann voller Interesse: »Und Sie, gnädige Frau, kommen aus Deutschland?«

»Ja«, sage ich, »aus München.«

»Ah, in München, da war ich oft. Eine schöne Stadt! Hat sie sich sehr verändert?«

»Ich fürchte ja.«

»Nun, was wollen S', die prachtvolle Landschaft ist doch geblieben. Ich war vor fünf Jahren das erste Mal wieder in Österreich, und als ich die Berge sah, den Wald und die grünen, grünen Wiesen, da sind mir die Tränen nur so hinabgeronnen.«

»Mir«, sage ich, »ist die israelische Landschaft lieber als die deutsche.«

»Ja, ja, sie ist schön ... aber so ein richtiger Laubwald, ein silbriger Bach, ein schneebedeckter Berggipfel ...«

Da ist sie wieder, die schwärmerische Erinnerung, die

schmerzhafte Sehnsucht, die ich bei so vielen mitteleuropäischen Juden entdecke. Ich schweige, während sich zwischen den Zuckermanns und dem alten Österreicher ein angeregtes Gespräch entwickelt: Berlin, München, Wien ... der Kurfürstendamm, der Englische Garten ... der Prater ... Theater, Opern, Museen ...

Der dicke kleine Junge, der endlich zu seinen kandierten Früchten kommen will, wird ungeduldig. Er zerrt seinen Großvater am Arm und schreit in Hebräisch auf ihn ein. Der alte Herr beugt sich liebevoll zu ihm hinab und beschwichtigt ihn in einem Kauderwelsch aus Deutsch und Hebräisch.

»Also einen weißen Mikwe?« fragt Herr Zuckermann.

»Ja«, sage ich, »und Zigaretten, die mildesten, die Sie haben.«

Er legt mir eine Auswahl von vier verschiedenen Sorten hin, und da ich unschlüssig bin, öffnet er sämtliche Päckchen: »So«, fordert er mich auf, »und jetzt probieren Sie.«

Frau Zuckermann zieht die Stirn kraus, und ich, etwas verlegen, zünde mir eine Zigarette nach der anderen an, rauche einen Zug und entscheide mich schließlich für eine, die genauso schmeckt wie die drei anderen. Ich erkläre, diese sei die mildeste Zigarette meines Lebens, kaufe zum Dank noch eine Tafel Schokolade und verabschiede mich.

»Küß die Hand«, sagt der Österreicher, »und wenn S' nach München kommen, grüßen S' mir die Berge.«

Als ich zur Tür gehe, reißt das schmale Lederband meiner Sandale, und beim nächsten Schritt bleibt der Schuh hinter mir zurück.

»Deutsche Wertarbeit«, sage ich, und Herr Zuckermann lacht und rät mir, zum Schuster Kaminsky gleich neben dem Café Spitzer zu gehen: »Sagen Sie, Sie kommen von mir, und er bringt es Ihnen gleich in Ordnung.«

Ich ziehe auch den anderen Schuh aus und laufe barfuß zum Schuster Kaminsky gleich neben dem Café Spitzer, das im übrigen mein Stammcafé ist.

Die Werkstatt des Schusters ist ein notdürftig zusammengenagelter Schuppen, nicht größer als ein Hühnerstall. Ein rotblonder Gnom, mit speckigem Käppchen auf dem Kopf, hockt auf einem niederen Schemel. Als ich eintrete, mustert er mich mit kurzem scharfem Blick und senkt dann wieder den Kopf über seine Arbeit.

»Schalom«, sage ich ein wenig eingeschüchtert. »Herr Zuckermann hat mich zu Ihnen geschickt. Meine Sandale ist eben kaputtgegangen …« Ich halte sie ihm entgegen.

Er nimmt den Schuh, betrachtet erst ihn, dann mich. Seine Augen sind silbergrau und flimmern wie ein See in der Sonne. Sein Blick ist mißtrauisch, und ich versuche, ihm mit meinem treuherzigsten Lächeln zu begegnen.

»Nu«, sagt er, ohne mein Lächeln zu erwidern, »werde ich ihn reparieren.«

Da kein Stuhl vorhanden ist, lehne ich mich an den Türrahmen und schaue ihm bei der Arbeit zu. Er schweigt, lange, dann fragt er: »Kommste aus Deitschland?«

»Ja«, sage ich.

»Und im Krieg, biste gewesen auch in Deitschland?«

»Nein«, sage ich.

»Wo biste gewesen?«

»In Bulgarien«, sage ich.

»Nu, und sind da nicht gewesen die Deitschen?«

»Doch«, sage ich.

Lange Pause, dann: »Und haste gehabt keine Zores?«

»Mehr als genug«, sage ich.

Jetzt weiß er Bescheid. Er schaut auf, und sein silbergrau flimmernder Blick ist freundlich: »Is dein Schuh jetzt geklebt«, sagt er, »aber mußte noch warten halbene Stunde, bis er is trocken.«

»Dann gehe ich solange nebenan ins Café.«

Er nickt ernst und mit dem Verständnis, das man einer Gleichgearteten entgegenbringt. Dann beugt er sich über den nächsten Schuh.

Dem Café Spitzer galt meine besondere Liebe, denn jeder

Versuch, es zu einem richtigen Café zu machen, ist gescheitert. Der karge viereckige Raum beherbergt drei Kunststofftische, ein paar Stühle, eine riesige Kühlvitrine, durch deren Scheibe man einige Eier und Limonadenflaschen bestaunen kann, eine Neonlichtröhre und einen Ventilator. Vor dem Café stehen noch zwei Tische, und an einen von diesen setze ich mich. Das Pflaster unter meinen nackten Füßen ist heiß, die Leichtmetallrohre – man kann sie auch Stuhllehnen nennen – glühen, die Sonne in meinem Rücken brennt. Ich mag diese Hitze, diesen unbequemen Stuhl, diese häßliche Straße. Ich mag diese Menschen und ihr kleines bescheidenes Leben, das sich mir darbietet wie ein Schauspiel: In meiner Nähe kauert eine Araberfamilie auf dem Bürgersteig und nimmt eine Mahlzeit aus flachen, runden Broten, Oliven und Tomaten ein ... ein Eselkarren holpert vorüber – ein ganz kleiner zweirädriger Karren, gezogen von einem ganz kleinen schwarzen Esel, gelenkt von einem ganz kleinen orientalischen Juden mit zerzaustem grauem Bart, Pluderhosen und einem bis zu den Knien reichenden Kaftan ... ein uniformiertes Pärchen schlendert Hand in Hand die Straße hinab – er, dunkel und mager, sie, blond und stämmig ... ein offener Lastwagen, vollgestopft mit singenden Kindern rollt heran ... zwei fromme Juden mit fliegenden Paies und Kaftanschößen laufen einem davonfahrenden Autobus nach ... ein Mann, der auf der gegenüberliegenden Straßenseite ein Installationsgeschäft hat, biegt seine nicht mehr ganz einwandfreien Rohre in einer Astgabel gerade.

Während ich ihm noch mit Interesse dabei zusehe, tritt Frau Spitzer – Oma, wie ich sie im stillen nenne – an meinen Tisch. Sie ist klein, und alles an ihr ist rund und weich: ihr Körper, ihr Gesicht, ihre Augen, ihre Hände, ihre Stimme.

»Schalom«, sagt sie und blickt sanft auf mich herab, »ich habe schon auf Sie gewartet.«

Sie ist eine jener seltenen Frauen, zu der ich ginge, wenn ich Hilfe brauchte oder Trost.

»Ich komme so gern in Ihr Café«, sage ich.

Sie lächelt, ohne daß sich ihr Gesicht dabei verzieht. Das Lächeln ist allein in ihren Augen, die gütig sind und melancholisch.

»Leben Sie schon lange in Hadera?« frage ich.

»Zweiunddreißig Jahre.«

»Zweiunddreißig Jahre. Ja, gab es denn damals schon ein Hadera?«

»Es gab viel Sand und ein paar kleine Häuser. Sonst gab es nichts – keine Straßen, keine Bäume, kein Licht und kein Wasser. Ich kam mit drei kleinen Kindern und zwei Koffern aus Frankfurt. Euwaweu war ich unglücklich!«

»Aber jetzt leben Sie gerne hier?«

»Nun, ich habe es heranwachsen sehen wie meine Kinder, und was man heranwachsen sieht, das liebt man, auch wenn es nicht so gut gelungen ist.«

»Ich mag Hadera«, sage ich.

»Was mögen Sie daran?«

»Ach, das ist schwer zu erklären … ich fühle mich einfach wohl hier.«

Sie schaut mich nachdenklich an, fegt dann mit ihrer kleinen gepolsterten Hand den Staub vom Tisch und fragt: »Einen Tee mit Milch und ein Stück Käse- oder Apfelkuchen?«

Oma ist stolz auf ihren gutbürgerlichen deutschen Kuchen, der, dem israelischen Klima nicht gewachsen, eine ungenießbare Mischung aus trockenem Teig und fader Füllung ist. Aber um sie nicht zu enttäuschen, bestelle ich ein Stück Apfelkuchen. Sie entfernt sich langsam, blickt einmal die Straße hinauf, dann hinunter, entdeckt offenbar nichts Interessantes und verschwindet im Café.

Ich zünde mir eine Zigarette an und überlege, warum mir Hadera so liebenswert erscheint. Es erinnert mich an etwas, das weit zurückliegt und eigentlich nur ein Gefühl ist – ein Gefühl der Ruhe, der Geborgenheit, der Vertrautheit. Aber ich komme nicht drauf, wann und wo ich dieses Gefühl schon einmal erfahren habe.

Ein älterer Mann läßt sich am Nebentisch nieder, blickt einmal freundlich zu mir herüber und schlägt dann die Zeitung auf. Eine Frau stellt einen Stuhl vor ihre Haustür und beginnt mit einer Handarbeit. Eine Katze mit großen grünen Augen kommt vorsichtig näher, wagt sich bis zu meinen Beinen vor, reibt ihren harten, dreieckigen Kopf an meinen Waden und tritt mit behutsamen Pfoten auf meine nackten Füße. Der Geruch von Hühnersuppe weht aus einem geöffneten Fenster zu mir herüber.

Und plötzlich weiß ich, wann und wo ich dieses Gefühl der Ruhe, der Geborgenheit, der Vertrautheit schon einmal erfahren habe. Damals als Kind bei meinen Großeltern Kirschner, damals in der stillen altmodischen Wohnung in Berlin-Charlottenburg.

Das also ist Hadera, eine ferne Erinnerung an Güte und Bescheidenheit.

(München 1963)

Die Schreibmaschine von Professor Mandelbaum

Ich erwachte von dem Hupen eines Autos. Davon erwacht man hier häufig, denn wenn jemand abgeholt wird, ist es üblich, nicht auf die Klingel zu drücken, sondern auf die Hupe. Ist derjenige, der abgeholt wird, noch nicht fertig, öffnet er das Fenster und schreit etwas hinunter, was der Wartende mit erneutem Hupen zur Kenntnis nimmt. All das ist natürlich bequem. Es erspart das Treppensteigen.

Wahrscheinlich wäre ich, an dieses unfreundliche Signal schon zur Genüge gewöhnt, auch wieder eingeschlafen, wenn es sich an diesem Morgen nicht um einen offenbar komplizierteren Fall gehandelt hätte. Der Fahrer, wer immer er sein mochte, nahm die Hand nicht von der Hupe, die zu einem Vehikel älteren Jahrgangs gehören mußte, denn sie klang heiser und schnappte von Zeit zu Zeit in einen hohen, piepsenden Ton um.

Ich biß die Zähne zusammen und öffnete die Augen. Licht schimmerte durch die Ritzen der Jalousien. Es war kurz nach sieben. Ich murmelte etwas von Verbrechern, hassen und umbringen, da brach das Hupen plötzlich ab, und zwei männliche Stimmen, die eine von oben, die andere von unten, verstrickten sich in einen heftigen Disput. Ich setzte mich auf und lauschte. Wenn man schon auf diese brutale Art geweckt wird, dann möchte man wenigstens den Grund dafür erfahren. Vielleicht handelte es sich um einen dringenden Fall, der das Dauergehupe sogar in meinen Augen rechtfertigte. Aber diesen besänftigenden Gedanken mußte ich sogleich wieder aufgeben. Es handelte sich lediglich um ein Taxi, das einen Fahrgast abholte, und einen Fahrgast, der erklärte, nicht mehr abgeholt werden zu wollen. Soweit konnte ich dem Disput noch folgen. Danach konnte ich es nicht mehr. Nicht nur weil meine hebräischen Sprachkenntnisse beschränkt waren, sondern weil sich die Stimmen gegenseitig überschrien, so daß keiner den anderen verstand und an eine Beilegung des Streites schon aus diesem Grunde nicht zu denken war. Der Fahrgast, der offensichtlich im Unrecht war, gebärdete sich ebenso empört wie der Taxifahrer, und das, überlegte ich, nannte man im Jiddischen »Chuzpe«, ein Wort, das in keine Sprache der Welt übersetzbar ist, denn »Chuzpe haben« ist eine rein jüdische und auf andere Völker unvererbbare Eigenschaft.

Ich legte mich wieder hin und zog mir die Decke über die Ohren. Die Stimmen waren jetzt angenehm gedämpft, und ich begann von neuem einzudösen. Irgendwann hörte ich das Klirren eines Fensters, das Klappen einer Autotür und das erboste Schnarchen eines Motors. Dann herrschte Ruhe in meiner Straße, die, so behauptet man, eine der ruhigsten Straßen Jerusalems ist. Es sei denn, eine Horde wild gewordener Kinder spielt in den Nachmittagsstunden ihre Kriegs- und Ballspiele. Es sei denn, eine Meute ausgehungerter oder liebestoller Katzen beginnt ein markerschütterndes nächtliches Konzert. Es sei denn, energiegeladene Hausfrauen halten es in den frühen Morgenstunden für unerläßlich, den Staub aus ihren Teppichen zu prügeln. Es sei denn, und das war in diesem Moment der Fall, die Müllabfuhr scheppert die Straße hinab, lärmend, aber nicht immer wirkungsvoll darum bemüht, dem vornehmen, idyllischen Viertel Rechavia seinen guten Ruf zu erhalten.

Ich klammerte mich verzweifelt an den letzten Zipfel Schlummer, aber die Müllabfuhr war wesentlich robuster als mein Schlaf, und außerdem begann in diesem Augenblick das Telefon zu klingeln. Einen Moment lang zögerte ich, den Hörer überhaupt abzunehmen, aber da man ja nie weiß, ob es sich bei einem derart frühen Anruf vielleicht um einen Todesfall handelt, entschloß ich mich zu antworten.

»Ja«, sagte ich.

»Mi se?« – wer ist da – schrie mir eine männliche Stimme ins Ohr.

»Shut up«, antwortete ich.

»Mi?«

»O my god!«

»Ma?«

»Mi, ma, ma, mi …«, brüllte jetzt ich und dachte, daß solche Gespräche im allgemeinen nur in Irrenanstalten stattfinden. Ich warf den Hörer auf die Gabel zurück und zog den Telefonkontakt aus der Wand. Es war inzwischen zehn nach acht und an Schlafen nicht mehr zu denken. Ich stand auf, zog die Jalousie hoch und starrte auf die Palme vor dem Fenster, die sich vor mir zu verneigen schien und aufgeregt raschelte.

»Sturm«, murmelte ich und schaute zu einem zerfetzten Himmel hinauf, über dessen blauen Hintergrund schwerleibige Wolken jagten. Von Westen her schob sich eine drohende anthrazitfarbene Wand auf Jerusalem zu, und ich rechnete damit, daß sie sich spätestens in einer Stunde über der Stadt entladen, die Straßen in Flüsse verwandeln, den Verkehr in ein Chaos ausarten lassen und die Wände meiner Wohnung mit einer neuen Schicht Schimmel überziehen würde.

Bei Sturm sollte man in Jerusalem nicht ausgehen, auch nicht bei Chamsin, einem elektrizitätsgeladenen Wüstenwind, der in den Menschen mordlüsterne Instinkte weckt, auch nicht bei Regen, der sich in Wolkenbrüchen auf die Stadt ergießt, auch nicht bei glühender Hitze. Doch wenn man in diesem maßlosen Land auf ein gemäßigtes Wetter warten wollte, dann hielt man es am besten wie die alten arabischen Männer, die tagaus, tagein in ihren höhlenartigen Cafés sitzen, Wasserpfeife rauchen, Scheschbesch spielen und auf das barmherzige Eingreifen irgendeiner göttlichen Macht harren. Da ich jedoch leider nicht imstande war, mir diese lebenserleichternde Mentalität anzueignen, und da meine Schreibmaschine kaputt, das Klo verstopft, die Wäsche schmutzig, die Zugehfrau spurlos verschwunden, der Kühlschrank leer und die Katze krank war, mußte ich die Dinge mit mitteleuropäischer Disziplin in Angriff nehmen. Ja, das war die richtige Einstellung, das treffende Wort: in Angriff nehmen, mit mitteleuropäischer Disziplin, mit strammem, zielbewußtem Schritt, mit fester Stimme. Und wehe, wenn ich auch nur einen Augenblick mit einem nervlichen Zusammenbruch kokettierte.

In der mir eben verordneten Haltung ging ich zum Telefon, steckte den Kontakt ein, schlug mein Adreßbuch auf, nahm den Hörer ab. Kein Laut. Ich tippte zwei-, dreimal auf die Gabel. Totenstille. Ich betrachtete meine Fußnägel, den vollen Aschenbecher auf meinem Nachttisch, den wütenden Himmel. Ich tippte auf die Gabel. Ah, ein Ton, sehr schön, wunderbar, alles klappte tadellos. Ich begann die Nummer zu wählen. Bei der zweiten Zahl war die Leitung bereits besetzt. Ich fing wieder von vorne an. Bei der zweiten Zahl besetzt. Natürlich, die Leitungen waren überlastet. Es gab zu wenige Leitungen in diesem Land und zu viele Frühaufsteher, deren erster Griff beim Erwachen der nach dem Telefonhörer war. Die Menschen hier hatten eine ungewöhnlich innige Beziehung zum Telefon, denn es ermöglichte ihnen das, was sie zweifellos am liebsten taten: sprechen. Sie sprachen unter allen möglichen und unmöglichen Umständen; sie sprachen stundenlang über Dinge, die in fünf Minuten gesagt werden konnten oder verschwiegen werden sollten. Und am längsten und liebsten sprachen sie am Telefon.

Geduld, sagte ich mir, Geduld! Ich begann von neuem die Nummer zu wählen. Na also, es klappte tadellos, die Nummer war bis zur letzten Zahl frei. Eine Stimme meldete sich mit »Ken« – Ja.

»Ovadia?« fragte ich.

»Ken.«

»Schalom«, sagte ich liebenswürdig.

»Schalom.«

»Do you speak English?«

»Little.«

»Good«, sagte ich, holte einmal tief Atem und begann. Sehr langsam, sehr deutlich, sehr gründlich schilderte ich die Bauart, das Baujahr, den Zustand und vor allem das Problem meiner Schreibmaschine. Als ich damit fertig war, herrschte am anderen Ende verdächtiges Schweigen.

»Sind Sie noch da?« fragte ich.

»Ken«, sagte der Mann, und ich hatte das Gefühl, daß er sich gelangweilt in der Nase bohrte.

»Haben Sie mich verstanden?«

»Ken, ken. Das ist die Schreibmaschine von Professor Mandelbaum, nicht wahr?«

»O Gott!« schrie es in mir, aber ich faßte mich schnell und fragte verzagt: »Klinge ich wie Professor Mandelbaum?«

Darauf wußte er keine Antwort.

»Das ist meine Maschine«, sagte ich schließlich, »ich habe sie aus Deutschland mitgebracht. Ich bin von dieser Maschine abhängig, verstehen Sie? Sie war schon einmal kaputt, vor etwa einem halben Jahr, und da haben Sie sie sehr schnell und gut repariert. Sehr schnell und sehr gut!«

»Also ist es die Maschine von Professor Mandelbaum.«

»Hören Sie«, rief ich, und eine Spur von Hysterie schwang schon in meiner Stimme mit, »geben Sie mir jemand an den Apparat, der mich versteht.«

»Der Boß kommt in zehn Minuten.«

»Dann soll er mich, um Himmels willen, in zehn Minuten anrufen: 3 15 87! Schalom.«

Schalom, dachte ich, warum man solchen Menschen, nach solchen Gesprächen auch noch Frieden wünscht! Man sollte sparsamer mit diesem Wunsch umgehen.

Ein Telefongespräch – und ich fühlte mich noch müder als zuvor. Mein Entschluß, die Dinge mit mitteleuropäischer Disziplin in Angriff zu nehmen, schien mir vermessen. Der Boß würde nicht zurückrufen, nicht in zehn Minuten und nicht in zehn Tagen. Vielleicht sollte ich jetzt noch einmal anrufen und sagen: »Hier spricht Professor Mandelbaum, können Sie bitte sofort meine Schreibmaschine reparieren.«

Aber dann würde dieser Idiot bestimmt zum ersten Mal an diesem Morgen aufhören, sich in der Nase zu bohren, und meinen Trick durchschauen.

Ich ging in die Küche und setzte Wasser auf. Das Näpfchen, das ich am Abend zuvor mit kleingeschnittener Leber gefüllt hatte, war leer. Also hatte die Katze über Nacht alles aufgefressen. Mein Verdacht, daß sie nur die Kranke spielte, bestätigte sich mehr und mehr. Dennoch: Eine seelisch gesunde Katze spielt nicht die Kranke, also mußte es sich um irgendein kompliziertes psychisches Leiden handeln.

»Musche«, rief ich, »Musch-Musch!«

Aber sie kam natürlich nicht. Sie lag, wo sie schon seit einer geschlagenen Woche lag: auf dem Tisch im sogenannten Gästezimmer. Warum, fragte ich mich, hat sich dieses schöne Tier, das Blumen liebte und weiche Kissen, dieses häßliche Zimmer, diesen harten, plumpen Tisch ausgesucht? Warum lag sie da, Stunde für Stunde, Tag für Tag, Nacht für Nacht und starrte mit ihren herrlichen, goldenen Augen vor sich hin? Ob die Wahl dieser scheußlichen Umgebung wohl Aufschluß über ihren seelischen Zustand geben konnte? Sollte ich den Tierarzt anrufen und fragen? Aber ich konnte doch nicht Dr. Gerber, der Kühe und Pferde behandelte und mit der Psyche einer sterilisierten Perserkatze überhaupt nicht vertraut war, mit solchen Fragen kommen. Er hielt mich sowieso schon für verrückter als die Katze.

»Musche«, sagte ich sanft und trat an den Tisch. Sie hob den Kopf mit einer zaghaft verspielten Bewegung und sah mir mit weitgeöffneten, aufmerksamen Augen ins Gesicht.

»Kleine Hexe«, sagte ich, »du siehst genau, daß ich mir Sorgen mache, und das genießt du jetzt.«

Ich beugte mich zu ihr hinab und befühlte ihr Näschen, das kühl und feucht war. Sie schüttelte ungehalten den Kopf und nieste. Ich küßte sie zwischen die Ohren, was sie, an solche albernen Liebesbeweise gewöhnt, lakonisch über sich ergehen ließ. Ich strich ihr über das daunenweiche, schildpattfarbene Fell. Sie streckte sich, begann zu schnurren, hob ein Pfötchen und legte es mir auf den Mund.

»Katzenweibchen«, bat ich, »nun sag mir doch, warum du mich so strafst! Warum kommst du nicht mehr von diesem dämlichen Tisch runter und in mein Bett? Was nimmst du mir so übel? War es vielleicht der Köter, den Frau Moses neulich in unsere Wohnung mitgebracht hat, oder war es das schreckliche Kind von der Putzfrau? War es der nasse Sand in deinem Klochen oder ist es ganz einfach die Tatsache, daß ich dich in dieses ... na, drücken wir es milde aus – dieses etwas schwierige Land verfrachtet habe?«

Ihr Schnurren hatte jetzt einen hohen, zirpenden, gefährlichen Ton angenommen, und gleich darauf holte sie mit ihrem Pfötchen aus und schlug mir auf die Wange.

»Boshaftes Katzenweib!« schimpfte ich. »Und du willst krank sein!« Sie setzte sich auf und begann mit hektischem Eifer ihr Rückenfell zu glätten, womit sie mir zu verstehen gab, daß ich es, wie immer, in Unordnung gebracht hatte.

Ich ging achselzuckend aus dem Zimmer. Organisch war die Katze völlig gesund, also wozu sich aufregen? Wozu sich überhaupt aufregen, andauernd und über jede Kleinigkeit. Man mußte die Dinge viel gelassener ...

Da sah ich das Rinnsal, das sich unter der Toilettentür hervor in den Gang schlängelte.

»Na schön«, sagte ich, denn ich hatte mir in letzter Zeit angewöhnt, laut vor mich hin zu sprechen, »jetzt ist das Klo endgültig übergelaufen.« Und da ich noch an der Rolle der Gelassenen festhielt, ging ich weiter. Doch dann drängte sich mir der furchtbare Anblick aus der vergangenen Nacht auf und gleichzeitig der Verdacht, die Kloschüssel sei, dank meiner drastischen Behandlung, zersprungen. Einen Augenblick blieb ich ratlos stehen, dann ging ich ins Wohnzimmer und setzte mich in den Schaukelstuhl. Während ich mich hin- und herschaukelte, versuchte ich die unselige Geschichte zu rekonstruieren: Ein Bekannter von mir, ein Wahnsinniger, hatte, aus mir unerklärlichen Gründen, Bananenschalen ins Klo geworfen. Ich hatte mich geekelt, sie wieder herauszufischen, und darum mit geschlossenen Augen und dem innigen Wunsch, alles möge gutgehen, gezogen. Es war natürlich nicht gutgegangen und als ich die Augen wieder aufgemacht und mich vergewissert hatte, daß das Wasser bis zum Rand stand, war ich direkt zum Telefon gelaufen und hatte den Installateur Herz angerufen. Das erste Mal war seine Frau am Apparat gewesen, das zweite Mal seine Tochter, das dritte Mal ein Mensch, der keine vernünftige Sprache sprach. Daraufhin hatte ich aufgegeben, war in die Stadt gegangen und in ein Geschäft, das alle möglichen lebensgefährlichen Chemikalien und Werkzeuge verkaufte. Die Frau an der Kasse, eine Wienerin übrigens, hatte sich mein Problem mitfühlend angehört und dann, ohne auch nur einen Moment zu zögern, Vitriol empfohlen.

»Glauben S' mir«, hatte sie erklärt, »das hilft in allen Fällen.«

Ich hatte stumm genickt und mich an eine Geschichte erinnert, die ich kürzlich in einer Illustrierten gelesen hatte. Ein eifersüchtiger Mann hatte seiner Geliebten Vitriol ins Gesicht geschüttet, und die Folgen waren verheerend gewesen. Aber eine Kloschüssel ist ja nun kein Gesicht, und so war ich dem Ratschlag meiner freundlichen Wienerin gefolgt, wohlwissend, daß man in Israel keine Ratschläge befolgen und keinen Informationen Glauben schenken sollte. Aber es gibt nun mal Notfälle, in denen man nicht wählerisch sein darf.

Vorsichtig, die Flasche weit von mir haltend, war ich nach Hause gelaufen, und am Abend hatte ich den Inhalt ins Klo geschüttet. Es hatte gegluckert, dann gezischt, und ich war beruhigt ins Bett gegangen. In die Lektüre von ›God, Jews and History‹ vertieft, hatte ich erst nach geraumer Zeit einen merkwürdigen, schwefelartigen Geruch wahrgenommen, irritiert zum offenen Fenster geblickt und dann weitergelesen. Eine Viertelstunde später hatte sich der Geruch in Gestank verwandelt und meine Unbekümmertheit in Panik. Ich war aus dem Bett gesprungen und in heilloser Verwirrung durch die Wohnung gerannt. Etwas Furchtbares mußte passiert sein, aber was? Der naheliegendste aller Gedanken war mir erst gekommen, als ich an der Toilette vorbei zu meiner armen, vermutlich schon halb erstickten Katze eilen wollte.

»O Gott«, hatte ich geschrien, »das Vitriol!«

Und dann, die Tür zur Toilette aufreißend, war ich mit einem erneuten Schrei entsetzt zurückgeprallt und hatte die Tür wieder hinter mir zugeschlagen. Danach war ich zum Telefon gestürzt, hatte meinen Freund Sigi Wallach angerufen und etwas von Klo, Vitriol, steigendem Wasser, grünem Schaum, Pestilenz, ersticken, Hilfe, sofort kommen … gestammelt. Sigi war in herzloses, dröhnendes Gelächter ausgebrochen.

»Verrückte Schrippe«, hatte er mit seiner heiser krächzenden Stimme geschrien, »ich liege im Bett und habe hier etwas neben mir, das, weiß Gott, besser anzuschauen ist als dein verstopftes Klo! Kannst du nicht endlich mal gescheit werden? Andauernd ist was bei dir los! Mal stirbt die Katze, dieses ungenießbare Tier, mal will dich ein Mann vergewaltigen, mal brennt die Küche und jetzt explodiert das Klo! Ruf unseren ehrenwerten Bürgerschutz. Zwei von diesen alten Knackern lungern immer an der Ecke rum. Sag ihnen, ein Araber hätte dir eine Zeitbombe ins Klo gesteckt. Die sind glücklich, wenn sie endlich mal was zu tun kriegen und einer hilflosen Bürgerin in ihrer Not beistehen können. Kuss emmak, Motek« – bei den ersten zwei Worten handelte es sich um einen furchtbaren arabischen Fluch, bei dem dritten um ein hebräisches Kosewort – »mach deine Fenster auf, gieß vorsichtig einen Eimer Wasser oder, wenn du willst, Eau de Cologne in die Scheiße, mach den Deckel zu, verstopf die Türritze mit einem Lappen und in diesem Sinne, rin in die Rinne! Schalom, Motek.«

Es war mir nichts anderes übriggeblieben, als Sigis Ratschläge zu befolgen, angewidert zwar, jedoch, so schien mir, mit Erfolg. Woher kam dann aber jetzt dieses verdächtige Rinnsal?

Der Teekessel stieß einen schrillen, anhaltenden Pfiff aus, und da ich diesen Ton nicht ertragen konnte, stand ich von meinem Schaukelstuhl auf, ging in die Küche, machte mir das Frühstück, stellte es auf ein Tablett und begab mich damit ins Schlafzimmer. Dann, die Tasse in der einen Hand, den Telefonhörer zwischen Ohr und Schulter geklemmt, die andere Hand damit beschäftigt, Nummern zu drehen, begann ich die Dinge von neuem in Angriff zu nehmen.

Der Installateur Herz, so sagte mir seine Frau, sei unterwegs und erst um zwölf Uhr wieder zu erreichen. Die Nummer von Frau Moses, die ich wegen einer Putzfrau befragen wollte, war ständig besetzt. Die Nummer der Wäscherei hatte sich geändert. Die Auskunft anzurufen war sinnlos, es sei denn, ich wollte meinen Vormittag damit verbringen, 14 zu wählen. Schließlich rief ich Sigi Wallach im Büro an. Ich hatte unerwartetes Glück. Er war da.

»Kuss emmak«, begrüßte er mich, »fängst du schon wieder mit deinem Closet an?«

»Nein«, sagte ich kleinlaut, »jetzt ist es die Schreibmaschine.«

»Eu weh, eu weh, eu weh!« schrie er, »geht bei dir denn alles in die Brüche? Solltest du einmal nicht anrufen, weiß ich, jetzt ist dir die Decke auf den Kopf gefallen. Sage mal, was treibst du eigentlich?«

»Ich treibe gar nichts, es treibt mit mir.«

»Wer treibt was mit dir?«

»Ach, hör jetzt auf mit deinen dummen Witzen! Ich habe keine Zeit. Habt ihr elektrische Schreibmaschinen in eurem Büro?«

»Natürlich! Wir sind ein modernes Büro nach amerikanischem Muster, finanziert mit amerikanischem Geld, zugrunde gerichtet durch amerikanische Schmocks ... ein Glück, daß hier keiner Deutsch versteht!« Und er lachte dröhnend.

»Bist du jetzt endlich fertig?«

»Ja, mein Gold, warum hast du gestern nicht gewollt ...«

»Habt ihr Olympia-Schreibmaschinen?«

»Nein, IBM. Sage mal, geht dein Klo jetzt wieder?«
»Nein.«
»Und wie hast du die gestrige Nacht und den heutigen Morgen überstanden?«
»Ich habe ein zweites Klo.«
»Ich sage ja immer, Reserven muß der Mensch ...«
»Wer repariert eure Schreibmaschinen?«
»Die Vertretung von IBM.«
»Repariert die auch ...«
»Menschenskind, wie soll ich das wissen! Ruf Ha shichlul an, da repariert man alles, auch kranke Katzen und meschuggene Frauen.«
»Was soll ich anrufen?«
»H wie ha, ha, ha; sh wie shit; ich wie ich bin, du bist, er ist; lul wie Lulu, perverses Frauenzimmer in Wedekinds, na, wie heißt denn das Stück noch ... auf jeden Fall Lulu ohne u am Ende.«
»Einen leichteren Namen kannst du dir wohl nicht ausdenken?«
»Hab ihn dir doch gut genug buchstabiert. Moment, ich gebe dir die Telefonnummer. Na, wo ist denn das verdammte Buch! Gleich, gnädige Frau, fassen Sie sich noch einen Augenblick in Geduld ... ah, da ist es ja! Sage mal, habe ich dir eigentlich schon von dem Empfang auf der Deutschen Botschaft erzählt? Nein? Na, Mensch, das war doch wieder mal was. Hoch und Niedrig, Arsch und Friedrich! Alle alten Jecken von fünfundsiebzig aufwärts waren eingeladen. Ich bin doch immerhin auch schon im reiferen Mannesalter, aber ich sage dir, ich bin mir vorgekommen wie in der seligen Zeit meiner Pubertät. Na, und dann ging's los ... taterata! Schalom Herr Professor Rosenstock und Schalom Frau Dr. Grinwald und wie geht's den Urenkeln Frau Dr. Dr. Pishinsky? Und das kalte Buffet wurde gestürmt auf Krücken, an Stöcken, in Rollstühlen. Und dann wurde natürlich eine feierliche Ansprache gehalten von irgendeinem Kulturmenschen aus Berlin, weiß nicht ob Goy oder

Jud, auf jeden Fall wurde alles zum 5393sten Mal aufgewärmt: ›Und wir wollen ja nicht die grauenvollen Jahre zwischen 1933 und 1945 vergessen, aber sie sollen uns auch nicht daran hindern, eine neue Beziehung ... Tateratata!‹ Hier ist die Nummer: 5 57 17. Du stiehlst mir die Zeit, mein Gold, bye-bye!«

Ich bereitete mich auf ein neues nervenstrapazierendes Gespräch vor, indem ich zunächst einmal zwei Multivitamintabletten schluckte und mir dann eine Zigarette anzündete. Danach wählte ich langsam und tief durchatmend die Nummer. Am anderen Ende wurde zwar der Hörer abgenommen, aber die Stimme, die sich in rasendem Hebräisch überschlug, galt offenbar und Gott sei Dank nicht mir. Eine Weile blieb ich stumm und wartete auf den günstigen Moment, da der Schreihals einmal Luft holen mußte. Als das geschah, warf ich mich dazwischen und rief mit energischer Stimme: »Hallo!«

»Ha shichlul«, antwortete der Choleriker, und nachdem er noch ein paar Worte in die andere Richtung geschleudert hatte, wandte er mir endlich seine Aufmerksamkeit zu.

»Ken, bewakasha« – ja, bitte –, sagte er.

»Sprechen Sie Deutsch?« fragte ich.

»Ja, natürlich.«

»Sie reparieren doch Schreibmaschinen.«

»Ja, natürlich.«

»Auch elektrische?«

»Jede Art, Gewereti« – meine Dame –, »jede Art.«

Ein völlig problemloses Gespräch, dachte ich, wo liegt da der Haken?

»Könnten Sie die Maschine, sie ist nämlich sehr schwer, abholen und reparieren?«

»Reparieren können wir sie, abholen nicht.«

Ah, da war ja schon der erste Haken, aber immerhin ein kleiner.

»Also gut«, sagte ich, »dann werde ich sie mit meinen letzten Kräften zu Ihnen bringen.«

»Bewakasha«, sagte der Mann ungerührt.

Ich ließ mir die Adresse geben, eine Straße natürlich, in der man nirgends parken konnte, und hing ein.

Es war bereits halb zehn, und mir fiel ein, daß heute Freitag war. Um ein Uhr würden die Geschäfte schließen, um zwei der Supermarkt, um drei Restaurants und Cafés. Um vier würden die blau-grün gestrichenen Busse, die Blumen- und Zeitungsverkäufer, die Bettler und Polizisten, die Geschäftsleute und mit Einkaufstaschen beladenen Hausfrauen von der Straße verschwunden sein. Um halb fünf würden die Frommen aus ihren Häusern auftauchen, die Bärte und Paies noch feucht vom rituellen Bad, die schwarz-seidenen Kaftane frisch gebügelt, die prächtigen Pelzhüte liebevoll geglättet, um mit schnellen Schritten und gesenktem Blick zur Synagoge oder Klagemauer zu eilen. Gegen fünf würde die Sonne untergehen und tiefe, feierliche Stille auf die Stadt Jerusalem fallen: »Gedanket sei Dir, Herr, König Israels, der Du uns den Schabbat gegeben hast.«

Noch sieben Stunden bis Schabbat, aber nur vier davon nutzbar. Ich stand hastig auf, zog mich an, brachte Musch-Musch ihr Frühstück, schleppte ein riesiges Bündel schmutziger Wäsche und einen nicht minder großen Abfallsack hinunter und lief wieder hinauf. Dann, nachdem ich die Schreibmaschine, etwa wie ein Gewichtheber seine 200 Kilo Hanteln, hochgestemmt hatte, setzte ich mich schwankend und fluchend in Bewegung.

»Schalom u wracha« – Frieden und Segen – rief mir eine Stimme entgegen, und als ich den Blick von meiner kostbaren Fracht hob, sah ich einen kleinen, runden Mann in Kaftan und Hut auf meiner Schwelle stehen.

»Schalom«, sagte ich düster.

Er lächelte breit, und aus dem schwarzen Rahmen von Hutkrempe, Schläfenlocken und Bart leuchteten mir pralle, rote Apfelbacken entgegen.

»Kannste mir sagen«, fragte er auf jiddisch, »ob du bist vielleicht de Geweret von de Heus?«

»Bin ich«, sagte ich, »und?«

»Haste doch sicher ein paar Lirot für die Kinderlach.«

»Welche Kinder?« fragte ich ungeduldig und versuchte an ihm vorbei ins Treppenhaus zu kommen. Aber er war nicht bereit, den Weg freizugeben.

»Arme Kinderlach«, erklärte er, »aus gute jiddische Heus, lernen zu sein Rabbis.«

Großer Gott, dachte ich und war drauf und dran die Schreibmaschine fallen – auf seine Füße – fallen zu lassen, immerzu was Neues! Mal sammelt die WIZO für die Blinden, dann AKIM für geistig Zurückgebliebene, dann die GADNA Geschenkpakete für die Soldaten am Suezkanal, dann ein gewitzter Greis für sein Shabbeshuhn, und jetzt dieses Apfelgesicht für die armen Kinderlach – wahrscheinlich seine eigenen.

»Sehen Sie denn nicht«, rief ich verzweifelt, »daß ich alle Hände voll habe und diese schwere Maschine kaum noch halten kann!«

»Nu«, sagte er und trat tatsächlich einen Schritt beiseite, »und wohin willste mit die schwere Maschin?«

»Spazierengehen«, sagte ich wütend, und er schüttelte verwundert den Kopf und wandte sich der Tür meiner Nachbarn zu.

Als ich die Schreibmaschine, das Wäschebündel und, versehentlich, auch den Abfallsack im Auto verstaut hatte, sah ich Frau Moses die Straße herunterkommen. Sie trug einen knöchellangen, hellblauen Mantel mit Pelzbesatz und um den Kopf ein duftiges Chiffontüchlein, lose unter dem Kinn geknotet. Während sie kerzengerade und mit forschen Schritten auf mich zu marschierte, schwang sie einen eleganten Stock mit silbernem Griff. Sie hatte mich längst erspäht, und darum war es unmöglich, aufs Gas zu treten und an ihr vorbeizufahren. Außerdem hatte ich sie ja wegen einer Putzfrau fragen wollen, und auf diese Weise ersparte ich mir einige Anrufe, die unweigerlich mit dem Besetztzeichen beantwortet werden würden. Ich stieg also aus und ging ihr entgegen. Prompt blieb sie stehen, stützte sich mit der einen Hand schwer auf ihren Stock und hob die andere in einem matten Gruß.

»Schalom, Frau Professor Moses«, rief ich, denn sie liebte es, mit dem Titel ihres Mannes angesprochen zu werden, »ich sehe, es geht Ihnen blendend.«

»Ach, Kindchen«, sagte sie mit ihrer zerbrechlichsten Stimme, »woran wollen Sie das sehen?«

»An Ihrem festen Schritt.«

»Nun ja, bergab geht es noch, aber bergauf! Ich bin nun eben mal eine alte, kranke Frau.«

Golda Moses, so behauptete man allgemein, sei trotz ihrer achtzig Jahre immer noch eine der robustesten und resolutesten Frauen Jerusalems. Sie hingegen, die sich gerne als ätherisches Wesen sah, erklärte standhaft, mit einem mysteriösen Leiden behaftet zu sein, das sie seit gut fünfzig Jahren periodisch in ihr blumengeschmücktes Zimmer verbannte, wo sie, auf weiß-gestärktem Krankenlager, von ihrem verschreckten Mann bedient, von bestürzten Freunden verwöhnt, angeblich mit dem Tode rang. War die Krise überwunden, verlangte sie, körperlich zwar noch geschwächt, geistig aber auf der Höhe ihrer Schaffenskraft, nach einem Schreibblock, um die Gedanken, die sie im Schatten des Todes geboren hatte, in Verse zu verwandeln. Diese Verse schickte sie dann zur Vertonung an Komponisten in aller Welt und ließ sich keineswegs entmutigen, wenn nie ein Wort, geschweige denn eine Note, zurückkam. Golda Moses war sich ihrer großen Begabung derart sicher, daß sie keiner öffentlichen Anerkennung bedurfte.

»Und wie geht es Ihnen, Kind?« fragte sie und musterte mich mit forschendem Blick. »Sie sehen ein wenig angegriffen aus.«

»Das Wetter geht mir auf die Nerven«, sagte ich, »und außerdem ist meine Oseret seit zwei Wochen spurlos verschwunden.«

Oseret heißt Haushilfe, doch selbst diejenigen, die des Iwrit nicht mächtig waren – und davon gab es selbst unter den Israelis viele –, hatten sich einen Grundstock an hebräischen Wörtern angeeignet, auf die sie unter keinen Umständen verzichten wollten. So, zum Beispiel, Oseret, makolet – Laden – mitun – Geldrezession – tressim – Jalousien – shwita – Streik – besseder – in Ordnung – mezujan – großartig – und noch ein paar Worte mehr.

»Ach ja«, seufzte jetzt Golda Moses, »mit den Oserets hat man seine Sorgen. Wissen Sie, was mit meiner passiert ist?«

Ich schüttelte den Kopf.

»Ihre zwei kleinsten Buben haben Scharlach bekommen, und da sie gerade wieder guter Hoffnung war, hat der Arzt gemeint, es sei zu gefährlich, das Kind auszutragen, und einen Eingriff vorgenommen.«

Da wird sie aber froh gewesen sein, dachte ich, denn die Vermehrung der Putzfrauen, die alle aus orientalischen Ländern stammen, ist geradezu schwindelerregend.

»Und was ist mit Ihrer Aushilfe?« fragte ich in der vagen Hoffnung, ein Stückchen von dieser Aushilfe abzubekommen.

»Deren Mann ist plötzlich gestorben.«

Noch so ein Glücksfall, dachte ich, denn immerhin waren ja die Männer die Urheber der schwindelerregenden Vermehrung.

»Ja, und Sie wissen doch, mein Kind, daß die Orientalen alle sehr fromm sind, und nun sitzt die Frau nicht nur die vorgeschriebenen sieben Tage Schiwa, sondern bleibt gleich einen ganzen Monat zu Hause.«

»Man kann es ihr nicht übelnehmen«, sagte ich, und dann, um das Thema zu beenden, fragte ich: »Und wie steht es zur Zeit mit Ihrer Schaffenskraft?«

»Ach«, sagte sie in einem hohen, singenden Ton, »ich bin eine alte, kranke Frau, aber ich kann mich einfach nicht zur Ruhe setzen. Woher«, fragte sie und lächelte kokett, »nehme ich nur diese Kraft und Kreativität? Immer wieder suchen sie mich heim, diese Gedanken, die sich in Verse, diese Verse, die sich in Gedichte verwandeln. Aber ich bin wohl zu lyrisch und idealistisch für diese neue Welt. Man versteht mich nicht mehr.«

»Aber, aber ...«, sagte ich in Ermangelung eines überzeugend klingenden Widerspruchs.

»Gewiß«, fuhr Golda Moses behende fort, »das liegt nicht an mir, sondern an der neuen, ich würde sagen, zynischen Einstellung der Menschen. Die alten Werte gelten nicht mehr für sie, und neue sind nicht so leicht zu finden. Habe ich recht, mein Kind?«

»Vollkommen«, beteuerte ich und schaute schnell zum Himmel empor, der sich jetzt in eine dichte, graue Wolkendecke gehüllt hatte. Jeden Moment mußte es zu regnen beginnen.

Aber Golda Moses fuhr unbekümmert und im Höhenflug ihrer Gedanken und Erkenntnisse fort: »Doch gibt es immer noch Dinge, die selbst bei der jungen Generation Anklang finden, und ich glaube, ich habe jetzt den Weg zu ihr gefunden. Ein Lied über Jerusalem beginnt sich in meinem Kopf zu formen. Ich möchte diese Stadt mit einer sanften Braut vergleichen, die sich zärtlich an die Berge von Judäa schmiegt, wie an die Brust ihres Geliebten.«

Im selben Moment riß ein sehr unsanfter Windstoß der Dichterin das Chiffontuch vom Kopf, und während ich ihm nacheilte und es, kurz bevor es unter die Räder eines Autos kam, erwischte, begann der Regen herniederzuprasseln.

»Schalom, mein Kind!« rief Frau Professor Moses und flatterte die Straße hinab auf ihr Haus zu. »Schalom, Schalom und leben Sie wohl!«

Ich flüchtete ins Auto und setzte mich in Richtung Stadtzentrum in Bewegung. Ich wußte, daß es eine Fahrt mit schweren Hindernissen werden und mich die verhältnismäßig kurze Entfernung gute zwanzig Minuten kosten würde. Denn selbst bei schönstem Wetter, bei dem die Fahrer nicht durch Sturm und Regen behindert, durch Chamsin und Hitze nervlichen Strapazen ausgeliefert werden, ist der Verkehr in den Straßen Jerusalems chaotisch. Israel, wird behauptet, habe die höchste Unfallziffer der Welt, und wenn diese Information tatsächlich stimmen sollte, wundert es mich nicht. Man kann die Fahrer hier in drei Gruppen einteilen: die sephardischen Juden, die übermäßig schnell, rücksichtslos und schlecht fahren; die aschkenasischen

Juden, die übermäßig langsam, vorsichtig und noch schlechter fahren; die Araber, die schlicht und einfach Amok fahren. Ähnlich steht es mit den Unfällen: die Sephardim, in deren Händen sich hauptsächlich die öffentlichen Verkehrsmittel, wie Busse, Lastwagen und Sammeltaxis befinden, verursachen die schweren und tödlichen Unfälle; die Aschkenasim, die im Besitz der Privatfahrzeuge sind, bringen es meistens nur bis zu einem Blechschaden; die Araber, die amerikanische Straßenkreuzer und schwere Mercedesse bevorzugen, katapultieren sich mit Vorliebe in den Abgrund, wobei sie, außer am eigenen Leibe, keinen Schaden anrichten. Hinzu kommt, daß die meisten Fahrzeuge sehr alt und nicht mehr ganz straßensicher sind und die Gefahren, ob es sich dabei um undisziplinierte Fußgänger, störrische Esel, aufgescheuchte Katzen, spielende Kinder, schlechte Straßen oder unfähige Polizistinnen handelt, vielfältig. So sollte man also, bevor man sich hinter das Steuer setzt, auf alles gefaßt sein und die heile Rückkehr nicht für eine Selbstverständlichkeit, sondern eine Gnade halten.

Wie immer, ich kam trotz strömenden Regens, glitschiger Straßen und eines merkwürdigen, sich im Auto verbreitenden Gestanks unbehindert bis zu dem kleinen Platz, in den meine Straße mündete, auch um den Platz herum, auch noch in den Engpaß hinein, der den Platz mit einer fünf Meter breiten Hauptverkehrsstraße namens Gaza verbindet, dann allerdings kam ich nicht mehr vor und nicht mehr zurück. Man erspare mir, die näheren Zusammenhänge eines israelischen Verkehrsstaus zu erklären. Sie sind schlicht unerklärbar. Und dazu der Wolkenbruch!

Ich zündete mir eine Zigarette an und wartete. Erfahrung hatte mich gelehrt, daß man in solchen Fällen wartet und die anderen machen läßt. Ich beobachtete, nicht ohne Schadenfreude, wie sie mit roten, entrüsteten Gesichtern vor- und zurückrangierten, auf den Bürgersteig fuhren und um Haaresbreite aneinander vorbei. Ich lauschte dem irren Gehupe, den wütenden Schreien, und schließlich stellte ich das Radio an und verfolgte entzückt, wie sich der Krach von außen mit den Klängen eines Wiener Walzers vermischte. Dann plötzlich verlor die grauhaarige Fahrerin vor mir den Verstand oder die Nerven oder auch nur die Kontrolle über ihr Gaspedal und sprang mit einem einzigen, wohlgezielten Satz in die Gazastraße und direkt in die Flanke eines dort blockierten Busses.

»Brav gemacht«, kicherte ich, und über eine Ecke des Bürgersteigs fahrend, bog ich nun ebenfalls in die Gazastraße ein. Zu meiner Überraschung kam ich, wenn auch langsam, so doch ungehindert, bis zum Jabotinskyplatz, im Volksmund der »Rote Platz« genannt, denn von welcher Seite und zu welcher Zeit man auch immer kommt, die Ampeln stehen minutenlang auf Rot. Es ist ein Phänomen, das sich allerdings an vielen Plätzen wiederholt und mich immer wieder über das einzigartige Ampelsystem Jerusalems nachgrübeln läßt.

Als ich mich dem Platz näherte, überschaute ich mit einem Blick, daß die Autos, die hier in Dreierreihen standen oder besser gesagt, stehen sollten, sich mit einer so vorteilhaften Idiotie aufgebaut hatten, daß ich mich mit einem geschickten Slalom bis zur Spitze würde vormanövrieren können. Ich begann mich also rechts, links, rechts, links, unter empörtem Hupen, strafenden Blicken und mannigfachen Zeichen an den Autos vorbeizuschlängeln, bis ich als erste in der mittleren Reihe stand. Ein alter, würdevoller Herr, vermutlich Akademiker und deutscher Jude, der zu meiner Linken in einem alten Peugeot saß, war über mein verkehrswidriges Verhalten derart entgeistert, daß er den Motor abwürgte. In diesem Moment wechselte das Licht auf Gelb, die hinteren Wagen begannen automatisch zu hupen und der Akademiker bemühte sich in heilloser Konfusion, und daher vergeblich, seinen Motor anzulassen. Während ich über die Kreuzung schoß, warf ich einen Blick in den Rückspiegel und sah, daß sich etliche Männer um den Peugeot geschart hatten und mit heftigen Gesten auf den armen, alten Herren einschrien.

Ein Lastwagen hinter mir ließ ein gewaltiges Schnauben hören, und ich fuhr, vor mich hin murmelnd, weiter: »Um in diesem Land zu fahren, braucht man keinen Führerschein, sondern ein Psychologiestudium: bei Menschen über fünfzig mußt du auf völlige Reaktionslosigkeit gefaßt sein; bei Juden mit Kipa auf stoisches Gottvertrauen; bei Arabern mit Kefieh auf Fatalismus; bei Mädchen mit hübschen Profilen und langen Haaren auf absolute Hirnlosigkeit ... möchte nur wissen, woher dieser permanente Gestank kommt!«

Doch bevor ich ihm noch nachgehen konnte, riß die Wolkendecke wie die Hüftnaht am dunklen Sonntagskleid einer Matrone auf und hindurch schaute der blitzblaue Unterrock des Himmels. Ein greller Sonnenstrahl traf mich im Gesicht, ich spürte ihn warm auf der Haut, und sogleich hob sich meine Stimmung. Na also, sagte ich mir, alles klappt doch ausgezeichnet. Der Verkehr ist nicht schlimmer als sonst, und die Sonne scheint, und wenn ich von hinten herum an das Schreibmaschinengeschäft heranfahre und in einer der kleinen Seitengassen einen Parkplatz finde, dann ist der Vormittag so gut wie gerettet. Tatsächlich fand ich eine Parklücke und fuhr mit sicherem Schwung hinein. Ein Passant, der meine Parkkünste beobachtete, nickte mir wohlgefällig zu, und ich nickte freundlich zurück. Als ich die hintere Wagentür öffnete, entdeckte ich den Müllsack auf dem Rücksitz, verdrehte kopfschüttelnd die Augen, zerrte den Sack heraus und stellte ihn neben das Auto. Dann nahm ich die Olympia in die Arme, trug sie um die Ecke herum und – da war tatsächlich Ha shichlul – in das Geschäft hinein. Dort stellte ich sie zunächst einmal auf einen Tisch und setzte mich, schwer atmend, daneben. Am Telefon stand ein magerer Mann, den Rücken mir zugewandt, und ließ von Zeit zu Zeit ein lakonisches »ken« oder »lo« in die Muschel fallen. Ich wartete geduldig, bis er das Gespräch beendet und sich mir mit einem abwesenden Gesichtsausdruck zugewandt hatte.

»Schalom«, sagte ich munter, »hier ist die Schreibmaschine, wegen der ich Sie heute früh angerufen habe. Das ›e‹ funktioniert nicht mehr.«

»Sie haben mich heute früh nicht angerufen«, sagte der Magere und gähnte.

»Doch, bestimmt, und Sie haben gesagt ...«

In dem Moment flog die Tür auf und ein korpulenter Mann, der aussah, als litte er an zu hohem Blutdruck, barst in das Geschäft. Er trug eine kleine, alte Schreibmaschine, die er behutsam neben die meine stellte, um dann aufgeregt zu erklären: »Das ist die Maschine von Jossi. Sie hat einen Autounfall gehabt.«

»Ist ihr etwas passiert?«

»Natürlich, sie war auf dem Rücksitz und ist bei dem Zusammenstoß runtergefallen.«

»Und was ist mit Jossi?«

»Der ist ›besseder‹, aber die Maschine hier ...«

Die beiden Männer blickten besorgt auf das armselige Ding hinab, zu dem sie offenbar eine starke innere Beziehung hatten. Ich ließ pietätvoll eine Minute verstreichen, bevor ich es wagte, die Aufmerksamkeit auf meine gesundheitsstrotzende Olympia zu lenken.

»Entschuldigen Sie«, sagte ich, »aber ich habe heute früh ...«

»Ah ja«, besann sich der Korpulente sofort, »Sie sind die Dame mit der Olympia.«

»So ist es«, sagte ich dankbar. »Das ›e‹ funktioniert nicht mehr.«

Jetzt beugten sich beide Männer über meine Maschine, spannten einen Bogen Papier ein, tippten auf verschiedene Buchstaben, untersuchten das »e«.

»Der Arm geht nicht mehr hoch«, steuerte ich zu der Diagnose bei.

»Eu weh«, sagte der Korpulente, »da ist der Haken kaputtgegangen.«

»Und?« fragte ich ängstlich.

»Den müssen wir aus Tel Aviv kommen lassen. Wir haben hier keine Olympia-Ersatzteile.«

»Wie lange dauert das?«

»Etwa eine Woche.«

»Das ist unmöglich«, rief ich, »ich brauche die Schreibmaschine! Ohne die Schreibmaschine kann ich nicht leben …« Und dann, als mich die Männer befremdet anstarrten: »Ich meine, ich brauche sie, um Geld zu verdienen, verstehen Sie?«

Der Magere verstand und sagte: »Vielleicht hat Ovadia Ersatzteile.«

»Bestimmt nicht«, sagte der Korpulente.

»Doch«, sagte ich, »Ovadia hat mir schon einmal das ›a‹ repariert, in einer halben Stunde!«

Das schien zu wirken. Was Ovadia konnte, konnte Ha shichlul schon lange.

»Wir brauchen gar kein Ersatzteil«, sagte der Korpulente, »man kann das auch so reparieren.«

»Und das hält genauso gut?« fragte ich vorsichtig.

»Hundert Prozent. Sie können die Maschine Sonntag abholen.«

»Ich danke Ihnen«, sagte ich überschwenglich und verließ, bevor er sich's vielleicht noch anders überlegen könnte, schnell das Geschäft. Das Wichtigste habe ich hinter mir, überlegte ich, was jetzt noch folgt, ist ein Kinderspiel dagegen. Erst bringe ich die Wäsche weg, dann fahre ich zum Installateur Herz und überzeuge ihn davon, daß man den Schabbat unmöglich mit einem verstopften Klo beginnen könne und es daher eine Mizwah – ein religiöses Gebot – sei, es vorher zu reparieren. Er trägt eine Kipa, der gute Herz, ist also ein frommer Jude und verpflichtet, die Gebote einzuhalten.

Ein junger Mann, hübsch, dunkelhäutig und mit einem dummdreisten Lächeln, war vor mir stehengeblieben: »Suchen Sie was, Lady«, fragte er auf englisch, »kann ich Ihnen helfen?«

Ich konnte diesen Typ kleiner, sich für unwiderstehlich haltender Machos nicht leiden.

»Mein Klo ist kaputt«, sagte ich, »können Sie es reparieren?«

»He, Lady«, erwiderte er in seinem Stolz getroffen, »ich bin Mechaniker und repariere Autos.«

»Na, dann können Sie mir eben nicht helfen. Schalom.«

Ein Geistesblitz schien ihn zu treffen: »Moment, Lady«, rief er, »Moment! Ist die Toilette in Ihrem Haus?«
»Wo wohl sonst!«
Jetzt schlich sich mit der Vermutung, es handele sich bei der Reparatur des Klos um eine verschlüsselte Aufforderung, ein anzügliches Grinsen in sein Gesicht: »Ich repariere alles für eine schöne Frau«, erklärte er großspurig, »aber nur, wenn wir danach noch eine Tasse Kaffee zusammen trinken.«
Kaffee war das Codewort. Wer mit einem Kerlchen wie diesem eine Tasse Kaffee trinkt, darf sich nicht wundern, wenn der sich bereits beim vorletzten Schluck am Reißverschluß seiner Hose zu schaffen macht. »Ich trinke nie Kaffee«, sagte ich, »aber mein Mann wird Ihnen bestimmt gerne …«
Ich kam nicht bis zum Ende des Satzes. Ein Reguß, ebenso unerwartet wie zuvor die Sonne, prasselte hernieder, und der Mann, mit einem Fluch, der entweder mir oder dem Wolkenbruch galt, rannte davon.
Ich lief zum Auto, war im Nu klitschnaß und mit Zweifeln beladen: Meine Schreibmaschine würde, wenn überhaupt, bestimmt nicht am Sonntag fertig sein, und der Installateur Herz würde die Reparatur meines verstopften Klos keineswegs für ein religiöses Gebot halten. Meine arme Katze hatte sich vielleicht doch an den Vitrioldämpfen vergiftet, und wenn ich jetzt mit nassen Füßen ans andere Ende der Stadt zur Wäscherei führe, würde ein Blasenkatarrh unausweichlich sein. Mit dieser letzten düsteren Prognose hatte ich mein Auto erreicht und das, ein Lichtblick in der Düsternis, war plötzlich sauber. Dafür war der Müllsack umgekippt und aufgeplatzt und sein ekelerregender Inhalt offenbarte mir das Endprodukt der letzten Tage: die Reste meiner und der Katze Mahlzeiten, die Scherben einer heruntergefallenen Vase, ein Sträußchen verwelkter Blumen, ein schimmeliger Scheuerlappen, leere Zigarettenschachteln, aufgequollene Teeblätter, Katzenhaarknäule und vollgetipptes, aufgeweichtes, besudeltes Papier, Seiten über Seiten, das schaurige Ergebnis vieler Stunden.

»Ich sollte das ›e‹ an der Schreibmaschine gar nicht reparieren lassen«, murmelte ich, stieg ins Auto und ließ den Motor an. Er hustete einmal und erstarb. Ich versuchte es wieder und wieder, aber das Husten wurde immer kürzer und leiser. Dann war der Motor endgültig tot.

Das ist die Rache des abgewiesenen Mechanikers, dachte ich, hätte ich ihn mitgenommen, würde er mir jetzt im Handumdrehen das Auto reparieren. Ich begann darüber nachzugrübeln, was schlimmer war: hier in der Sintflut, kurz vor Einbruch des Schabbats, mit nassen Füßen in einem kaputten Auto zu sitzen oder mit einem dummdreisten, den vorletzten Schluck Kaffee hinunterspülenden Macho in einer trockenen Wohnung. Eins konnte ich mit Sicherheit sagen: Das »Kaffee trinken« hätte mich einen Bruchteil der Zeit und Mühe gekostet, die mich das Auto kosten würde.

Neben mir hielt ein Wagen, ein alter, schwarzer MG, von dem es in ganz Israel nur ein einziges Exemplar gab. Sigi Wallach!

»Du verrückte Schrippe«, brüllte er durchs Fenster, »was sitzt du denn da wie vom Donner gerührt?«

»Mein Auto ist kaputt.«

»Ich dachte, dein Klo, deine Schreibmaschine, deine Katze sind kaputt.«

»Die, und der Müllsack auch. Guck mal, da schwimmen ein paar Seiten von mir.«

»Kuss emmak! Mußte ich ausgerechnet durch diese Straße fahren und dich Wahnsinnige hier aufgabeln? Komm, los, steig um, ich fahr dich zu einem Psychiater … oder wollen wir erst noch was essen gehen? Ich kenn hier in der Nähe eine Kneipe, da gibt's fabelhafte Hühnerflügelchen, ganz knusprig gebraten, mit kleinen Zwiebelchen drin und … nun mach schon! Worauf wartest du?«

»Auf was wohl«, kicherte ich, »auf den Weltuntergang.«

(Jerusalem 1965)

Libbys Selbstverwirklichung

Die Hendersons lebten in Baypoint, einem Villenviertel von Panama City, einem Reservat für begüterte Pensionäre, die dort ihren ruhigen, gesicherten Lebensabend verdämmern. Für ihre Sicherheit und Ruhe bürgten eine sehr hohe Mauer aus Beton und bewaffnete Wächter, die am Einfahrtstor Namen und Autokennzeichen der Besucher notierten.

Von außen machte Baypoint den Eindruck eines scharf bewachten Gefängnisses, von innen aber war es der Garten Eden: graziöse Bungalows und türkisgrüne Swimmingpools diskret in den Schatten herrlicher alter Bäume, in den Schutz üppiger Sträucher gerückt; samtene, leicht gewellte Rasenflächen, fleischige tropische Blumen in leuchtenden Farben, ein hüpfender Bach, ein verträumter seerosengeschmückter Teich; Alleen im grünen Zwielicht dichten Laubes – alles atmete Frieden, Ruhe, ästhetische Schönheit, harmonische Ordnung, alles gipfelte in einem Stoßseufzer tödlicher Langeweile.

Ich war Arthur Henderson und seiner Frau Nancy, einem gutaussehenden, intelligenten Paar, das einige Jahre in Europa gelebt hatte, bei einer gemeinsamen Bekannten in Paris begegnet, hatte einen Abend mit ihnen verbracht, beim Abschied die Adressen ausgetauscht und versprochen, Baypoint bei meiner nächsten Amerikareise nicht zu übergehen. Damit war die Geschichte für mich erledigt gewesen, denn weder stand eine Amerikareise in Aussicht, noch übten die Hendersons oder Panama City einen unwiderstehlichen Reiz auf mich aus. Es war einer Kette von Zufällen zu verdanken, daß ich ein knappes Jahr später in die Vereinigten Staaten flog, unter anderem nach Panama City am Golf von Mexiko verschlagen wurde und dort, in einem tristen Hotel, zur Ermunterung das Fernsehen einschaltete. Mit dem ersten Ton kam die Warnung, daß ein Tornado namens Mimi Kurs auf Panama City hielt. Ich hatte noch keinen Tornado erlebt, jedoch oft genug gehört, daß er schreckliche Folgen haben könne. Er konnte riesige Bäume ausreißen und solide Häuser wegfegen. Mit einem Hotel wie dem meinen, das Pappmachéwände zu haben schien, würde er ein leichtes Spiel haben. Warum, fragte ich mich, muß mir der Tod ausgerechnet hier, in dieser gottverlassenen Stadt, in Form eines Tornados mit dem lächerlichen Namen Mimi auflauern? Es war diese Frage, die mir die Hendersons in Erinnerung rief. Wenn schon Tornado, dann wenigstens in kompetenter, tornadokundiger Gesellschaft. Also rief ich sie an, wurde mit Freuden begrüßt und prompt zu einem kleinen Abendessen eingeladen. Kaum hatte ich eingehängt, teilte das Fernsehen mit, Mimi habe die Reiseroute geändert und der Tornadoalarm für Panama City sei somit aufgehoben.

Zu spät! Das Abendessen würde ohne Tornado stattfinden, aber vielleicht, tröstete ich mich, hatten die Hendersons irgendeine andere Belustigung zu bieten.

Zuerst sah es nicht danach aus. Arthur mixte Martinis, und Nancy erkundigte sich nach meinen Reiseerlebnissen und Eindrücken. Ich hatte das Gefühl, nun bald in einen Dornröschenschlaf zu fallen. Der Friede Baypoints lastete schwer auf mir.

»Leben Sie gerne hier?« fragte ich die Hendersons.

»Nein«, erklärte er mit Bestimmtheit.

»Aber wir leben auch nicht ungern hier«, sagte sie, »es ist schön, es ist ruhig, es ist bequem. In unserem Alter braucht man nicht mehr sehr viel, aber das braucht man.«

»In Ihrem Alter?« Ich schaute von Nancy zu Arthur und

hatte keineswegs den Eindruck, daß die beiden am Ende ihres Lebens angelangt wären. Sie sahen frisch und strapazierfähig aus.

»Ich fürchte, wir haben uns verkalkuliert«, sagte Arthur mit einem Lachen, das grimmig klang, »wir haben uns frühzeitig auf einem Luxusfriedhof abgesetzt, und da geistern wir nun herum unter lauter Geistern ohne Geist.«

»Du übertreibst«, sagte Nancy, mußte aber lachen.

»Wieso übertreibe ich? Willst du vielleicht behaupten, daß wir in Baypoint oder Panama City – oder sagen wir lieber gleich Florida – auch nur die Spur einer geistigen Anregung hätten? Die amerikanische Provinz ist daran so arm wie die Wüste an Oasen.«

»Wir haben Bücher«, sagte Nancy, »eine große Plattensammlung …«

»Ja, Sweetheart«, fiel er ihr ins Wort, »und Schönheit, Ruhe und Bequemlichkeit. Und rundherum haben wir eine Festungsmauer und Wächter, damit die häßliche, unruhige, unbequeme Außenwelt nicht bei uns eindringt und unseren Friedhof schändet.«

Er trank seinen Martini aus und goß sich einen neuen ein. Sie seufzte, stand auf und erklärte, in der Küche nach dem Rechten sehen zu müssen.

»Sind die Mauer und die Wächter eigentlich wirklich nötig?« fragte ich.

»Leider ja«, sagte Nancy schon an der Tür.

»Verfolgungswahn«, sagte Henderson, »Amerika ist ein hysterisches Land, ein Land der Massenpsychosen. Einer fängt an verrückt zu spielen und im Handumdrehen sind es Millionen. Wie jetzt, zum Beispiel, die Angstpsychose, in die wir uns so hineinmanövriert haben, daß wir uns vor unserem eigenen Schatten fürchten. Hinter jeder Ecke lauern konkrete oder eventuelle oder eingebildete Gefahren: Kriminelle, Süchtige, Wahnsinnige, Linke, Schwarze, Alkoholiker, politische und religiöse Fanatiker und so weiter und so fort. In der Tat, es passiert viel, aber dadurch, daß wir uns verbarrikadieren und unter unseresgleichen in Luxusghettos leben, wird das Problem nicht gelöst, sondern höchstens verschärft.«

Er trank seinen zweiten Martini aus, schaute auf die Uhr und brummte: »Wo stecken eigentlich diese Frauen? Haben den ganzen lieben langen Tag nichts zu tun und können dann noch nicht mal pünktlich sein.«

»Erwarten Sie noch andere Gäste?« fragte ich wenig begeistert.

»Ja«, sagte Nancy, die gerade ins Zimmer zurückkehrte, »es kommen noch zwei Baypointer Damen. Ich wollte Ihnen doch etwas bieten.«

»Umgekehrt, Nancy, du wolltest den Baypointer Damen was bieten. Weder Libby noch Rose haben jemals in ihrem Leben eine Europäerin gesehen, noch dazu eine, die in Paris lebt.«

»Ach, Arthur«, lachte Nancy, »laß sie in Ruhe, sie sind so liebe, nette Mädchen.«

Ihr Mann nickte mit verdächtigem Ernst: »Mädchen«, sagte er, »ist genau das richtige Wort, besonders was Rose betrifft. Sie ist ... na, seien wir milde, siebzig.«

»Gib zu, daß sie dafür fabelhaft aussieht.«

»Bei einem Höchstmaß an Schönheitspflege und einem Minimum an Hirn hält man sich eben erstaunlich lange. Rose ist ein Phänomen, ein mumifiziertes Mädchen, nie aus dem Backfischalter herausgewachsen. Während Libby gerade dabei ist, wieder ins Backfischalter hineinzuwachsen.«

»Jetzt sei endlich still«, sagte Nancy, und dann zu mir: »Rose ist eine echte Südstaatlerin und als solche hat sie alle ihre Pflichten erfüllt: Sie war hübsch wie eine Puppe, fügsam wie ein Schoßhündchen und träge wie eine Pflanze. Sie hat immer im richtigen Moment das richtige Klischee gesagt, das richtige Kleid angezogen, die richtigen Parties und Clubs besucht, den richtigen Mann geheiratet und in richtigen Abständen die richtige Anzahl von Kindern bekommen, zwei Jungen und zwei Mädchen.«

Mr. Henderson hob beide Hände: »Genug, Nancy, genug! Das Bild ist perfekt.«

»Jetzt ist sie Witwe«, fuhr seine Frau unbeirrt fort, »sechsfache Großmutter und Präsidentin des Bridgeclubs.«

»Ein erfülltes Leben«, sagte ich, »und wie steht's mit Libby?«

»Libby ist ein viel komplizierterer Fall«, erklärte Nancy, »sie ist … Moment, ich glaube, ich höre sie kommen. Ja.«

Sie stand schnell auf und ging zur Tür.

Arthur beugte sich in seinem Sessel vor und flüsterte: »Wollen Sie wissen, was den Fall Libby so kompliziert macht?«

Ich nickte.

»Libby hält sich nicht für eine Puppe, nicht für ein Schoßhündchen, nicht für eine Pflanze, sondern für eine Frau.«

Er sah mich einen Moment eindringlich an, kniff dann ein Auge zusammen und goß uns beiden einen Martini ein.

Die beiden Damen betraten das Zimmer, entblößten die Zähne in einem strahlenden Lächeln, weiteten die Augen in freudigster Überraschung und spannten die Körper, so daß man den Eindruck hatte, sie würden bei der geringsten Berührung ein hohes, durchdringendes Summen von sich geben. Unmotiviertes Lachen sprudelte aus ihnen hervor, Ausrufe des Entzückens, Entschuldigungen: »Oh, Darling«, zirpte die eine, »was für ein wundervolles Blumenarrangement!«

»Arthur, you big, beautiful Macho!« rief die andere. »Verzeih uns, verzeih uns noch ein einziges Mal, daß wir …«

»Schon gut, schon gut, schon gut«, unterbrach sie Henderson. Er stellte uns vor. Roses Hand entglitt mir, kaum daß ich sie gefaßt hatte, Libbys dagegen blieb fest und herzhaft in der meinen: »Ich freue mich, Sie kennenzulernen«, sagte sie, »je suis ravie …« Sie lachte mit starren Augen und steifem Hals, wandte sich nach den anderen um, zog eine schelmische Grimasse: »Wie spreche ich französisch? Je suis ravie … oh, Pariii … I love Paris in the springtime …« Sie trällerte.

»Setzt euch«, sagte Henderson sichtlich nervös, »hier, Libby, hier, setz dich neben Madame, damit du weiter französisch sprechen kannst ... und Rose, du da in den Sessel. So, Gott sei Dank! Und wie wär's jetzt mit einem Martini?«

»Einen ganz kleinen, Honey«, girrte Rose, »wir haben schon einen großen getrunken.«

Ich betrachtete sie verstohlen und versuchte unter all dem geblümten Stoff und dem kunstvoll aufgetragenen Make-up ein Zeichen ihres Alters zu entdecken. Aber da war kein Zeichen, nur ein makabrer Allgemeineindruck, daß irgend etwas nicht stimmte. Sie war genauso, wie Arthur sie beschrieben hatte: ein mumifiziertes Mädchen, deren hübsches kleines Gesicht unter der mehrfach gestrafften Haut, deren Pin-up-Figur unter dem engen, langen, geschickt drapierten Kleid in einem grotesken Widerspruch zu ihren siebzig Jahren stand.

»A votre santé«, sagte Libby und hob mir ihr Glas entgegen.

Sie war eine große Frau, die in ihrer Jugend anziehend und gut proportioniert gewesen sein mußte. Jetzt – ich schätzte sie auf Anfang Fünfzig – waren Gesicht und Körper in die Breite gegangen und schlaff geworden. Die flächigen Wangen und das kräftige Kinn hatten die Kontur verloren, um den Hals hatten sich Altersringe gelegt, unter dem langen, enganliegenden Rock zeichnete sich der Bauch wie ein weiches Polster ab. Doch trotz dieser unvertuschten Spuren des Verfalls wirkte sie jugendlich, beinahe kindlich, und ich fragte mich, woran das lag: an dem naiven Blick ihrer klaren, runden Augen? An dem starken, rötlich-braunen Haar, das ihr offen auf die Schultern fiel? An der Intensität, mit der sie einen ansah, mit der sie zuhörte, sprach und lachte? Es war, als erwarte sie jeden Augenblick eine Offenbarung, die sie und ihr Leben von Grund auf ändern würde. Nach einer Weile wurde es mir peinlich, ihr nicht einmal eine kleine Überraschung bieten zu können.

Wir gingen ins Speisezimmer und nahmen an einem ovalen Tisch Platz, der im alten europäischen Stil gedeckt war. Die Damen bewunderten ihn mit gebührender Achtung.

»Diese antiken Gegenstände strahlen so viel Wärme und Tradition aus«, sagte Libby zu den Hendersons, »wenn ich bei euch bin, habe ich immer das Gefühl, in einer anderen, schöneren Welt zu sein.«

Sie blickte versonnen in die Kerzenflammen und dann abrupt zu mir herüber: »Nancy hat mir erzählt, daß Sie Schriftstellerin sind«, sagte sie.

Die Assoziation zwischen der anderen, schöneren Welt und der Schriftstellerei war offensichtlich, und ich versuchte die romantische Vorstellung, die sie sich von diesem Beruf zu machen schien, zu dämpfen.

»Ja«, sagte ich trocken, »ich schreibe.«

»Und was schreiben Sie, wenn ich das fragen darf?«

Es lag mir auf der Zunge zu sagen: Nein, das dürfen Sie nicht. Aber da sie mich so gespannt ansah, ließ ich mich zu der Auskunft hinreißen: »Was mir gerade so einfällt.«

»Interessant«, rief Libby mit aufgerissenen, erstaunten Augen, »mir fällt so viel ein, aber glauben Sie, ich wäre fähig, meine Gedanken in Worte zu fassen und ein Buch daraus zu machen?«

»Nein«, sagte Henderson, »das glaubt kein Mensch.«

Libby begann über die schroffe Bemerkung herzlich zu lachen, woraufhin Nancy, Rose und ich uns entschlossen, dasselbe zu tun. Nur Henderson blieb ernst, schaute irritiert in die Runde und schien bei unserem Anblick sein Schicksal zu beklagen, das ihn jeglicher geistiger Anregung beraubte.

Ein schwarzes Mädchen in weißem Schürzchen brachte die Vorspeise, die sehr bunt und hübsch aussah, aber nicht erkennen ließ, woraus sie bestand.

»Ich habe Ihnen ein Menü zusammengestellt, wie man es in den Südstaaten ißt«, erklärte Nancy, »hoffentlich schmeckt es Ihnen.«

Es schmeckte nicht schlecht, nur undefinierbar: salzig, süß, säuerlich, rosa, gelb, grün, Fisch, Obst, Salat – jeder Bissen eine neue Überraschung.

»Köstlich«, sagte Rose.

Sie saß mir gegenüber, sehr aufrecht, den Kopf geneigt, ein Lächeln um die Lippen. Und während die linke Hand nach besten amerikanischen Tischmanieren im Schoß ruhte, hob und senkte sich die rechte langsam und regelmäßig wie die einer aufgezogenen Puppe. Ich überlegte gerade, ob sie das permanente Lächeln ihrer Erziehung oder einem zu rigorosen Lifting verdankte, als sie sich meines nachdenklichen Blickes bewußt wurde, zierlich mit der Serviette den Mund abtupfte und mir die originelle Frage stellte: »Und wie gefällt Ihnen Amerika?«

»Fabelhaft«, antwortete ich etwas zu laut und zu hart.

Libby, die an meiner linken Seite saß, kicherte und sagte: »Ich glaube, es gefällt Ihnen nicht.«

»Amerika ist etwas zu groß und komplex, als daß man darüber ein Pauschalurteil abgeben könnte«, sagte ich, »vieles gefällt mir, vieles nicht. New York, zum Beispiel, liebe ich, San Francisco finde ich hübsch, Los Angeles halte ich für einen Alptraum. Die Landschaft, durch die ich gefahren bin, ist größtenteils herrlich, die Provinzstädte sind größtenteils eine Katastrophe.«

Arthur nickte zustimmend, Libby sah mich an wie ein Orakel, das ein Geheimnis enthüllt, ich biß auf etwas sehr Hartes, das ein Stein sein konnte, aber auch ein abgebrochener Zahn. Libby ließ mir keine Zeit, es herauszufinden. Sie wollte wissen, warum ich die Provinzstädte für eine Katastrophe hielte.

»Weil sie kein Herz haben«, sagte ich, und als ich merkte, daß sie nicht verstand, »kein Zentrum, keinen Kern ...«

Kern, aha! Ich schob das Harte entschlossen auf die Zungenspitze und entfernte es. Es war ein Kirschkern.

»Alles hat doch einen Kern«, fuhr ich über den Fund erleichtert fort, »einen Mittelpunkt, an dem sich das sogenannte Leben abspielt, wo sich die Leute treffen, um ins Café zu gehen, ins Kino oder einkaufen. Und hier zieht sich eine Stadt über Kilometer und Kilometer am Highway entlang, und wenn man denkt, jetzt muß doch endlich mal die Stadt kommen, hat man sie schon hinter sich.«

Nancy lächelte und nickte: »Amerikas Herz sind die Highways«, sagte sie, »und eins der vielen Übel amerikanischen Lebens sind die Entfernungen. Die Amerikaner verbringen die eine Hälfte ihres Lebens in einem Blechkasten auf den Straßen und die andere an ihrem Arbeitsplatz oder schlafend im Bett.«

»Nicht die Amerikaner«, rief Libby atemlos, »sondern der Amerikaner! Die Amerikanerin verbringt es, mit kurzen Unterbrechungen, in denen sie die Kinder irgendwo hinbringt oder zum Supermarkt fährt, isoliert in einem Vororthaus, und wenn die Kinder selbständig sind, auf der Couch des Psychiaters.«

»Wenn sie das Geld dazu hat«, warf Henderson ein, »mit anderen Worten, wenn sie zur oberen Mittelschicht gehört.«

»Und wenn sie nicht dazugehört, kommt sie auf direktem Weg in die Klapsmühle«, rief Libby.

»Ist deine Unsachlichkeit und Übertreibung eigentlich auf den Weißwein zurückzuführen?« fragte Henderson gelassen.

Sie überhörte ihn und wandte sich an mich: »Was meinen Sie dazu?«

»Ich meine«, sagte ich und versuchte mit Rücksicht auf ihre heftige innere Erregung ernst zu bleiben, »daß das sehr bedauerliche Zustände sind.«

»Das sind kriminelle Zustände«, korrigierte sie mich, »und der Tag, an dem wir Amerikanerinnen uns geschlossen gegen den Mann verbünden, ist nicht mehr weit.«

Henderson zwinkerte mir zu und rief triumphierend: »Also was habe ich Ihnen vorhin gesagt! Amerika ist ein Land der Hysterie und Massenpsychosen. Einer fängt an verrückt zu spielen und im Handumdrehen sind es Millionen. Na, das hat Amerika gerade noch gefehlt!«

»Arthur!« warnte seine Frau.

Glücklicherweise kam in diesem Moment das Mädchen mit

einer silbernen Platte, auf der eine gemüseumkränzte mächtige Keule thronte und Beachtung forderte.

»Köstlich«, sagte Rose, die sich durch die vorangegangene Diskussion stumm hindurchgelächelt hatte, »ich nehme an, es ist ein Schinken.«

Es war ein Schinken mit einer braunen Glasur, die mich beim ersten Bissen ein wenig erschreckte, denn sie schmeckte nicht nach der erwarteten röschen Kruste, sondern nach Karamel. Auch die Soße und die Kartoffeln waren süß.

Libby, die ihren Standpunkt ein für allemal klargemacht hatte, aß mit bestem Appetit. Wahrscheinlich war sie eine von den Frauen, die, wenn sie Kummer oder Ärger haben, Unmengen in sich hineinschlingen.

Um mich von meiner menschenfreundlichsten Seite zu zeigen, wandte ich mich an Rose: »Leben Sie schon lange in Baypoint?« erkundigte ich mich. Die Frage, so simpel sie auch war, kostete sie umständliche Vorbereitungen: Erst legte sie das Messer und die Gabel säuberlich auf den Rand des Tellers, dann tupfte sie sich mit der Serviette den Mund ab, dann zog sie die schmalen Brauen in die Höhe und brachte eine wehmütige Note in ihr Lächeln: »Ich lebe hier, seit mein lieber Mann nicht mehr ist«, sagte sie in dem gedehnten, singenden Tonfall der Südstaatler, »zwei Jahre ... oder sind es vielleicht schon vier? Ach, die Zeit fliegt.«

Ich war gespannt zu erfahren, wie die Zeit in Baypoint flöge, und darauf gab sie mir willig Auskunft: »Es gibt ja eine Menge Clubs in Panama City: den Bridgeclub, den Gärtnerclub, den Bienenzüchterclub, den parapsychologischen Club, den Frenchcuisine-Club ...«

»Den Liebe-deinen-Nächsten-Club«, half Libby nach.

»O ja ... und den Sing-and-dance-along-Club, den Golfclub und den Panama-City-Frauenclub.«

»Du lieber Himmel«, sagte ich ehrlich konsterniert, »warum gibt es denn so viele Clubs in Panama City?«

»Die gibt es überall in Amerika«, erklärte Nancy, »und daß es sie gibt, ist für viele Frauen ein Segen. Gäbe es sie nicht, sie würden das Sprechen verlernen und sich zu Tode langweilen.«

Sie sah mein ungläubiges Gesicht, lachte und beteuerte: »Ja, wirklich.«

»Entschuldigen Sie, aber man braucht doch nicht unbedingt einen ganzen Club, um sich mit etwas zu beschäftigen.«

»Es ist nicht allein die Beschäftigung, es ist vor allen Dingen der menschliche Kontakt. Ein Mensch, der in Europa lebt, wo ein Haus am anderen klebt, und der nur ein paar Schritte zu gehen braucht, um mit dem Nachbarn oder dem Bäcker an der Ecke ein bißchen zu reden, der kann das nicht verstehen. Hier leben die meisten Menschen meilenweit voneinander entfernt in ihren Einfamilienhäusern, und Libby hat schon recht, hauptsächlich trifft es die Frauen. Die Männer haben wenigstens tagsüber an ihren Arbeitsplätzen Kontaktmöglichkeiten, die Kinder in der Schule. Aber die Frauen können höchstens das Fernsehen einschalten, um eine Stimme zu hören, oder ins Telefon quatschen. Wenn man lange genug so lebt, wird man eben kontaktarm, verliert die Fähigkeit, Beziehungen herzustellen, und da ist ein Club eine Brücke. Man spielt zusammen Karten oder pflanzt Blumen oder kocht, kommt darüber ins Gespräch, hat ein gemeinsames Thema und daraus kann sich dann eine Beziehung entwickeln.«

»Und das liegt alles nur an den Entfernungen?« fragte ich.

»Aber was«, sagte Henderson barsch, »in der Hauptsache liegt es an den Menschen, an ihrer Oberflächlichkeit, Trägheit, emotionellen und geistigen Armut. Wer nicht denken kann, kann nicht sprechen, wer nicht sprechen kann, kann keine Beziehungen herstellen. Da hilft auch keine französische Zwiebelsuppe und kein Poltergeist. Da hilft nur eins: lernen, hören, sehen, lesen, aufnehmen, DENKEN!«

Er schlug mit der flachen Hand auf den Tisch, daß das Porzellan klirrte, Rose das Lächeln wegrutschte und Libby mit dem Ausruf: »Seht euch den wilden Mann an!« in gellendes Gelächter ausbrach.

»Arthur, dear«, sagte Nancy sanft, »ich fürchte, du hast den Wein unterschätzt, ganz zu schweigen von den Martinis.«
»So ist es«, nickte Henderson, »kaum sagt man die Wahrheit, wird man verdächtigt, betrunken zu sein.«

Mit der Nachspeise – warmer Apfelkuchen mit Vanilleeis und eindeutig zu süß – wurde ich nach meinen weiteren Plänen gefragt. Ich sagte, daß ich am nächsten Tag nach Chicago fliegen würde. Libby ließ ein enttäuschtes »Schon« hören, und auch die Hendersons meinten, ich solle doch noch einen Tag bleiben. Ich sah gar nicht ein, warum ich das sollte. Das Hotel war ein trübsinniges Establissement, das Meer in dieser Jahreszeit zu kalt zum Baden, der Vergnügungspark geschlossen. Die einzige Unterhaltung, die Panama City jetzt noch zu bieten hatte, waren Tornados, doch selbst die machten einen Bogen um die Stadt. Ich erklärte also mit höflicher Übertreibung, daß ich das Wichtigste in dieser Gegend, nämlich die Hendersons, gesehen hätte und weitermüsse.

»Haben Sie denn schon Atlanta gesehen?« fragte Libby.
»Nein«, sagte ich, und beim Klang dieses Namens wurde ich unschlüssig.
»Es ist wirklich eine hübsche Stadt«, sagte Nancy, »sogar ein Zentrum hat sie und wunderschöne Villen und Gärten in den Vororten.«
Es war nicht das Zentrum Atlantas, das mich lockte, auch nicht die Villen und Gärten. Es war die Erinnerung. Atlanta, das war für mich ›Vom Winde verweht‹, ein Buch, das ich mit sechzehn Jahren nicht einmal, sondern dreimal, nicht gelesen, sondern gelebt hatte.
»Aber ich habe bereits den Flug gebucht«, zögerte ich noch.
»Nichts leichter, als den Flug abzusagen«, rief Libby, der offenbar sehr viel daran lag, daß ich Atlanta sähe, »wenn Sie wollen, tue ich es für Sie und fahre Sie hin.«
»Wie viele Stunden sind es denn bis Atlanta?«
»Nur vier bis fünf, eine Kleinigkeit.«

»Sie werden doch nicht meinetwegen …«

»Aber nein«, unterbrach sie mich, »ich wollte sowieso nach Atlanta. Ich wohne ja dort.«

»Ich dachte, Sie wohnen in Baypoint.«

»Auch …« Plötzlich herrschte Schweigen am Tisch und Libbys Eifer, mit dem sie mich zu einer gemeinsamen Fahrt nach Atlanta gedrängt hatte, schlug in Niedergeschlagenheit um. Sie senkte Kopf und Stimme und sagte: »Ich lebe in Scheidung.«

Es klang, als hätte sie mir ein entsetzliches Geheimnis anvertraut, und das verschlug mir die frivole Bemerkung, die ich für solche Fälle parat hatte. Ich blickte vorsichtig zu Nancy hinüber, und die nickte mir schwer und bedeutsam zu. Kein Zweifel, ich war auf die Stelle gestoßen, die Libby zu einem komplizierten Fall machte.

»Also fahren wir nach Atlanta«, sagte ich.

Libby erschien pünktlich um zehn Uhr im Hotel, sagte: »Hi, Honey! Alles klar?«, ergriff den größeren meiner beiden Koffer und ging mit weitausholenden Schritten zur Tür. Ich folgte mit dem kleineren.

Ihr Auto war kolossal, dottergelb mit schwarzen Polstern. Libby trug einen schwarzen Hosenanzug mit gelber Bluse. Sie sahen aus wie ein Zwillingspaar.

Sie öffnete den Kofferraum, und bevor ich noch zugreifen konnte, hatte sie mit leichtem Schwung mein Gepäck hineinbefördert. Sie tat heute alles energisch und kompetent, lachte nicht unmotiviert, hatte auch nicht den Blick atemloser Erwartung. Die Hysterie, die am vergangenen Abend ständig in ihr getickt und mir das unangenehme Gefühl vermittelt hatte, neben einer Zeitbombe zu sitzen, war mit dem kühlen, blauen Tag, dem gelben Wagen und der Aussicht auf eine lange Fahrt verschwunden. Vermutlich brauchte sie eine wie auch immer geartete Aufgabe, um zu einer natürlichen und aktiven Frau zu werden.

»Hop in«, sagte sie.

Sie gab dem Wagen einen Klaps auf die Kühlerhaube, nahm

hinter dem Steuer Platz, setzte eine gelb umrandete Sonnenbrille auf und warf das Haar zurück. Jetzt, im Profil, mit der großen Brille, dem langen Haar und dem sehr hellen, feingewebten Teint der Rothaarigen, sah sie gut, ja geradezu verwegen aus. Als sie den Motor anließ und die automatische Kupplung auf »Drive« schob, schien sie ein Gefühl der Macht zu durchfluten. Sie sagte: »Ready for take-off« und lächelte mir beruhigend zu.

Keine Angst, sagte das Lächeln, bei mir bist du in guten, fachkundigen Händen.

Der Verkehr war mäßig, die Fahrzeuge bewegten sich in gesittetem, equilibriertem Tempo, die Straßen, gleichbleibend breit und gerade, schienen in die Unendlichkeit zu führen. Libby, eine ausgezeichnete Fahrerin, beherrschte den Wagen mit den Fingerspitzen ihrer linken Hand, während sie mit der rechten am Radioknopf drehte. Als sie die richtige Musik gefunden hatte, wiegte sie sich leicht im Takt der Melodie: »Ich mag die Musik sweet and slow«, sagte sie, »ach, ich würde gerne einmal wieder richtig tanzen, so Wange an Wange, so ganz verliebt … Sie wissen schon, was ich meine.«

»Ich weiß, was Sie meinen.«

Sie schwieg eine Weile, griff dann ins Handschuhfach, holte ein Päckchen Kaugummi heraus, schob sich ein Scheibchen in den Mund und kaute nachdenklich.

Wir hatten Panama City noch nicht hinter uns. Immer wenn ich dachte »jetzt sind wir, Gott sei Dank, draußen«, tauchten neue Häuser auf und ich versuchte zu erraten, welchem Zweck sie dienten. Waren es Wohn- oder Lagerhäuser, Tankstellen oder Restaurants, Motels oder Supermärkte? Ich wartete ungeduldig auf die schöne Landschaft, die mich mit dem amerikanischen Städtebau halbwegs wieder aussöhnte.

»Wenn ich ein Buch über mein Leben schriebe«, sagte Libby, die mit ihren Gedanken offenbar zu einer Schlußfolgerung gekommen war, »glauben Sie mir, es würde ein Bestseller.«

Ich hatte diesen Satz schon so oft von diversen Leuten gehört, daß ich mechanisch antwortete: »Schreiben Sie, schreiben Sie.«

»Aber ich kann doch nicht schreiben«, rief sie, »und selbst wenn ich es könnte ... so eine Geschichte darf man nicht erzählen. Ich habe sie noch keinem Menschen erzählt, außer natürlich meinem Psychoanalytiker. Aber bei dem hatte ich immer das Gefühl, er schläft da hinter mir auf seinem Stuhl oder denkt an ganz andere Sachen und hört mir gar nicht richtig zu.«

»Dann liest er vielleicht auch keine Bestseller«, sagte ich, fand mich unangenehm und fügte hinzu: »Haben Sie denn keine Freunde, mit denen Sie sprechen können?«

»Ich habe eine gute Freundin, aber selbst der kann ich nicht alles erzählen. Sie hat doch ein ganz bestimmtes Image von mir, und wenn ich ihr alles erzählen würde, wäre ich doch nicht mehr die heile, starke Frau, für die sie mich jahrelang gehalten und gemocht hat. Und ich fürchte, das würde unsere Freundschaft nicht aushalten.«

»Ist man hier mit Menschen oder mit Images befreundet?«

Sie kaute jetzt sehr schnell und schien zu überlegen. Schließlich sagte sie: »Das Image spielt in Amerika eine sehr große Rolle. Es ist wie eine zweite Haut, und wenn man die fallen läßt, sind die Menschen so schockiert, als liefe man nackt herum. Darum denke ich mir, ich könnte überhaupt nur als Fremde zu einer Fremden sprechen, zu einem Menschen, der keine Vorstellung von mir hat und der aus einer ganz anderen Welt kommt und ganz andere Maßstäbe hat als wir hier, verstehen Sie?«

Ich verstand. Darum also ihr dringendes Bedürfnis, mich nach Atlanta zu fahren! Ich war die Fremde, die sie sich auserkoren hatte, ihre Geschichten zu hören, ich war die Schriftstellerin, der nichts Menschliches fremd war, ich war die Frau, die aus dem dekadenten, andere Maßstäbe ansetzenden Europa kam. Gut, wenn es schon sein mußte, würde ich es mir wenigstens bequem machen. Ich zündete mir eine Zigarette an, zog die Schuhe aus und die Beine hoch. Es gab so viel Platz auf diesem schwarzen, zu weich gepolsterten Sitz, daß ich mich auch hätte hinlegen können. Aber dann wäre Libby, so wie bei ihrem Analytiker, der Verdacht gekommen, ich schliefe oder sei mit meinen Gedanken ganz woanders. Also wandte ich mich ihr voll zu, rauchte und wartete.

Im Radio sang eine rauhe Frauenstimme ›Loverman where can you be ...‹ und Libby fuhr stumm, im gleichmäßigen Fünfzig-Meilen-Tempo und blickte vor sich auf die Straße. Doch plötzlich, mit einem Gedanken, der ihren Puls zu beschleunigen schien, erhöhte sie auch die Geschwindigkeit, straffte Kinn- und Halsmuskeln und rief im Ton der Ekstase: »Wir sind auf dem Highway! Schauen Sie, die schöne Landschaft ... die grüne Wiese, der Wald dort hinten! Ich werde mich von allem befreien! Ich werde neu anfangen! Ich bin noch nicht zu alt dazu! Ich habe genug gelitten, alle Frauen meiner Generation haben gelitten. Wir haben unser Leben damit vergeudet, EINEM Mann gefallen zu wollen, uns nach ihm zu richten, es ihm schönzumachen und in seinem Schatten zu verkümmern. Schluß damit! Es ist höchste Zeit, daß wir zu uns selber finden, daß wir entdecken, wer wir sind und was in uns vorgeht, daß wir uns begreifen als Frau und als Mensch. Es ist die Stunde der Wahrheit!«

Und während ich sie noch gebannt anstarrte, erscholl im Auto ein unerklärlicher Lärm, ein Knattern, Rauschen und Pfeifen, und ich rief erschrocken: »Du lieber Gott, was ist denn das? Das Auto muß kaputtgegangen sein!«

»Aber nein«, rief sie zurück, »ich habe eben das CB angestellt.«

»Das was?«

»Das CB!«

Sie deutete auf einen kleinen schwarzen Apparat, der unterhalb des Amaturenbretts angebracht, tatsächlich die Quelle dieses schrecklichen Radaus war.

»Das ist ja ein fürchterliches Ding«, sagte ich, »braucht man das unbedingt? Oder können Sie's auch wieder ausmachen?«

Sie lächelte nachsichtig und fragte: »Wissen Sie denn nicht, wozu man ein CB braucht?«

»Keine Ahnung.«

Sie nahm ein rundes Mundstück, das durch eine elektrische Schnur mit dem Apparat verbunden war, hielt es sich dicht an die Lippen, stellte den Lärm ab und sprach hinein: »Here Yellowbird, southbound on route 507, can you hear me?«

Aus dem Mundstück quoll jetzt ein Getöse, das nach einer Saalschlacht klang, dann aus weitester Ferne eine verzerrte Männerstimme, die irgend etwas Unverständliches brüllte. Vielleicht schrie der Mann um Hilfe.

Libby lauschte angestrengt, schüttelte den Kopf, stellte den Ton wieder ab und rief: »Hallo, can you hear me? It's Yellowbird on route 507 … try to get through, will you?«

Aber keiner kam durch. Es erscholl nur derselbe Krach, der selbst Libby zuviel zu werden schien. Sie sagte: »Verdammt!«, legte das Mundstück auf den Apparat zurück und stellte den Ton ab.

»Wir sind wohl noch nicht weit genug von Panama City entfernt«, meinte sie.

»Ich weiß immer noch nicht, wozu das BC gut ist«, sagte ich.

»CB«, verbesserte sie, »Citizen Band! Eine ganz tolle Sache! Privatpersonen dürfen es eigentlich gar nicht haben, nur Lastwagenfahrer. Aber mit ein paar Tricks kann man es sich beschaffen. Man kann damit Kontakt zu anderen Fahrern aufnehmen, mit ihnen quatschen, wenn einem langweilig ist, und sich gegenseitig vor den Streifenwagen der Polizei warnen. Bei dem Leben, das ich jetzt führe, kein richtiges Zuhause mehr und dauernd unterwegs, braucht man so was.«

»Zur Kontaktaufnahme«, nickte ich.

Die Anspielung entging ihr. Sie begann, jetzt da das Kontaktgerät schwieg, wieder am Knopf des Radios zu drehen, fand keinen Sender mit sweet, slow music und begnügte sich darum mit Beat.

»Niemals«, sagte sie, »hätte ich gedacht, daß ich eines Tages eine alleinstehende, unabhängige Frau sein würde.«

Sie sah mich an und in ihrem Gesicht kämpfte stolze Entschlossenheit mit ängstlichem Zweifel. Ich lächelte ermutigend: »Nur keine Angst, Sie werden sich daran gewöhnen und feststellen, daß allein leben seine Vorteile hat.«

»O ja, davon bin ich überzeugt.« Die stolze Entschlossenheit hatte gesiegt. »Ich bin jetzt dreiundfünfzig Jahre und habe ein gutes halbes Jahrhundert immer nur unter dem Kommando meiner Mutter, dann unter dem meines Mannes, Harold, gelebt. Ich habe nie einen selbständigen Schritt gemacht, nie einen eigenen Entschluß gefaßt, nie mit der Faust auf den Tisch geschlagen. Ich habe getan, was man von mir erwartet und verlangt hat. Warum, frage ich Sie, warum habe ich das getan?«

»Vielleicht weil es leichter war.«

»Leichter? Na, hören Sie mal! Nein, ich werde Ihnen sagen warum: weil ich gar keine andere Wahl hatte, weil man mir nie eine Chance gegeben hat, ein Selbstbewußtsein zu entwickeln. Meine Mutter war eine schrecklich autoritäre Frau. Vater ist früh gestorben und sie saß da mit vier Töchtern und einer kleinen Farm in Texas. Wir mußten gehorchen, sonst gab's Hiebe oder einen Tag lang nichts zu essen. Wenn ihr meine Worte nicht versteht, hat sie gesagt, dann versteht ihr bestimmt meine Hand und euren Magen. Als wir in die Pubertät kamen, wurde es noch schlimmer. Da wurden wir eingesperrt, wenn wir am Samstagabend nach dem Kino mal fünf Minuten zu spät nach Hause kamen. Mutter hatte vor überhaupt nichts Angst, aber davor, daß eine von uns schwanger werden könnte, hat sie gezittert. Ich glaube, sie hätte uns lieber tot als schwanger gesehen, und dabei war sie ein guter Mensch und hat uns auf ihre Art auch liebgehabt. Aber so war es eben damals. Ein Mädchen mit einem unehelichen Kind war eine Hure und brachte Unglück und Schande über die ganze Familie. Nie waren die

Männer schuld, immer die Frauen! So, ich denke, jetzt sind wir weit genug ... ich werde mal das CB anstellen.«

»Nein«, sagte ich schnell, »entweder Sie sprechen oder Sie machen das Ding an. Beides zusammen geht nicht.«

Mein Ton schien sie an den ihrer autoritären Mutter zu erinnern, denn sie zog die schon ausgestreckte Hand wieder zurück und erzählte weiter: »Mit sechzehn habe ich dann einen Schweinezüchter kennengelernt. Er hatte mindestens so viele Schweine wie ich Haare auf dem Kopf und war ganz verrückt nach mir. Am Samstagabend bin ich immer mit ihm ausgegangen.«

»Hat Ihre Mutter denn nicht gefürchtet, daß Sie von dem Schweinezüchter schwanger werden könnten?«

»Nein, sie hat es nicht gefürchtet, sie hat es vielleicht sogar gehofft.«

»Verstehe ich nicht.«

»Der Mann war doch reich.«

»Ach so! Wenn ein Mann reich war, durfte er ein Mädchen schwängern.«

»Weil er sie anschließend heiraten mußte, ob er wollte oder nicht. Bei einem reichen Mann gab es immer Wege und Mittel, ihn dazu zu zwingen. Außerdem bestand nicht die geringste Gefahr, von dem schwanger zu werden! Er hat mich abgestoßen, so primitiv wie er war. Er konnte noch nicht mal richtig küssen. Er hat geküßt wie er seinen Ferkeln eins hinten drauf geklatscht hat. Wahrscheinlich war eine Frau so eine Art Ferkel für ihn. Und dann hat er immer nach Schwein gerochen. Ich bin nur mit ihm ausgegangen, um am Samstagabend aus dem Haus zu kommen.«

»Das ist ja eine trostlose Geschichte«, sagte ich.

»Ja, stellen Sie sich vor, hätte ich damals nicht Harold kennengelernt, dann hätte ich den Schweinezüchter vielleicht doch noch geheiratet. Einer Frau aus meinen Verhältnissen blieb doch gar nichts anderes übrig, als zu heiraten. Wir waren ja von Geburt an auf nichts anderes programmiert. Lernen und Beruf, das war den Männern vorbehalten. Das Beste, was uns

Frauen passieren konnte, war, einen reichen Mann wie den Schweinezüchter zu heiraten oder einen mit Bildung wie Harold. Harold war Medizinstudent, und das war für ein Mädchen wie mich das Höchste. Außerdem sah er aus wie der Schauspieler Anthony Perkins, ganz fein und sensibel, mit langen Beinen und schmalen Händen. In ganz Texas gab es keinen zweiten Harold, und alle waren verrückt mit ihm, selbst meine Mutter. Ich dachte, so einer wirft keinen Blick auf ein ungehobeltes, dummes Mädchen vom Lande, wie ich es damals war. Bis heute habe ich nicht begriffen, was ihn an mir angezogen hat.«

»Sie waren bestimmt ein schönes Mädchen.«

Sie warf den Kopf zurück und lachte das erste laute, gezwungene Lachen an diesem Morgen: »Das war zweifellos nicht der Grund. Na ja, vielleicht war es das Mütterliche in mir. Gott, ist mir heiß!«

Sie wurde unversehens von einem hektischen Betätigungstrieb ergriffen, schüttelte erst den einen, dann den anderen Arm aus der Jacke, öffnete das Fenster, spuckte mit einem »excuse me« den Kaugummi auf die Straße, steckte sich gleich darauf einen neuen in den Mund, kaute schnell und starr wie ein Kaninchen, griff schließlich nach dem Kontaktgerät, riß das Mundstück an die Lippen und rief, als ginge es um ihr Leben: »Here Yellowbird, here Yellowbird, southbound on route 507 ... can somebody tell me whether it's clear and green over my shoulder?«

Zu meiner Überraschung erklang jetzt wirklich eine männliche Stimme, die tief, hohl und schleppend geradewegs aus der Unterwelt zu kommen schien: »Hi Yellowbird, hi baby, so you are southbound again.«

»Superman«, kreischte Libby, »what are you doing at this hour on the roads?«

»I'm looking for you, baby ...« Ein fettes Lachen, das Libby glucksend und gurrend erwiderte: »So give me the news, Super.«

»Go ahead, Yellowbird, it's clear and green all the way through. No smokyheads around.«

»Thanks, Super, hear you later!«

Sie warf den Kopf zu mir herum und fragte mit immer noch erregter Stimme: »Sehen Sie jetzt, wie praktisch das CB ist?«

»Ja, ja ich sehe. Aber worum es da eigentlich geht, habe ich immer noch nicht verstanden.«

»Weil wir in einer verschlüsselten Sprache sprechen«, erklärte Libby stolz. »Jeder von uns hat einen Highway-Namen. Ich heiße Yellowbird, der Lastwagenfahrer, mit dem ich eben gesprochen habe, heißt Superman, ein anderer Eagleeye, eine Bekannte von mir Baby-doll, na ja, und so weiter. Die Polizisten werden Smokyheads oder County-bounties genannt, und wenn man sagt, daß es ›clear and green‹ hinter der Schulter ist, bedeutet das, daß keine Polizei in der Nähe ist.«

»Und wenn man mit einem Lastwagenfahrer ein Date haben will, was sagt man dann?«

»Sie sind mir eine ganz Schlaue«, lachte Libby.

»Dazu gehört ein Minimum an Schlauheit.«

»Honey«, sagte Libby und drückte in Pose und Stimme kühle Lässigkeit aus, »hätte ich schon mal was mit einem Lastwagenfahrer gehabt, ich würde mich nicht genieren, es Ihnen zu sagen. Warum sollen wir Frauen nicht dieselben Abenteuer haben wie die Männer, jetzt wo wir die Pille nehmen und endlich wissen, daß Sex Spaß machen kann und wir nicht nur Gebrauchsobjekte für unsere Ehemänner sind. Ich lese immer ›Cosmopolitan‹ – eine gute Frauenzeitschrift mit psychologischen Artikeln und Interviews und allem möglichen ... Also da habe ich gelesen, daß eine Frau auf keine Sexerfahrung verzichten soll.«

»Ich würde mich da lieber mehr nach mir selber als nach dem ›Cosmopolitan‹ richten«, sagte ich.

»Honey« – jetzt war ihr Ton belehrend – »glauben Sie wirklich, wir hätten gewagt, aus uns selber heraus zu handeln? Was haben wir denn überhaupt gewußt? Jahrtausende haben wir uns von den Männern unser Recht auf befriedigenden Sex nehmen lassen, hatten ja nicht mal eine Ahnung, wie wir da unten aussehen, wo unsere erogenen Stellen sind, und was ein Orgasmus und eine Klitoris ist. Wir haben uns auf Sexbomben zurechtgemacht und uns ungeschickt befummeln lassen, und dann im Bett haben wir uns gefragt: ist das alles? und getan, als ob uns vor Lust sehen und hören vergeht. Und wenn wir nicht so getan haben, hat man uns gesagt, wir seien frigide.«

Im gleichen Maße wie ihre Empörung war auch unsere Fahrgeschwindigkeit gestiegen, und ich sagte: »Libby, Sie sind bereits auf hundert Meilen, passen Sie bloß auf die Smokyheads auf!«

»No smokyheads around«, sagte sie und dann: »Ist es Ihnen nicht auch so gegangen, Honey?«

»Ach wissen Sie«, sagte ich unlustig, »ich lese nicht ›Cosmopolitan‹ und habe mich mit diesem speziellen Thema nicht so intensiv befaßt. Aber wenn die Frauen jetzt Sex über eine emotionale Beziehung stellen und glauben, herumficken macht frei und der Orgasmus ist DIE Bereicherung ihres Lebens, dann haben sie sich in den Finger geschnitten.«

»Vielleicht ist es in Europa anders«, sagte Libby, die sich von dem fortschrittlichen Thema nicht so leicht abbringen ließ, »aber in Amerika hat man, laut Umfrage, festgestellt, daß in den fünfziger Jahren ...«, sie hob einen mahnenden Zeigefinger, »neunundachtzig Prozent der Frauen, NEUNUNDACHTZIG!, zu keinem Orgasmus gekommen sind.«

»Damals gab es eben noch kein CB«, sagte ich.

Libby schob die Sonnenbrille auf die Stirn und sah mich vorwurfsvoll an: »Fühlen Sie sich denn gar nicht solidarisch mit den Frauen?« fragte sie.

»Wenn's ums Wesentliche geht, ja, wenn's ums Bett geht, nein. Das sollte jedermanns private Angelegenheit sein.« Ich stellte entschlossen das Radio, das von dröhnendem Beat auf quäkende Hillbilly-Songs übergegangen war, ab: »Gegen Geschichten, wie Sie sie hier verzapfen, bin ich allergisch.«

»Aber wieso denn?«

»Weil mir die erogenen Zonen, der Orgasmus und die Klitoris der Frauen zum Hals raushängen, weil mich das Thema ankotzt.«

Sie sah mich mit dem starren Blick des Entsetzens an. Alles hätte sie von mir, einer europäischen, dekadenten, mit allen Wassern gewaschenen Schriftstellerin erwartet, alles, nur nicht das.

»Sie mögen Frauen nicht«, stellte sie schließlich erschüttert fest.

»So wie Sie sie darstellen, mag ich sie gewiß nicht.«

»Hätten Sie es lieber gehabt, wenn die Frauen weiter Marktware geblieben wären und ihr Sexleben von den Männern hätten manipulieren lassen?«

»Ha!« rief ich nun wirklich aufgebracht. »Und was sind sie heute? Keine Marktware mehr? Und die zentnerweise nackten Brüste und Hintern, die die Illustriertenblätter und Fernsehschirme füllen, was ist das? Und die Pornohefte und -filme? Und glauben Sie, diese Sintflut an pseudopsychologischen oder obszönen Artikeln, Sexberichten, Talk-Shows, Büchern und was sonst noch alles, die den Frauen einhämmern, wie sie sich in Zukunft mit Leib und Seele zu verhalten haben, sind ein Segen für sie?«

»Man mußte sie doch endlich mal aufklären«, protestierte Libby, »und der schnellste und beste Weg war der durch die Massenmedien.«

»Aufklären nennen Sie das! Ich nenne es einen schwungvollen, lukrativen Handel mit der Intimsphäre. Ich nenne es einen Skandal und fasse mich an den Kopf, wenn ich sehe, wie die Frauen massenweise darauf reinfallen und ohne Rücksicht auf Verluste ›modern‹ sein wollen, ganz gleich ob es ihrer Natur, ihrem Temperament und ihrem Charakter entspricht. Was für ein Wahnsinn! Als ob die Frauen früher nicht geliebt hätten! Als ob es keine Leidenschaft gegeben hätte! Mehr als jetzt, darauf können Sie Gift nehmen, denn der Reiz liegt im Geheimnis und die Liebe und Lust in Herz, Bauch, Kopf, aber bestimmt nicht in der Klitoris.«

»Regen Sie sich nicht auf, Honey«, beschwichtigte Libby, »wir haben unseren Weg noch nicht gefunden, wir sind doch erst im Aufbruch. Als die schwarzen Sklaven befreit wurden, wußten sie auch nicht gleich, was sie tun sollten. Manche schlugen über die Stränge, manche haben sich sogar nach der Abhängigkeit zurückgesehnt. Genauso geht es uns.«

Ich fragte mich, wo sie das nun wieder gelesen hatte, und fand den Vergleich zu absurd, um darauf einzugehen. Was mich viel mehr interessierte, war Harold, ihr sensibler Mann, der wie Anthony Perkins aussah und offenbar irgendeinen Haken hatte.

»Haben Sie Kinder?« tastete ich mich an das Thema heran.

Sie war mit ihren Gedanken wohl noch bei den schwarzen Sklaven, mit denen sie sich identifizierte, oder beim Kontaktgerät, das einen dumpfen Dialog zwischen zwei Unterweltlern aussandte.

»Kinder?« wiederholte sie zerstreut. »Ja ... zwei, einen Sohn und eine Tochter.«

»Und wo sind die?«

»Meine Tochter habe ich abgenabelt«, sagte sie und war jetzt wieder ganz bei der Sache. »Sie war sehr an mich gebunden, und ich mußte ihr einen kleinen Schubs geben, damit sie sich von mir löste. Sie lebt zur Zeit in Los Angeles, lernt Heilgymnastik und hat einen Boyfriend nach dem anderen. Wir sind die besten Freundinnen. Sie erzählt mir alles, die intimsten Dinge. Mein Gott, wenn ich da an meine Mutter denke! Vor der durften wir Mädchen nicht mal nackt herumlaufen. Ein Glück, daß jetzt Schluß ist mit der autoritären Erziehung und die Kinder ein so wundervoll lockeres Verhältnis zu ihren Eltern haben.«

»Manchmal will mir scheinen, sie haben eine wundervoll lockere Verachtung für ihre Eltern«, sagte ich, aber meine Bemerkung ging in einem durchdringenden Pfeifen unter.

»Und Ihr Sohn?« schrie ich.

»Mein Sohn ...«, sie brachte das Kontaktgerät zum Schweigen, »mein Sohn lebt noch bei seinem Vater, und ich habe ständig Angst um ihn.«

»Warum das?«

»Weil er bei dem Leben, das sein Vater führt, auch auf die schiefe Ebene geraten kann.«

»So wie Sie Harold beschrieben haben, kann ich mir die schiefe ...«

»Mein Mann ist homosexuell«, sagte sie sehr schnell und ohne mich anzusehen. Dann preßte sie die Lippen hart aufeinander.

»Aha«, sagte ich überrascht, »hm. Interessant. Und trotzdem haben Sie ihn geheiratet.«

»Als ob ich es damals gewußt hätte!« schrie sie auf. »Ich, ein junges, unerfahrenes Ding aus einem gottverlassenen Nest in Texas! Wie sollte ich denn gewußt haben, daß Harold homosexuell war? Ich hab ja noch nicht mal gewußt, was das ist. Ich dachte, er sei der perfekte Gentleman, der mich nicht wie ein Schweinezüchter hinten und vorne betatscht und versucht, mich rumzukriegen. Er hielt meine Hand, und wenn er mich küßte, war das, als wenn ein Bruder seine kleine Schwester küßt. Manchmal war ich etwas enttäuscht, so verliebt wie ich in ihn war, aber dann habe ich mir gesagt: So benimmt sich eben ein Gentleman, der ein Mädchen liebt und achtet.«

»Gut, ich verstehe. Aber warum hat Harold Sie geheiratet?«

»Was weiß ich! Vielleicht brauchte er mich als Alibi, um sich und den anderen zu beweisen, daß er ganz normal ist. Und auf seine Art, irgendwie, hat er mich ja auch liebgehabt. Auf jeden Fall beschlossen wir, sobald er mit dem Studium fertig war, zu heiraten. Er studierte in Dallas, und wir sahen uns während dieser Zeit nur jede zweite Woche am Samstagabend. Dann, zwei Tage vor der Hochzeit, wurde er krank wie ein Hund, den man vergiftet hat. Er kam achtundvierzig Stunden nicht mehr vom Klo runter und ist von da direkt in die Kirche gerannt. Als Arzt muß er ja gewußt haben, was mit ihm los ist, aber er hat wohl einfach nicht den Mut gehabt, die Sache in letzter Minute abzublasen.«

Sie schwieg, und ihr Profil, eben noch verwegen, sah jetzt verhärmt aus. Ich schaute an ihr vorbei durchs Fenster in eine weite, stille, herbstliche Landschaft, die einen zu Träumen von einem friedlichen, naturverbundenen Leben verführen konnte.

»Ich habe Harold sehr geliebt«, sagte Libby plötzlich mit schwerer, feierlicher Stimme, »selbst wenn ich gewußt hätte, daß er gay ist, hätte ich ihn wahrscheinlich geheiratet. Am Anfang glaubt man ja immer, man könne einen Menschen ändern, wenn man genug Verständnis und Liebe für ihn hat, und es dauert Jahre und Jahre, bis man begreift, daß alles vergeblich ist, und die Hoffnung aufgibt. Bei mir hat es dreißig Jahre gedauert, und heute weiß ich, daß ich mein Leben vergeudet habe.«

»Das stimmt nicht, wenn Sie ihn wirklich geliebt haben.«

Sie zwang sich ein Lachen ab: »Honey, Sie wissen offensichtlich nicht, was es bedeutet, einen Mann zu lieben und zu begehren und selber nicht begehrt zu werden und nicht zu verstehen, was eigentlich los ist, und schließlich zu glauben, daß man abstoßend ist, schlecht riecht oder irgendeinen nie wiedergutzumachenden Fehler begangen hat. Hätte ich wenigstens jemand fragen können, aber das habe ich mich natürlich nicht getraut. Einmal hab ich versucht, mit Harold zu sprechen, da hat er die Fassung verloren und einen Heulkrampf bekommen. Manchmal funktionierte er ja auch, und dann hatte ich wieder etwas Hoffnung. Aber die hielt nie lange vor, denn am nächsten Tag hatte er immer schreckliche Depressionen und Durchfall. Es war die Hölle und hätte so schön sein können. Er war ein wunderbarer Arzt und nach einem Jahr hatte er schon seine eigene Praxis und zahllose Patienten. Wir wohnten in einem schönen Haus, in einem Luxusvorort von Atlanta. Alle liebten Harold und beneideten mich und dachten, ich hätte das große Los gezogen. Mir blieb gar nichts anderes übrig, als gute Miene zum bösen Spiel zu machen, denn damals, in den fünfziger Jahren, in einer Provinzstadt wie Atlanta, hätte er einpacken können, wenn jemandem der Verdacht gekommen wäre, er sei gay. Erst als wir schon drei Jahre verheiratet waren, hab ich den Mut gefunden, ihm die Pistole auf die Brust zu setzen und eine Erklärung zu fordern. Damals, ich erinnere mich noch genau, fiel zum ersten Mal das Wort ›homosexuell‹. Ich hab's nicht verstanden und er hat es mir dann erklärt. Er hätte mir auch erklären können, er sei Frankenstein oder der Mann im Mond, so unfaßbar war die Sache für mich. Ich hab so geschrien und geheult, daß er mir eine Beruhigungsspritze geben mußte, und am nächsten Tag hat er gesagt, es sei alles gar nicht so schlimm, er würde sich behandeln lassen. Damals hat man ja noch geglaubt, die Homosexualität sei eine Krankheit, heute sieht man das alles ganz anders. Ich habe da vor einiger Zeit eine Fernsehsendung über Schwule gesehen, und da hat ein Psychologe erklärt, daß jeder normale Mann schwul werden kann, aber kein Schwuler normal.«

»Ach so! Dann war Harold also kein Schwuler, sondern ein ganz normaler Mann, der aus Versehen schwul geworden ist.«

»Nicht aus Versehen. Es ist eine Frage der Programmierung. Jeder Mann ist von Natur aus schwul, aber so wie er sich programmiert, so wird er.«

Ich sagte: »Und diesen Quatsch glauben Sie wirklich?«

»Ja, natürlich! Wir sind von einem Arzt zum anderen gefahren, Hunderte von Meilen, denn in Atlanta haben wir uns zu keinem getraut. Viele haben gesagt, es bestehe eine gute Chance auf Heilung, denn Harold sei nur bisexuell. Als ich schwanger wurde, dachte ich, jetzt haben wir's doch noch geschafft, jetzt wird er Vater und normal. Genau das Gegenteil war der Fall. Er hat sich vor meinem Bauch richtig geekelt und ist aus unserem gemeinsamen Schlafzimmer ausgezogen – aus Rücksicht auf meinen Zustand, hat er gesagt.«

Sie wandte mir ihr Gesicht zu, das in dem schonungslosen

Licht einen ramponierten Eindruck machte. Ihr Mund, von dem der Lippenstift abgegangen war, erinnerte mich in Farbe und Konsistenz an eine Auster, die zu vollen Wangen hatten einen schlaffen Zug nach unten, die Stirn und der gerade, starke Rücken ihrer Nase glänzten. Ich suchte ihre Augen hinter den großen, dunklen Gläsern ihrer Brille, sah aber nur die vorbeifliegende Landschaft, suchte nach einem teilnehmenden Wort, fand aber nur einen Seufzer.

»Als Susan, meine Tochter, dann da war«, fuhr sie fort, »hatte er seine erste Affäre mit einem Mann. Ich hab es erst gar nicht gemerkt, wie kann man merken, was man für unmöglich hält! Aber eines Tages habe ich die beiden auf der Straße gesehen, Harold und diesen jungen, hübschen Lümmel, und da konnte ich mir endlich nichts mehr vormachen. Am selben Abend noch habe ich Harold zur Rede gestellt. Er hat sofort alles zugegeben und erklärt, wenn ich wolle, könne ich mich jederzeit von ihm scheiden lassen.«

»Und warum haben Sie es nicht getan?«

»Weil ich Idiot ihn immer noch geliebt habe und weil mit einer Scheidung ja auch alles aufgeflogen wäre. Wäre die Geschichte zwei Jahrzehnte später passiert, und ich hätte das Selbstbewußtsein gehabt, das ich heute habe, glauben Sie mir, ich wäre gegangen und hätte ihn sitzenlassen. Aber so wie ich damals war, bin ich geblieben und habe versucht, mich über Wasser zu halten: Beruhigungstabletten, Aufputschtabletten, Schlaftabletten, Alkohol, Psychoanalyse, weiß der Teufel was!«

»Und Harold?«

»Der brauchte keine Tabletten, der hatte ja seine Pin-up-Burschen. In die Analyse ist er allerdings auch gegangen, und so haben wir jahrelang getrennt auf der Couch anstatt zusammen im Bett gelegen.«

»Und was ist dabei herausgekommen?«

»Unser Sohn. Den hat er gerade noch geschafft, aber danach war's vollkommen aus ... gehen wir was trinken? Ich kenne ein hübsches Roadside Inn hier ganz in der Nähe.«

»Gut«, sagte ich, und wir fuhren langsam und schweigend weiter. Ich hielt die Geschichte, nun da sich Harold hundertprozentig auf gay programmiert hatte und Libby im Zuge der Selbstverwirklichung war, für beendet. Im Grunde ein Happy-End, da ja jeder gefunden hatte, was er zu seinem Glück brauchte. Um so mehr überraschte es mich, als Libby, die in eine Einfahrt abgeschwenkt war und auf einen riesigen Parkplatz zusteuerte, plötzlich ausrief: »Und was, Ihrer Meinung nach, soll ich jetzt tun?«

Im ersten Moment wußte ich gar nicht, worauf sich ihre Ratlosigkeit bezog: Ein Tornado war nicht angesagt worden, ein County-bounty war nicht auf unserer Spur, und auch das Roadside Inn sah absolut harmlos aus. Ich fragte also: »Worum geht es, Libby?«

»Um mich«, stöhnte sie und raste im Sechzig-Meilen-Tempo über den Parkplatz: »Um meine Zukunft, mein Leben!«

Sie stampfte auf die Bremse und ich hing, in der Taille zusammengeknickt, über ihrem umsichtig ausgestreckten Arm.

»Entschuldige, Honey«, sagte sie, »aber manchmal habe ich noch Momente der Panik.«

»Ich auch ... jetzt eben, zum Beispiel.«

Sie schob mich sanft auf den Sitz zurück: »Sie sind mir nicht böse, nicht wahr? Sie verstehen mich doch! Sie sind doch auch eine Frau, und wir Frauen sitzen alle im selben Boot. Wir sind nicht dazu bestimmt, allein zu leben. Das ist doch gegen die Natur! Wir wollen doch für jemanden dasein und von jemandem gebraucht werden. Das Leben ist so leer, wenn man allein ist, so öde ...«

Im Roadside Inn war es so dunkel, daß ich einen Moment stehenbleiben mußte, um mich zu orientieren. Man hatte wirklich das Bestmögliche getan, um alles, was schön war – Landschaft, Himmel, Sonne –, auszusperren und das herrliche, blau-gold gesprenkelte Licht eines Herbsttages durch schummrige Beleuchtungseffekte zu ersetzen. Es gehörte zu den Absonderlichkeiten Amerikas, Menschen, die etwas essen und trinken wollen, ins Dunkle zu setzen. Ob man damit eine gewisse intime Atmosphäre oder kontaktfördernde Gemütlichkeit erzielen, Appetit und Durst der Gäste anregen oder ihnen und den Speisen ein bekömmlicheres Aussehen verleihen wollte, weiß ich nicht. Aber zweifellos hatte man statistisch festgestellt, daß es eine Art Götterdämmerung war, was die Menschen zur Nahrungsaufnahme bevorzugten.

»Setzen wir uns da ans Fenster«, sagte Libby, in der ein, wenn auch nicht mehr bewußtes, so doch instinktives Luft- und Lichtbedürfnis aufzukommen schien.

Wir setzten uns an ein grüngetöntes, von einem pilzförmig überhängenden Dach halb verdecktes Fenster und schauten uns über eine pilzförmige, grünbeschirmte Tischlampe an. In diesem seltsamen Licht hatte Libby die Farbe einer Leiche und auch deren straffe, ausgebügelte Züge. Ich konnte mir plötzlich vorstellen, wie sie als junge Frau ausgesehen haben mußte, und bedauerte, daß sie ihre physischen Reize nicht besser ausgenutzt hatte. Aus diesen Gedanken heraus erkundigte ich mich, ob sie in den dreißig Jahren ihrer sexlosen Ehe Liebhaber gehabt hätte.

Sie zögerte eine Sekunde, glich diesen Augenblick dann aber durch besonderen Nachdruck aus: »Nein«, sagte sie, »selbstverständlich nicht. Als Frau eines angesehenen Arztes und liebevollen Ehemanns und Vaters, von dem kein Mensch wußte, und immer noch nicht weiß, daß er junge Burschen vernascht, konnte ich mir das nicht leisten. Außerdem war mir die Lust auf so was vergangen.«

Eine Kellnerin, ein sehr hübsches, junges Mädchen, trat an unseren Tisch, zeigte zwei Grübchen und zwei Reihen makelloser Zähne und sagte: »Hi folks, what shall it be?«

Da ich Hunger hatte und es bereits halb eins war, beschloß ich etwas zu essen, und da ich in Amerika war, entschied ich mich für einen Cheeseburger.

»Black coffee for me«, sagte Libby, »I'm getting fat.«

Die Kellnerin, die erstklassig abgerundet war, erzählte, daß auch sie die Kalorien zählen müsse und abends, zum Beispiel, nur einen gemischten Salat mit Thunfisch und hartem Ei äße. Ich sah, wie Libby bei der Beschreibung des Salates das Wasser im Mund zusammenlief, und sagte: »Genau das richtige für Sie, Libby, Grünzeug kann nie schaden. Außerdem sind Sie gar nicht dick.«

»Nein?« Sie stand auf und klatschte sich auf Bauch, Hüfte und Hinterteil: »Und was ist das? Pures Fett!«

»Dann vielleicht ein Salat ohne Thunfisch«, schlug die hübsche Kellnerin, die Zweifel bekommen hatte, vor.

»O. K., Honey, du übernimmst die Verantwortung.«

»Tu ich«, sagte das Mädchen fröhlich, und Libby sah ihr nach, als sei es die eigene Jugend, die sich da entfernte.

»Wenn Sie wüßten, was ich für eine Figur hatte«, seufzte sie, »alles am richtigen Fleck und in der richtigen Größe. Die Männer haben sich auf der Straße nach mir umgedreht, und hätte ich so gemacht …«, sie schnalzte mit den Fingern, »sie wären mir gefolgt wie die Hunde. Aber es ist noch nicht zu spät! Wenn ich erst die Kilos runter habe und meinen Kummer los bin und ein freies Leben führe, wird alles anders.«

Ihre Zuversicht war von kurzer Dauer. Sie blickte an sich hinab und dann verstört zu mir auf: »Glauben Sie, daß ich in meinem Leben noch mal eine richtige Romanze haben werde?«

»Eine? Viele!«

»Ach, das sagen Sie doch nur, um mich zu trösten. Die Männer, die für mich in Frage kämen, sind seit dreißig Jahren verheiratet, und wenn sie geschieden sind, dann suchen sie sich was Junges.«

»Dann suchen Sie sich doch auch was Junges.«

Sie kicherte, beugte sich mit dem Oberkörper über den Tisch und sagte leise: »Stellen Sie sich vor, ein Freund von meinem Sohn hat mir den Hof gemacht.«

»Na, bitte«, sagte ich und versuchte vorsichtig eine Gabel unter ihrem Busen hervorzuziehen.

»Zuerst hab ich gedacht, das kann ja gar nicht sein, eine Frau in meinem Alter, ich rede mir das nur ein oder so. Aber dann hat er immer offener mit mir geflirtet und eines Tages ist er gekommen, als mein Sohn nicht zu Hause war und ...« Sie starrte fassungslos über meinen Kopf hinweg ins Leere.

»Sind Sie mit ihm ins Bett gegangen?«

»Wären Sie?«

»Wenn er mir gefallen und ich Lust gehabt hätte, warum nicht?«

»Ich bin nicht mit ihm ins Bett gegangen«, sagte sie mit einem gepeinigten Gesichtsausdruck, von dem ich nicht wußte, ob er ihrem Verzicht oder meiner Frivolität galt, »aber er hat mich geküßt.« Sie schlug die Hände vors Gesicht und murmelte: »Es war der aufregendste Kuß meines Lebens ... Jesus, hat dieser Junge mich geküßt! Dreiundfünfzig Jahre mußte ich werden, um bei einem zweiundzwanzigjährigen Jungen zu erfahren, was küssen heißt. Unglaublich, nicht wahr?«

Die Kellnerin brachte unser Essen. Sie begann schon von weitem zu lächeln und blieb dabei, während sie die Teller und zwei Glas Wasser vor uns absetzte, die Ketchupflasche in meine, Salz- und Pfefferstreuer in Libbys Richtung schob und einen unsichtbaren Krümel vom Tisch fegte.

»Laßt's euch schmecken«, sagte sie, als alles getan war, »und pfeift auf eure Linie. Ob dick oder dünn, wir sind schön, so wie wir sind.«

»Richtig«, schmetterte Libby, und die beiden tauschten einen verständnisinnigen Blick.

Ich versuchte von dem kolossalen Cheeseburger abzubeißen, aber wie immer ich ihn auch drehte und wendete, er ging nicht in meinen Mund hinein.

»Jeden Morgen«, berichtete Libby, »stelle ich mich vor den Spiegel und sage mir: ›Frauen sind wunderbar, ich bin wunderbar, ich bin schön, ich bin phantastisch!‹«

»Und wozu ist das gut?«

»Man muß positiv denken. Man muß seinen Glauben an sich selber täglich wiederaufbauen. Es gab nämlich eine Periode in meinem Leben, da war ich alkohol- und tablettensüchtig.«

Sie schob ein Salatblatt in den Mund und trank einen Schluck Kaffee.

»Schrecklich«, sagte ich und meinte die Kombination aus Salat und Kaffee.

»Ja«, nickte sie, »es war schrecklich, aber ich wollte meine Ehe retten.«

»Mit Alkohol- und Tablettensucht?«

»Es ging nicht anders. In nüchternem Zustand hätte ich nicht tun können, was ich getan habe, verstehen Sie das?«

»Dazu müßten Sie mir schon sagen, was Sie getan haben.«

»Das kann ich nicht so in einem Satz. Kein Mensch würde das verstehen, selbst Sie nicht. Ich muß erklären, wie es dazu kam.«

»Na dann erklären Sie mal«, sagte ich und aß Fäden ziehend weiter.

»Harold hat angefangen, die Kerle mit ins Haus zu bringen. Er hat sie mir vorgestellt, als seien es gute Kumpel von ihm, mit denen er Karten spielt oder kegelt. Ich kann nicht mal sagen, daß sie unsympathisch waren. Manche waren sogar sehr nett und viel höflicher als normale junge Männer. Aber immer wenn ich im Garten war oder in irgendeinem abgelegenen Zimmer, wo ich zu tun hatte, dachte ich: ›Jetzt treiben sie's wahrscheinlich miteinander‹, und dabei wußte ich noch nicht mal richtig, was sie trieben.«

Jetzt trank sie das Glas Wasser aus, seufzte und fragte: »Wissen Sie, was Schwule miteinander machen?«

»Libby, ich bitte Sie! Sie können sich doch in Ihren diversen Zeitschriften darüber informieren, und wenn die noch nicht auf diesem modernen Stand sind, dann gibt es auch homosexuelle Blätter und Pornos. Da erfahren Sie alles von A bis Z.«

Sie schien diese Aufklärungsmethode auch schon erwogen zu haben, denn sie sagte: »In Atlanta gibt es die nicht.«

»Das ist Pech, aber mit mir können Sie leider nicht rechnen.«

»Na schön«, gab sie auf, »sollen sie doch machen, was sie wollen ... wo war ich stehengeblieben?«

»Bei den jungen höflichen Männern, die Harold mit nach Hause brachte.«

»Ja, Tom, Dick und Harry und wie sie alle hießen, und ich ließ es zu. Es war eine so verkehrte Welt, daß ich nicht mal richtig eifersüchtig sein konnte. Wird man mit einer Frau betrogen, kann man sich das doch alles vorstellen, aber auf diese Burschen war ich einfach nicht programmiert. Meine Phantasie produzierte keine Bilder ... ich weiß nicht, wie ich es erklären soll.«

Sie legte beide Hände flach auf den Tisch, zog die Schultern hoch und senkte den Kopf. Es sah aus, als erwarte sie den Pfiff zum Spurt. Aber anstatt sich abzustoßen, sackte sie plötzlich in sich zusammen und sagte mit dünner Stimme: »Ich habe meine Identität als Frau verloren. Ich hab mir die Haare ganz kurz schneiden lassen und nur noch Hosen getragen. Ich war ja damals so schlank und fest wie diese Jungen.«

Jetzt wurde die Geschichte spannend. Vielleicht hatte sich Libby in einen Transvestiten umprogrammiert.

»Ja und dann?« fragte ich.

»Einmal, als ich so in Shorts und T-Shirt auf der Terrasse saß, kam Harold zu mir heraus, sah mich an und sagte: ›So geht das nicht mehr weiter, Libby! Eine schöne, junge Frau wie du hat ein Recht auf Sex. Du könntest an jedem Finger zehn Männer haben.‹ Ich sagte: ›Aber ich liebe dich, Harold, und darum kommt kein anderer Mann für mich in Frage.‹«

»Das war ein Fehler«, sagte ich kopfschüttelnd.

»So war ich eben. Ich wollte mit keinem anderen Mann schlafen und ich hätte auch mit keinem anderen Mann geschlafen, wenn Harold es nicht arrangiert hätte. Und ich dachte, vielleicht ist das eine Lösung, vielleicht bringt es uns wieder zusammen. Ich war bereit, alles zu tun, um meine Ehe zu retten, alles!«

»Sie wollen sagen, Sie haben dann schließlich doch mit einem Mann geschlafen?«

»Nicht mit einem, mit mehreren.«

»Ach«, sagte ich verwirrt und blickte in ihr Gesicht, das so naiv und seelenvoll war wie das einer schlechtgemalten Madonna.

»Es war Gruppensex«, erklärte sie, »die Parties fanden bei einem Junggesellen, einem Bekannten meines Mannes statt, so zweimal im Monat, am Samstagabend. Er war bisexuell, glaube ich, und hatte sehr viel Geld und sehr viel Geschmack. Sein Haus war phantastisch, innen alles schwarz und weiß, die Möbel, die Teppiche, die Wände, sogar die zwei Diener.«

»Eine Hälfte schwarz, die andere weiß oder wie?«

»Es waren Schwarze in weißen, kurzen Tuniken, wie die Griechen sie trugen. Die Leute, die zu den Parties kamen, waren aus der besten Gesellschaft, jedenfalls die Ehepaare. Wer die anderen waren, weiß ich nicht, die jungen Männer sahen nach Playboys aus und die Mädchen nach Callgirls, aber von der teuersten Sorte.«

Trotz der teuersten Sorte kniff sie plötzlich die Augen zusammen und schüttelte sich: »Es war pervers«, sagte sie, »einfach pervers! Ich habe mich vor mir selber geekelt ... vorher und nachher.«

»Und während?«

»Da war ich zu betrunken, und wenn ich betrunken war ... Na ja, wissen Sie, irgendwie war es auch aufregend, so begehrt zu werden und Harold zu zeigen, daß die Männer verrückt nach mir sind. Ich dachte, es würde ihn auch verrückt nach mir machen ... ich war ja so dumm damals, lieber Gott, war ich dumm! Ich habe mich erniedrigt und behandeln lassen wie eine Hure, und er hat dagesessen wie in einer Theaterloge, ganz angezogen und ganz Herr und hat zugeschaut. Ich habe ihn so kaltgelassen wie ein toter Fisch. Das einzige, was ihn gereizt hat, waren diese jungen Playboys, und mit einem oder mehreren ist er dann immer irgendwann verschwunden. Stellen Sie sich vor, ich hab überhaupt nicht kapiert, was da passierte, und es hat Wochen gedauert, bis mir ein Licht aufgegangen ist. Aber da habe ich Schluß gemacht. Schluß! Mit den Sexparties, mit der Hoffnung und mit Harold!«

Sie riß die Augen auf wie immer, wenn sie ein starkes Gefühl zum Ausdruck bringen wollte, ganz gleich ob es sich dabei um Liebe, Haß, Bestürzung oder Entzücken handelte.

Plötzlich ging sie mir entsetzlich auf die Nerven. Nie wußte man, wo ihre Naivität in Verlogenheit und ihre Verworrenheit in Verschlagenheit überging, wann sie eine Phrase aus Fernsehen oder Zeitschrift zum besten gab oder einen Gedanken, ein Gefühl produzierte, das auf ihrem eigenen Mist gewachsen und ernst zu nehmen war. Sie war durch die Vervielfältigungsmaschine der amerikanischen »upper middle class« gegangen und als plattgewalztes, entpersonifiziertes Exemplar wieder ausgespuckt worden. Allein die Tatsache, daß sie in die Ehe mit einem Homosexuellen geraten war, spann ein paar buntere Fäden in das genau vorgezeichnete Muster ihres Lebens, doch selbst die konnten das Gesamtbild nicht dem Klischee entreißen.

»Wissen Sie, Libby«, sagte ich ohne rechte Lust und Überzeugung, »Sie sollten vielleicht mal das Klima, die Gesellschaft, das Land wechseln und sich aus nächster Nähe ansehen, wie man in anderen Ländern lebt, leidet, unterdrückt und ausgebeutet wird, egal ob man Frau, Mann oder Kind ist, weiß, schwarz oder gelb. Wie man ohne den ganzen Klimbim, den man im Westen für unbedingt notwendig hält, existieren kann und sich an Dingen freut, die hier in den Mülleimer geschmissen werden. Fahren Sie doch mal los, irgendwohin, die Auswahl an sogenannten unterentwickelten Ländern ist ja groß, und die Konfrontation mit echter Not und spontaner Freude könnte Ihnen vielleicht mehr helfen als das CB.«

»Ich verstehe, was Sie meinen«, sagte Libby mit einem feierlichen Kopfnicken, »aber ich kann Not nicht ertragen. Harold wollte mal so gerne in die arabischen Länder, das hab ich ihm aber wieder ausgeredet. Selbst in den besten Hotels, hat man uns gesagt, sei der Service unmöglich – kein warmes Wasser zum Baden, kein sauberes zum Trinken, Ungeziefer und womöglich auch noch die Cholera! Nein, das ist nichts für mich. Aber wenn ich erst geschieden bin, fahre ich mit meiner Freundin nach Europa, in meine Ursprungsländer. Meine Vorfahren väterlicherseits kamen nämlich aus Irland, mütterlicherseits aus Holland, und da habe ich mir gedacht, man kann sein Identitätsproblem nur lösen, wenn man mit eigenen Augen sieht, wo man herkommt, wo man seine Wurzeln hat. Viele Amerikaner sind jetzt auf der Suche nach ihren Wurzeln, und das halte ich für sehr wichtig. Nur wenn man seine Wurzeln findet, kann man sich selber finden, nicht wahr?«

»Wurzel, Purzel«, murmelte ich und unterdrückte ein Gähnen.

»Ja, und anschließend kann ich dann noch ein bißchen herumreisen – Paris muß man ja mal gesehen haben und Rom und London auch. Ich hab neulich ein Buch gekauft: ›Reisen für Singles‹ – das sollte sich jede geschiedene Frau anschaffen. Die Tips, die man da bekommt, sind gar nicht schlecht ...« Sie zwinkerte mir zu: »Stimmt es, daß die europäischen Männer romantisch, leidenschaftlich und sexuell erfahren sind?«

»Natürlich stimmt das«, sagte ich ernst, »Sie werden Ihr blaues Wunder erleben!«

Bis Atlanta waren es noch zwei Stunden und ich bot Libby an, die letzte Strecke zu fahren. Sie wollte davon nichts wissen. Mit dem Steuer in der Hand und dem Fuß auf Gas- oder Bremspedal fühlte sie sich am sichersten. Das gelbschwarze Ungeheuer, das ihr auf den leisesten Druck der Finger- und Fußspitzen gehorchte, war ein Ersatz für all das, was sie in ihrem Leben nicht hatte lenken, stoppen und beherrschen können. Das CB lief auf vollen Touren und von Zeit zu Zeit nahm Libby Kontakt zu einem der Lastwagenfahrer auf, um sich in burschikosen Scherzen, koketten Fragen und verschlüsselten Meldungen auszutoben. Ich schaute aus dem Fenster, auf üppige Laubwälder, spiegelklare Seen und weite, seidige Wiesen, auf zweistöckige, weiß überzuckerte Villen und viele bescheidene Holzkirchen, die jeder Ortschaft fern, unmittelbar am Straßenrand standen, daneben kurzgeschorene, baumlose Rasenflächen, die in gleichmäßigen Abständen mit künstlichen Blumenbüscheln gesprenkelt waren.

Ich fragte Libby nach dem tieferen Sinn dieser naturfeindlichen Dekorationen. Sie erklärte mir, daß es sich hier nicht um Dekorationen, sondern um Friedhöfe handele und die ausgesprochen praktisch wären. Man brauche nur ein paar Schritte, um vom Auto dorthin zu laufen, und müsse nicht dauernd frische Blumen pflanzen.

»Ja, sehr praktisch«, sagte ich, »und so scheußlich, daß sich nicht mal die Würmer hintrauen.«

Entweder sie hatte meine Worte nicht verstanden oder mit Entsetzen überhört. Auf jeden Fall drehte sie plötzlich mit einem schnellen Griff den Spiegel über der Windschutzscheibe zu sich herum und schaute hinein. Sie hatte sich im Waschraum des Roadside Inn's frisch zurechtgemacht, und ihr matt gepudertes Gesicht mit den kirschroten Lippen und den grünschimmernden Lidern erweckte einen Sturm an Hoffnungen und Plänen in ihr.

»So wie ich bin«, sagte sie, »gesund, gutaussehend und vermögend, finde ich im Handumdrehen einen neuen Partner. Außerdem habe ich eine gute Freundin, die mir so nahesteht wie eine Schwester. Mit der gehe ich manchmal in Single-Bars. Da kann man sich jemanden aufgabeln, wenn man Lust dazu hat, aber es kann auch ganz harmlos sein. Man tanzt, man trinkt was, man ist wie eine große Familie ... ganz relaxed.« Sie redete jetzt wie aufgezogen und auf Hals und Wangen erblühten hektische rote Flecken: »Das wichtigste ist im Moment der Inhalt. Ich muß einen Inhalt finden, mich mit etwas beschäftigen, Kurse besuchen und so. Kunst interessiert mich sehr, Theater und Malerei und Keramik. Ich glaube, ich werde in einen Keramikkurs gehen, ja, das ist es wohl, was mir am meisten liegt.

Und dann will ich vielleicht auch noch Französisch lernen, eine so schöne Sprache, und wenn ich nach Paris fahre, kann ich dort mit den Menschen sprechen.«

Ich schwieg und nickte zu jedem neuen Einfall.

»Harold wird sich wundern«, sprach sie schon ganz atemlos weiter, »er hat nie geglaubt, daß ich mich scheiden lassen würde, glaubt es bis heute nicht. Ich fürchte, er wird verzweifelt sein.«

Sie sah mich Bestätigung suchend an und ich nickte wieder.

»Er muß dann ja auch tüchtig blechen. Man hält sich nicht umsonst ungestraft dreißig Jahre eine Wirtschafterin, der man nichts zahlt. Jetzt muß er dafür Unterhalt zahlen, das ist nur gerecht. Mir geht es bestimmt nicht ums Geld, mir geht es um die Gerechtigkeit.«

»Na, Sie haben ja auch ganz hübsch von seinem Geld gelebt, oder?«

»Das ist doch selbstverständlich! Aber hätte ich, anstatt mich um Haus und Kinder zu kümmern, etwas gelernt, könnte ich mich jetzt selber ernähren.«

»Was hätten Sie denn gerne gelernt?«

Sie dachte ein Weilchen nach, dann sagte sie: »Tanzen. Ich bin sehr beweglich und musikalisch und hatte die perfekten Maße eines Revuegirls. Und was habe ich jetzt? Fettringe um die Hüften, keinen Beruf, eine kaputte Ehe, ein kleines Haus in Baypoint – das große in Atlanta habe ich ihm gelassen – und ein Stück Land. Ein ziemlich großes Stück Land … dreitausend Morgen.«

»Immerhin!«

»Wären Harold und ich zusammengeblieben, hätten wir uns auf dem Land ein Haus gebaut. Es ist sehr gutes Land, und er hatte vor, sich mit sechzig Jahren zurückzuziehen und ein Gentleman-Farmer zu werden. Jetzt wird er wohl in Atlanta bleiben und ein böses Ende nehmen.«

»Hoffen oder fürchten Sie das?«

»Halten Sie mich für ein Monster?« rief sie, nahm beide Hände vom Steuer und schlug sie zusammen. »Ich fürchte es!

Er ist in einem sehr schlechten Zustand. Seine Beine sind bis zu den Knien geschwollen und ganz blau. Bestimmt sind das die Folgen seines unnatürlichen Sexuallebens.« Genugtuung war in ihrer Stimme.

»Libby«, fragte ich, »ist es noch weit bis Atlanta?«

»Eine halbe Stunde.«

Den Blick vor sich auf die Straße geheftet, die linke Hand am Steuer, zog sie mit der rechten ihre Handtasche zu sich heran, öffnete sie und kramte eine Brieftasche hervor.

»Hier«, sagte sie und hielt sie mir hin, »öffnen Sie sie mal, es ist ein Foto von Harold und mir drin.«

Das Foto nahm die ganze Länge und Breite der Brieftasche ein und zeigte ein junges, typisch amerikanisches Musterpaar: groß und schön gewachsen, die Gesichter mit den regelmäßigen Zügen von nichts anderem geprägt als einem strahlenden Lachen, mit dem sie dem Leben die Zähne zeigten, ohne jemals gewagt zu haben, sich ein Stück davon herauszubeißen. Da standen sie, die Arme umeinander, die Wangen aneinandergelegt am Strand, hinter sich ein leicht bewegtes Meer und vor sich die glatte Zukunft.

Ich betrachtete das Bild lange und aufmerksam und spürte eine flüchtige Trauer um diese jungen Menschen, die, wie Millionen anderer, nicht die Kraft und den Mut gehabt hatten, sich gegen die Zwänge einer puritanischen Gesellschaft durchzusetzen, und den glücklichen, positiven »american way of life« bis zum bitteren Ende gegangen waren.

»Sieht er nicht fabelhaft aus?« fragte mich Libby mit einem unsicheren Lachen.

»Ja ... und wann ist das Foto gemacht worden?«

»Anfang der fünfziger Jahre. Wir waren frisch verheiratet und sehr glücklich.«

Ich seufzte und sah sie an. Ließ selbst sie sich von dem strahlenden Foto so weit verführen, daß sie ihm mehr glaubte als der Wirklichkeit?

Sie spürte meinen prüfenden Blick, wandte mir langsam und

einen unsichtbaren Widerstand überwindend das Gesicht zu und sagte mit weitgeöffneten Babyaugen: »Damals haben wir uns doch trotz allem geliebt und hatten ja auch noch Hoffnung. Erst später dann ...« Ihre Augen füllten sich mit Tränen, und sie warf schnell den Kopf herum.

»Libby«, sagte ich, »haben Sie eigentlich mal daran gedacht, daß Ihr Mann als Homosexueller genauso, wenn nicht mehr, diskriminiert war wie Sie als Frau?«

»Für die Gesellschaft war er ein normaler Mann«, sagte sie bitter, »und als solcher hatte er alle Rechte.«

»Außer dem entscheidenden: so zu leben und zu lieben, wie er es gewollt hätte.«

»Verlangen Sie vielleicht, daß ich auch dafür noch Verständnis aufbringe?«

»Nein, das wäre in Ihrem Fall bestimmt zuviel verlangt.«

Ich steckte die Brieftasche in ihre Tasche zurück.

»Sie haben mich doch eben auf dem Foto gesehen«, rief sie außer sich, »jung, schön und gesund! Und dann ein Leben ohne Sex!«

»Aber hören Sie, Harold hat Ihnen doch mehrmals die Freiheit angeboten, zu tun und zu lassen, was Sie wollen.«

»Ja, er hätte mir die Freiheit gegeben, aber ich hätte sie nicht gehabt. Wir Frauen damals hatten keine innere Freiheit.«

»Sprechen Sie doch nicht immer von ›wir Frauen damals‹! Sagen Sie ICH oder die Amerikanerinnen oder die Frauen, die ich kenne, oder was auch immer! Es hat Jahrhunderte vor Ihrem ›Damals‹ mehr als genug Frauen gegeben, die eine größere und echtere innere Freiheit besessen haben als die meisten Frauen heutzutage. Und das, stellen Sie sich vor, ohne Massenmedienaufklärung.«

»Das waren ein paar Ausnahmen, heute sind es Millionen.«

»Und wieder nur ein paar Ausnahmen.«

Sie schüttelte den Kopf, daß die Haare flogen, schaltete das Radio ein und forderte mich auf: »Such was, Honey, something sweet and slow.«

Ich begann am Knopf zu drehen und fand nach einer Weile ›Stormy weather‹.

»Ist das o. k.?« fragte ich.

»Mein Lied«, sagte sie und summte es mit.

Ich legte den Kopf auf die Rückenlehne zurück und schaute aus dem Fenster in den Himmel, der mir in seiner wolkenlosen Bläue leer und kalt vorkam.

Plötzlich sagte Libby in dumpfem Ton: »Harold hat vor ein paar Wochen zwei junge Männer getötet.«

Im Bann des leeren, kalten Himmels hob ich nicht einmal den Kopf.

»Du lieber Gott«, sagte ich nur, »gleich zwei?«

»Es war nicht seine Schuld. Er wurde nachts aus dem Bett geholt, weil irgend jemand krank geworden war. Er fuhr mit seinem Cadillac ziemlich schnell auf dem Highway und hat den kleinen Volkswagen, der ohne Licht mitten auf der Straße stand, zu spät gesehen. Der eine junge Mann war auf der Stelle tot, der andere starb auf dem Weg ins Krankenhaus. Harold hat keinen Kratzer abbekommen, aber der Cadillac ist ja auch ein großer, schwerer Wagen. Die Polizei hat Harold auf Alkohol und Drogen untersucht. Er hat beides im Blut gehabt, aber das ist leicht zu erklären: Bevor er schlafen geht, trinkt er immer einen großen Kognak, und da er schlecht schläft und außerdem an Arthritis leidet, nimmt er verschiedene Tabletten.«

»Hat Harold die beiden jungen Männer gekannt?«

»Nein. Ich glaube nicht. Wieso? Wie kommen Sie darauf?«

Sie sah mich an, aber ich wich ihrem Blick aus.

»Es war nur so ein Gedanke … man fragt sich doch …«

»Ja, mir ist der Gedanke auch gekommen.«

»Welcher?«

»Daß es vielleicht ein Eifersuchtsdrama unter Schwulen war. Aber das kann es nicht gewesen sein. Ich kenne Harold in- und auswendig und weiß, wozu er fähig ist und wozu nicht. Er kann keiner Fliege was zuleide tun! Es war ein Unfall, und ich begreife nicht, wie diese zwei jungen Männer in einem kleinen Volkswagen ohne Licht mitten auf dem Highway stehen konnten!«

»Ja«, sagte ich, »unbegreiflich.«

»Aber das ist noch nicht alles.«

Ich zündete mir eine Zigarette an und fragte mich, ob diese Fahrt, diese Geschichte nie mehr ein Ende nehmen würde.

»Harold war für eine Million versichert«, fuhr Libby fort, »aber die Versicherung hat erklärt, daß sie für so einen Fall nicht zuständig sei, und sich geweigert zu zahlen. Daraufhin hat Harold die Versicherung verklagt und den Prozeß verloren.« Sie seufzte: »Verstehen Sie das?«

»Nicht ganz«, sagte ich, »aber vielleicht fehlt da noch einiges in Ihrem Bericht.«

»Mag sein«, sagte sie und steckte sich einen Kaugummi in den Mund, »in meinem und in seinem. Auf jeden Fall steht er jetzt vor dem Nichts, und selbst wenn ich nicht die Absicht hätte, mich scheiden zu lassen, müßte ich es jetzt aus finanziellen Gründen tun. Das hat mir Harold selber geschrieben. An das, was mir gehört, das Haus in Baypoint, das Stück Land, das Geld, kann dann ja niemand ran. Ich habe den Brief einer Psychologin gezeigt und die hat gesagt, seine Schrift hätte selbstmörderische Tendenzen. Ist das nicht alles furchtbar?«

»Ja«, sagte ich, »der Mann tut mir aufrichtig leid.«

»Und ich nicht?«

Ich überlegte. Tat mir diese Frau mit ihren ›Cosmopolitan‹-Weisheiten, ihren dreihundert Morgen Land, ihrer Selbstverwirklichungs-Akrobatik leid?

Eine sonore Stimme aus der Unterwelt nahm mir die Entscheidung ab: »Hi Beautiful«, dröhnte sie, »welcome to Atlanta. You've made it!« Libby hatte es geschafft. Sie warf das Haar zurück, befeuchtete die Kirschenlippen und klatschte mir aufs Knie: »Atlanta, Honey!«

»Vom Winde verweht«, sagte ich erschöpft.

»Hast du das Buch gelesen oder den Film gesehen?« fragte sie freudig überrascht.

»Beides!«

»Ich hab mir den Film dreimal angesehen und jedesmal das Herz aus der Brust geweint. Erinnerst du dich an die Geschichte?«

»Und ob.«

»An den Anfang, als Scarlett O'Hara auf der Terrasse von Tara sitzt, im apfelgrünen Kleid, das zu ihren grünen Augen paßt, und alle Männer sind in sie verliebt, und sie ist siebzehn und schön und voller Kraft und Leben und glaubt, alles auf dieser Welt könne sie haben und halten ...«

»Ja, und erinnerst du dich an das Ende, als Scarlett O'Hara auf der Treppe ihres Hauses sitzt, und sie ist dreißig, und Tara ist zerstört, und Rhett Butler hat sie verlassen, und ihr Lieblingskind ist tot, und nichts auf dieser Welt hat sie halten können.«

»Nichts«, wiederholte Libby mit brechender Stimme, »und trotzdem gibt sie nicht auf. Erinnerst du dich, wie sie sich plötzlich wieder aufrichtet und zu sich selber sagt: ›Morgen ist ein neuer Tag, morgen werde ich über alles nachdenken und einen neuen Weg finden. Das Leben ist noch nicht zu Ende.‹«

Sie sah mich an. Die Augen, weit aufgerissen, schwammen in Tränen. Doch hinter den Tränen sprang jäh der Funke der Erwartung an. Nichts konnte ihn löschen.

»Ja«, sagte ich, »das Leben ist noch nicht zu Ende, Libby, es ist nur vom Winde verweht.«

(Paris 1976)

Die schönsten Jahre einer Frau

Die Ansichten über die schönsten Jahre einer Frau sind geteilt. Manche behaupten, es wären die Jahre bis fünfunddreißig, und andere – es handelt sich um die Feinfühligen –, es wären die Jahre ab fünfunddreißig.

Was Julia betraf, so konnte sie auf eine lange Reihe »schönster Jahre« zurückblicken. Mit der ersten Menstruation hatte man ihr die schönsten Jahre des jungen Mädchens prophezeit, mit der ersten Ehe die schönsten Jahre der jungen Frau, mit dem ersten Kind die schönsten Jahre der jungen Mutter. Dann kam nichts erstes mehr auf diesem Gebiet und sie war immer noch jung gewesen. Also bereitete man sie auf die schönsten Jahre zwischen dreißig und vierzig vor, die Zeit, in der eine Frau noch frisch und schon reif ist. Da sie für ihr Alter jung aussah, legte man später noch ein paar Jahre dazu. Danach war es endgültig aus und von den schönsten Jahren nie mehr die Rede. Bis zu dem Tag, genau gesagt dem 27. Dezember, an dem Dr. Vrancoviczky in ihr Leben trat.

Dr. Vrancoviczky, den sie dem Branchenverzeichnis des Pariser Telefonbuches verdankte, hatte drei Vorzüge: Erstens gehörte er zu der kleinen Gruppe Ärzte, die, aus Gründen, die man lieber unerforscht lassen sollte, zu den Feiertagen in der Stadt geblieben waren, zweitens wohnte er bei ihr um die Ecke, und drittens hatte er einen unaussprechbaren Namen. Sie dachte, ein Mann mit einem unaussprechbaren Namen müsse Humor haben. Sie hatte sich getäuscht. Dr. Vrancoviczkys Humor bestand ausschließlich darin, daß er Julia über die Freuden ihres Alters aufklärte.

Er war klein und grau – Haare, Augen, Haut, Anzug eine Schattierung. Sein Gesicht war von undurchdringlichem Ernst geprägt, das humorloseste Gesicht, das sie jemals gesehen hatte. Er machte den Eindruck eines evangelischen Pfarrers alter Schule.

Sie stand im Nachthemd vor ihm, und obgleich das für einen Arzt kein ungewöhnlicher Anblick sein konnte, hatte sie das Bedürfnis, sich dafür zu entschuldigen. Dann entschuldigte sie sich auch noch für Barabas, den Hund, der wie ein altmodisches, aber noch gut erhaltenes Eisbärfell mitten im Entree lag und nicht zur Seite wich. Er hatte beim Eintritt des Arztes nicht gebellt, und das war ein schlechtes Zeichen. Barabas bellte nur bei Menschen, über die er sich freute, die, die ihm unsympathisch waren, nahm er nicht zur Kenntnis. Dr. Vrancoviczky, nach einem scharfen Blick auf den Hund, folgte ihr stumm, um ihn herum, ins Schlafzimmer.

Das Schlafzimmer war unaufgeräumt, das Bett voller Zwiebackkrümel, auf dem Kopfkissen hatte sich die Katze ausgestreckt. Julia fegte die Krümel von der Decke und die Katze vom Kissen. Sie entschuldigte sich zum dritten Mal.

»Madame«, sagte Dr. Vrancoviczky ohne den Hauch eines Lächelns, »es gibt nichts zu entschuldigen.«

Sie bot ihm einen der unbequemen Plexiglasstühle an und kroch erleichtert ins Bett.

»Und wo fehlt es?« fragte der Arzt.

»Hier«, sagte sie und legte ihre Hand auf die Stelle zwischen Brust und Nabel, »der Magen. Immer wieder der Magen.«

»Also haben Sie häufig Magenbeschwerden.«

»Seit mindestens zwanzig Jahren. Gastritis, rein psychosomatisch natürlich.«

Zu spät fiel ihr ein, daß sie nur der Patient war und nicht befugt, die Diagnose zu stellen.

Dr. Vrancoviczky sah sie starr an, lockerte dann ein wenig die Brauen, um sie emporziehen zu können, und erklärte: »Jede Gastritis ist psychosomatisch.«

»Nicht nur jede Gastritis«, sagte sie eifrig, »jede Krankheit, vom Schnupfen bis zur Darmverschlingung, scheint heutzutage psychosomatisch zu sein. Ich kann das Wort schon nicht mehr hören!«

»Sie waren es, die es gebraucht hat, Madame.«

Sie nahm sich vor, nicht mehr so vorlaut zu sein und nur noch den Mund aufzumachen, wenn sie gefragt wurde.

Dr. Vrancoviczky erkundigte sich nach der Art ihrer Beschwerden.

»Mein Magen fühlt sich wie ein großer, schwerer Stein an«, berichtete sie, »und mein Bauch macht ganz irre Geräusche. Mal zwickt es hier, mal sticht es da, mal habe ich so ein Zittern im Zwerchfell, mal Atemnot, mal Brechreiz. Es ist immer was los.«

»Wann haben Sie Brechreiz? Vor oder nach dem Essen?«

»Vor und nach. Ich glaube, das hängt gar nicht vom Essen ab, sondern von den Menschen.«

»Wie meinen Sie das bitte?«

»Ja, das ist schwer zu erklären. Es gibt Menschen und Situationen, die mir Brechreiz verursachen.«

»Fühlen Sie sich von diesen Menschen und Situationen irgendwie bedroht?«

»Nein, nur gelangweilt.«

Dr. Vrancoviczkys Gesicht schien noch starrer und grauer zu werden. Nicht das geringste Zeichen von Verständnis oder gar Mitleid, dafür die unangenehme Frage: »Wie alt sind Sie, Madame?«

»Fünfzig.«

»Haben Sie noch Ihre Periode?«

»Ja, aber die müßte eigentlich jeden Moment ... ich meine, bald, aussetzen.« Sie sah den Arzt ängstlich an, der jedoch schwieg, und sie fuhr fort: »Bestimmt hängt vieles damit zusammen, aber das macht es nicht besser. Wodurch man Magengeschwüre bekommt, ist ja schließlich egal.«

»Sie haben keine Magengeschwüre«, sagte Dr. Vrancoviczky

und stand auf, um sie zu untersuchen. Er klopfte den hohl klingenden Bauch ab, bohrte seine harten, kalten Finger in verschiedene weiche, empfindliche Stellen, maß den Blutdruck, ließ sich die Zunge zeigen. Dann setzte er sich wieder.

»Magen und Kolon sind ungewöhnlich gereizt«, konstatierte er, »daher auch die falschen Kontraktionen, die Ihnen Brechreiz verursachen. Es gibt nichts Empfindlicheres als den Verdauungsapparat einer Frau.«

»Also nichts Ernstes?«

»Nein, eine ganz banale Geschichte.«

»Sollte ich meinen Magen nicht sicherheitshalber röntgen lassen?«

»Unsinn.«

»Und was ist mit Diät?«

»Wer wird denn in Ihrem Alter Diät essen?«

»In meinem Alter? Ich esse seit zwanzig Jahren mehr oder weniger Diät.«

»Das ist sehr unvernünftig. Ich bin zehn Jahre älter als Sie und esse alles, was mir schmeckt.«

Julia warf einen raschen Blick auf seine Mitte. Sie war flach und grau verpackt.

»Da sind Sie eine Ausnahme«, sagte sie, »keiner wagt mehr das zu essen, was ihm schmeckt.« Und da er auf diese dummdreiste Bemerkung gar nicht erst einging: »Was meinen Sie, soll ich aufstehen oder lieber noch einen Tag im Bett bleiben?«

»Wer wird denn in Ihrem Alter im Bett bleiben? Stehen Sie auf, bewegen Sie sich, gehen Sie spazieren!«

»Bei dem miserablen Wetter?«

»Jedes Wetter ist schön, Sonne ist schön, Sturm ist schön, auch Regen ist schön.«

»Tja, na ja ... ich weiß nicht. Das ist wohl Geschmackssache.«

»Das Leben ist schön«, sagte er mit seiner tonlosen Stimme, »es gibt nichts Schöneres als das Leben.«

Julia schaute erschrocken auf. Vielleicht war der Mann plötzlich verrückt geworden. Aber nein, er saß steif und ruhig da und versuchte zu lächeln. Es sah aus, als habe er eine ebenso falsche Kontraktion im Gesicht wie sie im Magen. Sie hatte sich also doch in ihm geirrt. Er hatte einen ganz hintergründigen Humor, der Dr. Vrancoviczky. Sie lächelte ihm komplizenhaft zu und sagte: »Meine Worte! Das Leben ist herrlich, und je älter man wird, desto herrlicher wird es.«

»Ihr Alter ist überhaupt kein Alter, Madame. Das Leben beginnt mit Fünfzig. Sie brauchen sich gar nicht besonders anzustrengen, um es noch gute dreißig Jahre zu schaffen.«

»Ha, ha, ha«, lachte sie gefällig, aber er lachte nicht mit. Er sah sie streng an und sagte: »Madame, ich meine es ernst.«

O Himmel, er meinte es ernst! Nicht die Spur eines hintergründigen Humors. Barabas hatte nicht gebellt. Er hatte sich nicht täuschen lassen, der kluge Hund.

Dr. Vrancoviczky zog einen Rezeptblock aus der Tasche, schrieb entschlossen etwas darauf und erhob sich.

»Ich nehme Duspatalin«, begann sie, »Phosphalugel, Primperan ...«

»Lassen Sie das alles weg und nehmen Sie das, was ich Ihnen hier verschrieben habe: Dogmatil.«

»Dogmatil?«

Ihr Magen hatte eine falsche Kontraktion, und sie stieß auf.

»Bin ich trotz dieses schönen Lebens und meiner jungen Jahre ein so schwerer Fall?« fragte sie.

»Wieso? Was soll das nun wieder heißen?«

»Ich kenne eine Dame, sie wohnt hier im selben Haus, der hat man auch Dogmatil verschrieben. Sie hat schwere manisch-depressive Zustände, Agoraphobie und Anorexie, aber soviel ich weiß, nichts am Magen.«

»Ich kenne diese Dame nicht, kann also nicht beurteilen ...«

»Ich nehme keine Psychopharmaka, Doktor, ich habe Angst davor.«

»Aber ich bitte Sie, Madame! Alle meine Patienten, die mit dem Magen zu tun haben, nehmen Dogmatil, und es hilft ihnen ausgezeichnet.«

»Sind diese Patienten alle in dem Alter, in dem das Leben beginnt, also Anfang Fünfzig und darüber hinaus?«

Er sagte, ohne auf ihre Herausforderung einzugehen, mit tiefgefrorenem Gesicht: »Manche sind fünfzig, manche jünger, manche älter.« Er legte das Rezept auf den Nachttisch: »Überlegen Sie es sich.«

»Und wie lange muß ich das Dogmatil nehmen, falls ich es nehme? Den Rest meines Lebens?«

»Wie kommen Sie denn darauf? Sie nehmen es drei Wochen, und wenn Sie sich dann noch nicht besser fühlen, müssen Sie einen Spezialisten aufsuchen.«

»Einen Spezialisten auf welchem Gebiet: Psyche, Nerven oder Magen?«

»Diese Entscheidung überlasse ich ganz Ihnen«, sagte Dr. Vrancoviczky, und ein grimmiges Lächeln zuckte um seine grauen Lippen.

Julia begleitete ihn zur Tür, wartete, bis er sich den Mantel angezogen und sorgfältig zugeknöpft hatte.

»Noch eine Frage, Doktor«, sagte sie dann, »bin ich Ihrer Meinung nach nun eigentlich gesund?«

»Meiner Meinung nach sind Sie nicht krank, aber Ihre negative Einstellung dem Leben, Ihrem Alter, sich selber gegenüber könnte Sie krank machen.

»Ach, tatsächlich? Und ich habe immer geglaubt, daß meine Einstellung diesen Dingen gegenüber das einzig Gesunde an mir sei. Also was kann ich jetzt tun?«

»Das Dogmatil nehmen, Madame, und das Leben genießen.«

Er öffnete die Tür und Barabas, der immer noch auf derselben Stelle lag, hob plötzlich den mächtigen Kopf und richtete seinen Blick fest und forschend auf den Arzt.

»Er wird doch nicht etwa bellen«, dachte Julia, »er wird doch Dr. Vrancoviczky und seine positive Lebenseinstellung nicht plötzlich sympathisch finden?«

Aber Barabas bellte nicht. Er gähnte, stieß auf, stöhnte und ließ seinen Kopf wieder schwer zu Boden fallen.

»Braucht auch Dogmatil«, sagte Julia in einem letzten Versuch, dem lebensfrohen Arzt einen Funken Heiterkeit zu entlocken.

»Gute Besserung, Madame«, sagte Dr. Vrancoviczky und schloß die Tür hinter sich.

(Paris 1977)

La vie en rose

Am Wochenende führen die Pariser ein gesundes Leben. Sie packen Kinder, Hunde und Fahrräder ins Auto und begeben sich in endlosen, langsam kriechenden Schlangen ins Grüne: ein Drittel als Besitzer hübscher Landhäuser, ein Drittel als deren mehr oder minder willkommene Wochenendgäste, ein Drittel, um in einem ländlichen Restaurant eine besonders ausgiebige, ausgedehnte und gesundheitsschädliche Mahlzeit einzunehmen. In Paris bleiben Gastarbeiter, Rentner und Arbeitslose, Touristen und Exzentriker.

Ich gehöre zur letzten Gruppe, denn an schönen Tagen gehe ich, zum Befremden meiner Freunde, in die Tuilerien. Sie behaupten, das könne nicht gutgehen und würde über kurz oder lang physische und psychische Schäden zur Folge haben. Ginge ich wenigstens im Parc de Seaux spazieren, im Parc de Saint Cloud oder im Bois de Boulogne, sie würden noch ein gewisses Verständnis für mich aufbringen. Aber in die Tuilerien zu gehen, diesen wenn auch wunderhübschen, so doch schmalen Streifen zwischen dem Quai de Seine und der rue de Rivoli, zwischen Louvre und der Place de la Concorde, das ginge zu weit. Wie könne man da frische, saubere Luft atmen, seine Muskeln trainieren, seinen Kreislauf anregen? Wo könne man sich da ins Gras legen oder in der Sonne gut zu Mittag essen? Was könne man da überhaupt unternehmen und erleben? So fragen sie.

Wenn sie ahnten, was sich in diesem strengen Rechteck mit seinen geometrisch abgezirkelten Rasenflächen und Blumenrabatten, seinen gestutzten Hecken und kunstvoll plazierten Baumgruppen, seinen weißen Marmorstatuen und runden Wasserbecken alles abspielt! Wenn sie wüßten, daß die Kinder sich dort ihre ersten Wünsche erfüllen und die Alten ihre letzten, daß Tiere menschliche Eigenschaften annehmen und Menschen endlich einmal zu natürlichen Lebewesen werden, sie würden nicht mehr fragen, was mich in die Tuilerien zieht.

Es war Herbst geworden, Ende September, ein Monat, der den Tuilerien besonders gut steht. Am Sonntag morgen begrüßte mich ein Wetter, das man unpassenderweise Altweibersommer nennt. Ein Licht so zart, so schön, eine Stimmung so geheimnis- und hoffnungsvoll, daß es einen gewiß nicht an alte Weiber erinnert, sondern an junge, elfenhafte Mädchen, die in durchsichtigen Gewändern auf einer Lichtung Reigen tanzen.

Ich saß bereits um neun Uhr im Auto, überquerte eine Viertelstunde später die in Schleier und Träume gehüllte Seine und fuhr dann langsam über die Place du Carrousel. Vor dem Louvre spien die ersten Busse kulturbeflissene Touristen aus, und vor dem Miniatur-Triumphbogen drängte sich eine Gruppe Japaner und fotografierte den »voie triomphale«, die weltberühmte Perspektive, die sich in schnurgerader Linie vom Arc de Triomphe du Carrousel über die Tuilerien, die Place de la Concorde und die Champs-Élysées bis zum Arc de Triomphe zieht. Es gab wohl keinen Touristen, der nicht dort gestanden und sich Gedanken über die Größe der französischen Nation gemacht hätte. Auch ich hatte in den ersten Tagen meines Pariser Aufenthaltes das architektonische Wunder bestaunt und später meine ausländischen Besucher dort hingeführt, damit sie das gleiche täten. Jetzt fuhr ich mit einem Blick, der den hurtigen, knipsenden Japanern und nicht dem »voie triomphale« galt, daran vorbei, durch den Torbogen auf die rue de Rivoli und da auf meinen gewohnten Parkplatz zu Füßen der vergoldeten Jeanne d'Arc.

Meine Besuche in den Tuilerien waren zu einer Art Ritual geworden. Ich betrat sie immer an derselben Stelle, ging dieselben Wege, warf denselben Skulpturen dieselben halb anerkennenden, halb amüsierten Blicke zu und hatte als Ziel immer wieder das größere der beiden Wasserbecken.

Als ich die fünf flachen, breiten, einseitig abgerundeten Stufen hinabstieg, wurde ich heiter wie nach zwei Gläsern Champagner auf nüchternen Magen. Ich lächelte zu den Bäumen empor, deren Laubkronen an goldene Lockenperücken erinnerten, strahlte den Himmel an, der in sanfter, ferner Bläue über dem Morgennebel hing. Was wußten meine Freiluftfanatiker, die ziellos durch Massen dichtgedrängter Bäume und endlose Wiesen rannten, die über holprige Wege, die sich im Dickicht verliefen, und Hügel, die mit jedem Meter steiler wurden, strampelten und keuchten, von den Tuilerien. Hier war jeder Baum eine Persönlichkeit, die mit Blumen gesäumten und mit dem Lineal geschnittenen Rasenflächen sahen aus wie kostbare Perserteppiche, und die Wege aus festgepreßtem, ockerfarbenem Sand, breit und eben wie Avenuen, mit hohen, gußeisernen Laternen und steinernen Bänken geschmückt, regten zu Promenaden und gesammeltem Nachdenken an.

Ich liebte Parks, diese symmetrisch gegliederten, in eine Stadt verpflanzten Landschaften, diese Mischung aus Natur und Dekadenz. Ich liebte es, die Straße zu überqueren und mit einem Schritt aus dem mechanisierten 20. Jahrhundert in das romantische 18. Jahrhundert zu treten und plötzlich das schrille, aufgeregte Schwatzen der Vögel zu hören, Erde zu riechen, Insekten mit flirrenden, schimmernden Flügeln zu sehen. Und ich liebte den Herbst, der, Melancholie und Sehnsucht verbreitend, wie der Abschied von einer großen, erfüllten Liebe war.

Gleich am Anfang der Allee spielten ein paar Männer »Boule«, Rentner vermutlich, wie man sie morgens, mittags und abends in den Cafés an der Theke stehen und ihren kleinen Roten oder Weißen trinken sieht. Sie hatten die Jacken aus- und die Baskenmützen tief in die Stirn gezogen. Alle waren klein und hatten ein wurzelähnliches Aussehen – knorrig, braun und trocken. Ihre Augen dafür waren lebhaft und flink, die Ausrufe, mit denen sie den geglückten oder mißlungenen Wurf einer Kugel begleiteten, theatralisch vehement und die Freude am Spiel offensichtlich.

»Guten Morgen, kleine Dame«, rief eins der Wurzelmännchen mit verschmitztem Lachen, als ich einen Moment stehenblieb und den Lauf einer eben geworfenen Kugel verfolgte, »haben Sie Lust mitzuspielen?«

»Du siehst ihr doch an, daß sie etwas Besseres vorhat«, sagte ein anderer und schob seine Mütze mit verwegenem Ruck auf den Hinterkopf, »nicht wahr, meine Schöne, Sie haben was Besseres vor?«

Ich lachte und nickte.

Ein junges Paar, er lang, mager und von oben bis unten gelb ausstaffiert, sie kurz, mollig und hellblau, joggten mit rhythmischen Atemstößen, angewinkelten Armen und starren Gesichtern an mir vorbei. Ihnen folgte in gelangweiltem Trott, ein leicht verlegenes Lächeln um die Schnauze, ein honigfarbener Afghane.

»Komm her, mein Honigpferdchen«, sagte ich und streckte ihm die Hand entgegen. Jetzt wurde sein Lächeln noch verlegener. Er schüttelte halb spielerisch, halb abwehrend den Kopf und lief in dem eigenartigen Trab der Afghanen, bei dem sie die flauschigen Beine steif und doch federnd nach außen werfen, weiter.

Ich winkte den Wurzelmännchen zu, und die, nachdem sie mir eine »bonne journée« gewünscht hatten, scharten sich um eine Kugel, die einen zweifelhaften Kurs genommen zu haben schien. Als ich mich ein paar Schritte von ihnen entfernt hatte, versuchte ich den Trab des Afghanen nachzuahmen.

»Bravo!« rief ein mich überholender Schnelläufer und drehte grinsend den Kopf nach mir um, »ist das eine neue Art von Jogging?«

»Ja«, rief ich zurück, »aber ich muß noch ein bißchen üben!«

»Na, dann viel Spaß!« Er trat ein paarmal auf der Stelle und raste dann los wie meine Katze, wenn ich mich ihr mit der verhaßten Drahtbürste näherte.

Vor mir war jetzt das Denkmal, zu dessen Errichtung – wie dort zu lesen war – zwei Millionen Kinder staatlicher Schulen jeweils einen Sou gestiftet hatten. Es stellte eine vielversprechende Gruppe dar: Im Hintergrund stand ein verschreckter Jüngling in heroischer Pose, der eine zusammengerollte Fahne trug. Im Vordergrund posierte eine typisch französische Familie: der Vater in autoritärer Haltung und auf erhöhtem Posten, neben ihm, gebeugten Hauptes, seine Frau, vor ihm, gebeugten Knies, seine Mätresse, ein wenig abseits ein arroganter kleiner Junge mit Schulmappe. Da sich, was das Verhältnis der zweiten Frau zum Vater betraf, immer noch ein geheimer, wenn auch schwacher Zweifel in mir regte, blieb ich stehen und betrachtete die Gruppe zum soundsovielten Mal. Nein, die zweite Frau war ganz offensichtlich zu jung, um die Mutter des Vaters, und zu alt, um seine Tochter zu sein. Kein Zweifel war möglich: Sie war die Mätresse, und warum auch nicht. Die Franzosen waren schon immer Realisten gewesen, und daß eine Ehe besser funktioniert, wenn der Mann eine Geliebte im Bett, die Frau ihre Ruhe und das Kind zufriedene Eltern hat, war nicht zu leugnen. Unklar war mir allein die Funktion des verschreckt-heroischen Jünglings.

Eine Taube, fett und wichtigtuerisch, ließ sich auf dem Kopf des Vaters nieder, und als ich lachte, zog sie den Hals in die Länge, drehte den Kopf und blickte mit einem starren Auge auf mich herab. Sie mußte die Frühaufsteherin der Tauben sein, denn einige Meter weiter saß ein ganzer Trupp noch verschlafen im Gras, und erst als ich mich ihnen näherte und »Guten Morgen, Tauben« sagte, erhoben sich einige von ihnen, reckten die Flügel wie ein erwachender Mensch die Arme und begannen ihre Morgentoilette. Ich beobachtete, wie sie mit einem geschickten Manöver des Schnabels ihr Gefieder durchstöberten, putzten, glätteten und schließlich noch hier und da einem Federchen die letzte Fasson gaben. Im Grunde waren sie mit ihrer violett und blaugrün schillernden Halskrause, ihrer gewölbten, plüschigen Brust und ihren starken, schiefergrauen Flügeln hübsche Vögel.

Was mir an ihnen mißfiel, waren die kupferfarbenen Augen mit der stechenden Pupille, die nackten, roten Füße und vor allem ihr Charakter. Die weiblichen Tauben, selbstgerecht, mißtrauisch und verfressen, waren Pariser Conciergen zum Verwechseln ähnlich, während die imposanteren Täuberiche unter einem unbändigen, den frigiden Weibchen entsetzlich auf die Nerven fallenden Geschlechtstrieb litten. Kaum hatten sie zerstreut ein paar Körnchen in sich hineingepickt, rasten sie einer x-beliebigen Taube nach, plusterten das Gefieder, machten eine anzügliche Verbeugung und begannen sich trippelnd, torkelnd und aus tiefstem Kropf gurrend um ihre eigene Achse zu drehen. Doch die Auserwählte, einzig und allein aufs Futter konzentriert, würdigte sie keines Blickes und ergriff mit allen Anzeichen der Erbitterung die Flucht, wenn ihr Verehrer glaubte zum Totalangriff übergehen zu können. Ich wußte nie, wer mich unangenehmer berührte: das geile Männchen, das sich nach mißglücktem Versuch sofort der nächsten Taube zuwandte, oder das hartherzige Weibchen, das sich nach erfolgreicher Verweigerung sofort aufs nächste Korn stürzte. Als jetzt also ein stattlicher Täuberich seine Toilette beendet hatte und im Hochgefühl seiner morgendlichen Potenz auf eine Taube zueilte, hielt ich den Augenblick für gekommen, meinen Weg zu den Wasserbecken fortzusetzen.

Es waren zwei: ein kleines, in dem ein paar Seerosen und Goldfische schwammen, und ein großes, in dessen Mitte ein Springbrunnen plätscherte. Dort setzte ich mich auf einen der Stühle, zündete mir eine Zigarette an und hielt mein Gesicht, mit geschlossenen Augen, der Altweibersonne entgegen. Nach einer Weile hörte ich die Stimme eines Rundfunksprechers, dann Musik – ein melodramatisch gesungenes französisches Chanson. Muß das sein? fragte ich mich, öffnete die Augen und hielt nach dem Störfaktor Ausschau. Merkwürdigerweise schien der aus dem Wasserbecken zu kommen, auf dessen Rand, ganz in meiner Nähe, ein älterer, hagerer Mann in grauem Anzug hockte, neben sich ein etwa ein Meter langes Schiff, halb Frachtkahn, halb Luxusdampfer, das mit allem Zubehör ausgestattet und rot-blau-weiß gestrichen war. Der Hagere, der es vermutlich selber kreiert und zusammengebastelt hatte, putzte es mit einem weichen, weißen Tuch und geradezu zärtlichen Gebärden. Die Chansonette sang jetzt im Ton der Hysterie: »Si tu me quitte, mon amour ...«, und ich stellte fest, daß ihr Verzweiflungsschrei aus dem Inneren des Schiffes kam. Jetzt begann mich der unauffällige, hagere Mann mit seinem extravaganten Musikschiff zu interessieren. Vielleicht war er mal Seemann gewesen, vielleicht ein armer, kleiner Wicht, der sich ein Leben lang nach einem Boot, einer Schiffsreise, dem glanzvollen Beruf eines Kapitäns gesehnt hatte. Zwei jüngere Männer gesellten sich zu ihm, betrachteten das Schiff mit Interesse und stellten dem stolzen Besitzer ein paar Fragen. Während der sie noch eifrig beantwortete und auf gewisse Sehenswürdigkeiten seiner Konstruktion hinwies, brach plötzlich ein Höllenlärm los und ein winziges Motorboot flitzte im Zickzack über die Wasserfläche des Bassins. Der Hagere schaute entrüstet auf den lächerlichen Wasserfloh und dann zu einer Gruppe junger Burschen hinüber, die den Floh mit einer Fernsteuerung lenkten. Jetzt folgte auch noch ein größerer zweiter und lockte die beiden Spielgefährten, die ein Boot mit knatterndem Motor offenbar reizvoller fanden als eins mit melodischem Transistor, ins feindliche Lager. Der Hagere breitete das Putztuch über seine Kostbarkeit und trug sie an eine andere, vor den Spritzern der Wasserflöhe sichere Stelle des Bassins. Dort stellte er sie sachte wieder ab.

Während ich ihm noch mitfühlend nachschaute, kam ein tadellos gekleideter alter Herr daher. Er trug in der einen Hand einen großen viereckigen Kasten, in der anderen ein stämmiges Boot.

»Permettez, Madame«, sagte er und stellte das Boot auf den Stuhl neben mir, den Kasten auf den Boden. Nachdem er den Hut abgelegt und sich die Hände gerieben hatte, öffnete er den Kasten, entnahm ihm ein paar Utensilien und begann sich geschäftig an dem Boot zu schaffen zu machen. Etliche Leute gruppierten sich um ihn und sahen ihm ernst bei der Arbeit zu. Als das Boot startbereit war, wurde ein Zuschauer gebeten, es zu halten, und der alte Herr begann sehr schnell an einer Schnur zu ziehen. Beim soundsovielten Mal fing es an zu tuckern, wurde von seinem Besitzer eiligst zum Bassin getragen und ins Wasser gesetzt. Es fuhr zwei, drei Meter und blieb stehen. Die Zuschauer warfen sich ratlose Blicke zu, doch der alte Herr, keineswegs ratlos, hatte für alles gesorgt. Er holte einen endlos langen Strick aus seinem Werkzeugkasten, band das eine Ende an einem Stuhl fest und lief mit dem anderen zur gegenüberliegenden Seite des Bassins. Die Zuschauer nickten sich erleichtert zu, und einer, der wohl schon lange auf den Moment mitspielen zu dürfen gewartet hatte, band den Strick wieder ab und half seinem Altersgenossen bei den Bergungsarbeiten.

Ich schaute ihnen zu, den zwei alten Kindern, die so emsig bei der Sache waren, und warf dann einen Blick zu dem Hageren hinüber, der mit schadenfroher Spannung das Unternehmen verfolgte und vermutlich die Hoffnung hegte, das stümperhaft motorisierte Boot möge sinken. Aber es sank nicht, wurde an Land gebracht und dort mit einer öligen Flüssigkeit, die ihm zischende Geräusche und Rauchwolken entlockte, traktiert. Eine Klasse englischer Schüler, angeführt von einem strammen Lehrer, näherte sich im Dauerlauf. Die adrett uniformierten Knaben waren fasziniert von dem Treiben um und im Bassin, blieben wie angewurzelt stehen und glotzten.

»Come on, boys!« rief der Lehrer auf der Stelle tretend. »This is no play-time ... move!«

Die Schüler setzten sich widerwillig in Bewegung und wurden von einer Karawane possierlicher Ponies abgelöst. Es waren besonders kleine, verschiedenfarbige Ponies, die von einem Schwarm Kinder gefolgt und von einem jungen Wärter geführt, zierlich vorbeitrippelten. Der Wärter, der sich das lange Haar zu einem Ponyschwanz zusammengebunden hatte, lachte zu uns herüber und rief: »Bon amusement, Messieurs, Dames!«

Gibt es ein charmanteres Paris als das an einem Sonntagmorgen in den Tuilerien? fragte ich mich.

Als eine bunte, laute Touristenherde dem Wasserbecken zustrebte, stand ich schnell auf. Auch der Hagere hatte sich vom Rand des Bassins erhoben, nahm sein edles, über die Technik erhabenes Schiff behutsam in die Arme, warf einen letzten angeekelten Blick auf die hektischen Wasserflöhe und das ordinär tuckernde Boot und verließ die Szene.

Ich folgte ihm auf den Wegen aus festgepreßten, ockerfarbenem Sand, unter einem blaßblauen Altweiberhimmel, und in dem Bauch des Schiffes erklang das Lied: ›La vie en rose.‹

(Paris 1977)

Nick

Ich sitze an der langen Bar meinem Spiegelbild gegenüber. Das Lokal heißt »Conway« und befindet sich in der rue St. Denis, einem bekannten Pariser Strich.

Es sind hauptsächlich Männer an der Bar, junge, rauhe Typen, die stumm irgendein Getränk in sich hineinschlucken. Links neben mir, zwei Hocker weiter, sitzt ein Paar, das sich leise, aber intensiv miteinander streitet. Die Frau ist durch den breiten Rücken des ihr zugewandten Mannes verdeckt. Der Mann hat einen großen Schopf krauser Haare und, wie ich im Spiegel sehe, ein ziemlich dunkles, pockennarbiges Gesicht. Der Barmann ist jung, groß, schmal und gutaussehend. Arrogante Züge, wenn er ernst ist, gefallsüchtig, wenn er lächelt. Dunkelblondes, lockiges Haar, volle, rote Kinderlippen, schöne, lange Finger, die mich an Nicks erinnern. Er verrichtet seine Arbeit mit Geschicklichkeit und Eleganz. Was immer er tut – Cocktails mixen, Gläser waschen, Espressomaschine bedienen, Bar abwischen, Aschenbecher ausleeren –, tut er mit knappen, leichten Bewegungen. Er trägt ein hellblaues Hemd und Jeans, davor, kunstvoll drapiert, ein weißes Schürzentuch, das die kurze Spanne zwischen Taille und Geschlecht bedeckt. Hin und wieder kommt ein Kellner mit einer Bestellung aus dem Restaurant. Sie tragen alle dieselbe Schürzendekoration, sind sehr jung und zierlich gewachsen. Einer, ein hübscher Bursche, wirft sich im Spiegel einen kurzen, ausdruckslosen Blick zu. Sein gutes Aussehen überrascht ihn nicht mehr. Hinter mir, auf einer Art Podium, stehen kleine Zweiertische. An einem sitzt ein blasser, älterer Beamtentyp, an einem anderen ein aufgetakeltes Mädchen. Der Martini, den mir der Barmann eingeschenkt hat, ist gewaltig. Ein hohes Glas, randvoll. Ein winziges Stückchen Zitronenschale schwimmt darin, keine Olive.

Die ersten Schlucke brennen und steigen mir im Hals wieder hoch. Ich weiß nicht, ob es der Martini ist oder die Erinnerung an Nick. Hier, in diesem Viertel, auf einem Spaziergang durch die rue St. Denis und einem anschließenden Drink bei »Conway«, hatte ich begriffen, daß er todkrank war. Er war nur noch ein dürrer, wirrer Schatten seiner selbst gewesen, der breitrandige Filzhut, der ihm früher ein verwegenes Aussehen gegeben hatte, wirkte jetzt lächerlich und viel zu groß. Über der blassen Oberlippe hatte sich ein roter, feuchter Ausschlag ausgebreitet. Ich war seinem Kuß ausgewichen. Hat er gemerkt, daß mir vor ihm graute? Wahrscheinlich. Er hat mich zu gut gekannt, die Härte in meinen Augen, die Ungeduld um meinen Mund, wenn mir etwas zuwider war. O Nick! Ich habe dich nicht sterben sehen können.

Der Barmann spricht mit einer jungen Frau, die an der Bar haltgemacht hat. In seinem Gesicht ist das selbstgefällige und gefallsüchtige Lächeln. Ein Schwarzer stellt sich neben mich an die Bar. Er trägt einen schwarzen, enggegürteten Mantel und einen schwarzen Hut. Er ist durch und durch schwarz, nur seine Fingernägel sind rosa. Kurz darauf gesellt sich eine junge, hübsche Frau zu ihm. Sie hat dichtes, rotes Haar, wie eine Mähne, und asiatische Gesichtszüge.

»Siehst du«, sagt der Schwarze zu ihr, »du hast das Lokal doch gefunden.« Er lächelt mit sehr weißen, aber unregelmäßigen Zähnen.

Ich habe noch nie einen Schwarzen mit unregelmäßigen Zähnen gesehen. Sein Gesicht ist intelligent, sein Schädel kahlgeschoren. Ich muß an Nicks schmalen, zerbrechlichen Kopf denken, den man ihm zu einer Gehirnoperation, einer gemeinen Versuchskaninchenoperation, rasiert hat. Ich muß an seine bläulichen, unnatürlich glatten Hoden denken, die er vergessen hatte vor mir zuzudecken. Die Pyjamahose lag naßgepinkelt auf dem Boden, die Pyjamajacke war mit Schokolade verschmiert. Er hat, auf dem Bettrand sitzend, zu essen versucht: Kartoffelbrei mit Soße. Er hat den Mund nicht mehr gefunden, und alles war an ihm heruntergekleckert. Seine Beine waren die eines Skeletts. Auf dem fahlen Schenkel lag sein Geschlecht und sah hilflos aus.

Ich war diesem Anblick nicht gewachsen gewesen, wollte fliehen. Er hat seine Blöße, seinen Zerfall nicht mehr wahrgenommen und mich gebeten zu bleiben. Die Krankenschwester ist gekommen und hat ihn wegen der naßgepinkelten Pyjamahose ausgeschimpft. Ich bin weggelaufen.

Der Schwarze ist verschwunden. Die hübsche, junge Frau mit der roten Haarmähne bestellt ein Glas Rotwein und einen Tomatensaft. Der Barmann, mit eleganten Bewegungen, schenkt ein. Flaschen, Gläser, Putzlappen, alles wird appetitlich und handlich in seinen Fingern. Ein Mann in braunem Hemd und beigefarbener Hose tritt hinter die Bar an die Kasse. Er scheint der Manager zu sein. Sein Gesicht ist selbstzufrieden, während er an der Kasse herumhantiert. Als er damit fertig ist, wendet er sich an den Mann, der, den Rücken mir zugewandt, mit seiner Freundin streitet.

»Was machst du denn für eine traurige Visage?« ruft er jovial, »traurig sein ist hier verboten. Also was ist? Worüber bist du traurig?«

Der junge Mann, der ein verhärmtes Fremdarbeitergesicht hat, erklärt, daß er gar nicht traurig sei. Aber der Manager beharrt: »Aus jetzt mit dem Traurigsein! Das Leben ist doch nicht traurig, oder?«

Sowohl der Manager als auch der verhärmte junge Mann haben einen ausländischen Akzent. Er sei doch gar nicht traurig, beteuert der zur Trauer Verurteilte wieder, aber da steht der Selbstzufriedene bereits neben dem hübschen Mädchen mit der roten Haarmähne, blättert in deren Illustrierter und versucht mit ihr ins Gespräch zu kommen. Der Schwarze kommt zurück, und der Manager entfernt sich pfeifend. Der Schwarze trinkt seinen Tomatensaft, und das Mädchen hebt ihr Glas Wein und sagt: »Salut!« Der blasse Beamtentyp hinter mir am Zweiertisch schaut mich im Spiegel an. Mein Martini brennt nicht mehr und läßt sich leicht schlucken.

Ich denke an Nick, so wie er vor dem Ausbruch seiner Krankheit war: schön und elegant selbst in alten, fleckigen Hosen und eingelaufenem Pullover. Immer hungrig auf Essen, auf Trinken, auf Männer, auf Leidenschaft, auf Sonne, auf Schönheit. Voller Humor und voller Trauer, voller Lebensgier und voller Angst. O Nick!

Ich trinke meinen Martini aus, zahle und gehe.

Wenige Tage später wage ich mich zum ersten Mal in die Straße, in der Nick gewohnt und seine Boutique gehabt hat. Die Eisengitter an der Boutique sind heruntergelassen. Ich erinnere mich, wie ich einmal, an einem ziemlich frühen, grauverschleierten Morgen zu Nick fuhr und sah, wie er und Miloud, ein arabischer Gastarbeiter, in den er sich heftig verliebt hatte, das Eisengitter zurückschoben. Man sah ihnen die gemeinsam verbrachte Nacht an, und ich hatte plötzlich Scheu, auf sie zuzutreten, gab Gas und fuhr weg.

Jetzt stehe ich vor dem schweren, schwarzgestrichenen Gitter und starre durch die schmutzigen Scheiben auf ein paar verstaubte Samtpolster, auf denen früher der Modeschmuck gelegen hatte, und eine einsame, kleine Giraffe aus bemaltem Ton. Ich frage mich, warum man ausgerechnet die Giraffe stehengelassen hat.

In der Auslage liegt dicker Staub. Im Laden dahinter steht noch der grüngestrichene Stuhl, auf dem er gesessen, der Tisch, an dem er auf einer alten, mechanischen Schreibmaschine sein Buch geschrieben hat. Gerümpel liegt auf den Holzdielen, eine nackte Glühbirne hängt an einer Schnur von der Decke. Ich betrachte die tiefblau lackierten Fenster- und Türrahmen, das rosarote Schild mit der Aufschrift: »Les Fêtes galantes.«

Ich gehe über die Straße in das Haus, in dem er gewohnt hat, die vier Etagen hinauf. Die ausgetretene Holztreppe knarrt wie immer, hinter einer der Türen donnert Musik. An Nicks Tür klebt noch das Poster mit der goldflammenden Sonne. Die Sonne war er.

Ich setze mich aufs Fensterbrett und schaue zu dem kleinen Mauervorsprung hinüber, auf dem immer ein Taubenpaar gesessen hat, eng aneinandergeschmiegt, sich in kalten Nächten gegenseitig wärmend.

Ich war nie zu Nick gegangen, ohne nach den Tauben zu sehen. Manchmal hat nur eine da gesessen, und dann waren Nick und ich sehr beunruhigt gewesen und hatten immer wieder nachgeschaut, ob die zweite schon zurückgekommen sei. Für ihn waren die Tauben ein Symbol gewesen: Zweisamkeit, Wärme, Zärtlichkeit. Das hat er nie gehabt in seinem Leben. Und daran ist er gestorben.

Das Taubenpaar ist nicht mehr da. Sie werden ihre Mauernische verlassen haben, als Nick nicht mehr zurückkehrte.

(Paris 1984)

Mein Jerusalem

Als ich im Juni 1961 zum ersten Mal nach Jerusalem fuhr, wußte ich kaum mehr über diese Stadt als das, was sich mir mit der Kraft früher Kindheitserinnerungen eingeprägt hatte: die mit Bildern illustrierten Geschichten, die mir mein Vater, ein gläubiger Christ und überzeugter, wenn auch unaufdringlicher Protestant, zu Weihnachten und Ostern vorgelesen hatte. Sie waren spannend, schön und schaurig wie Märchen, handelten von Jesus und spielten sich zum Teil in Jerusalem ab. Nach beendeter Lektüre und vielen Fragen, die mir mein Vater ernst und weitschweifig beantwortete, betrachtete ich die Bilder.

Man sah da eine kleine aufeinandergetürmte Stadt hinter einer Mauer, den Platz mit dem mächtigen Tempel, den Ölberg mit seinen Olivenbäumen und eine sonst kahle, hügelige Landschaft, aus der vereinzelte hohe, schlanke Zypressen ragten. Man sah Menschen in merkwürdigen Gewändern und Kopfbedeckungen, Schafherden, Esel und Kamele. Die Bilder faszinierten mich, und ich malte mir aus, wie aufregend es sein müsse, in einem Haus zu wohnen, das eine Kuppel hatte und kleine bogenförmige Fenster, durch die wellige, unbebaute Landschaft zu wandern, in der die Bäume wie silbrige Wuschelköpfe oder schwarze geschlossene Regenschirme aussahen, ein Gewand zu tragen wie die dort lebenden Menschen, auf einem Kamel oder Esel zu reiten.

Ich fragte meinen christlichen Vater, ob es das Land Palästina, die Stadt Jerusalem, das Volk der Juden überhaupt noch gäbe. Er erklärte mit Nachdruck, daß es das selbstverständlich noch alles gäbe. Ich fragte meine jüdische Mutter, ob wir dort nicht einmal hinreisen könnten. »Gott behüte«, rief sie, »das fehlte gerade noch!«

Palästina, Jerusalem, Judentum – davon wollte sie nichts wissen, davon sollte ich nichts wissen. Es bedurfte einer weltweiten Katastrophe wie der Nazizeit und einiger sich daran anschließender Zufälle – vielleicht auch schicksalhafter Fügungen –, daß ich mich drei Jahrzehnte später auf den Weg nach Jerusalem machte. Ich wurde am Flugplatz von Ilse und ihrem Mann Shimon – beide gebürtige Berliner – abgeholt. Ilse war in den frühen dreißiger Jahren eine Freundin meiner Eltern gewesen und ein Kleinmädchenschwarm von mir. 1936 emigrierte sie mit Mann, Söhnen und Eltern nach Palästina und ließ sich in Jerusalem nieder.

Es war in diesem Zusammenhang, daß meine Mutter Jerusalem ein paarmal erwähnte und meine Neugier auf diese Stadt von neuem weckte. Aber ihre Auskünfte waren kurz und düster: »Eine sehr unruhige Stadt«, sagte sie, »die Araber versuchen die Juden rauszuwerfen und die Juden die Engländer. Außerdem herrscht Lebensmittel- und Wasserknappheit.«

Aus diesen Mitteilungen schloß ich, daß sich die Heilige Stadt meiner Kindheitsträume sehr verändert haben mußte und auch nicht viel besser sein konnte als Sofia, wo wir vor den Nazis Zuflucht gefunden hatten. Jetzt also, fast dreißig Jahre später, sah ich Ilse wieder, und sie hatte immer noch ihr schönes Gesicht und ihr fröhliches Lachen. Es war ein guter Anfang. Wir fuhren auf einer zweispurigen, ländlichen Straße durch die Ebene. Rechts und links üppige Zitrusplantagen, große Felder, manche noch grün, viele schon abgeerntet, winzige Ortschaften, die einen ärmlichen Eindruck machten, kleine Haine mit zart belaubten Bäumen. Dann begann sich das Land in sanften Hügeln zu runden.

»Jetzt geht es in die Berge«, erklärte Ilse, »gleich wird es kühler, und du wirst unseren schönen Wald sehen.«

Das war keine gute Nachricht, denn wenn ich etwas kannte,

dann waren es Berge, Wald und Kühle. Ich schaute besorgt zum Fenster hinaus und stellte fest, daß es sich hier um eine Übertreibung handelte. Zwar stieg die Straße an, die Luft verlor ihre feuchte Schwere, und die mit schmächtigen Nadelbäumen bedeckten Hügel wuchsen, aber die Weite, die Klarheit, die Helle blieben.

»Jerusalem, 10 Kilometer« las ich auf einem Schild, und da erst wurde mir bewußt, daß ich mich der bedeutendsten Stadt der Welt näherte. Jetzt hob und senkte sich die Straße in kühnen Kurven, die Hügel, fast schon kleine Berge, fielen in steile Schluchten ab. Sie hatten den Wald abgeschüttelt und zeigten sich in ihrer Urform: große Flächen steiniger, rostbrauner Erde unter fahlem Gestrüpp oder terrassierte Hänge mit dem dunklen Grün vereinzelter Bäume und Büsche betupft; hin und wieder kleine, würfelförmige Häuser mit flachem Dach und glatte, helle Pfade.

»Siehst du«, sagte Ilse mit ausgestrecktem Zeigefinger und klingender Stimme, »da oben liegt Jerusalem ... da ganz hoch oben!«

Shimon verlangsamte das Tempo, und ich beugte mich weit vor und starrte durch die Windschutzscheibe in einen rosaroten, goldgesprenkelten Himmel, vor dem sich scherenschnittartig die Konturen nackter Hügelrücken, buschiger Baumgruppen und einiger Gebäude abhoben. Nein, das war keine Stadt, das war ein Trugbild. Denn wie konnte ein Himmel solche Farben haben, wie konnten Hügel schweben und eine Stadt einen Heiligenschein aus magischem Licht tragen? Und wie konnte ich, die ich weder an übersinnliche Erscheinungen glaubte noch von Naturerscheinungen über die Maßen ergriffen wurde, plötzlich Tränen in den Augen haben?

»Was ist das für ein phantastisches Licht?« fragte ich. »Ist das hier immer so?«

»Immer«, sagte Ilse mit Überzeugung, aber Shimon, der mit den physikalischen Zusammenhängen vertraut zu sein schien, hielt es für nützlich, mir eine Erklärung zu geben, in der die untergehende Sonne, die Lichtbrechung, der Feuchtigkeitsgrad im Westen, der aus Osten kommende Wind und der hohe Staub- und Sandgehalt der Jerusalemer Luft eine entscheidende Rolle spielten. »Jerusalem ist eine Wüstenstadt«, schloß er, »und an Chamsintagen wie heute ist das Licht besonders schön.«

Ich war beeindruckt, denn damals wußte ich noch nicht, daß gleich hinter Jerusalem die Judäische Wüste beginnt und daß Chamsin ein heißer, trockener Wind ist, der die Reaktionen der Menschen unheilvoll beeinflussen und einem Mann, der an einem solchen Tag seine Frau erwürgt, sogar mildernde Umstände einbringen kann. Den Blick auf das rotgoldene, dem Himmel zuschwebende Jerusalem fixiert, schwieg ich, bis wir die Stadtgrenze erreicht hatten.

Da, abrupt aus der Verzückung gerissen, entfuhr es mir: »Um Himmels willen, was ist denn das?« Ich zeigte auf einen häßlichen Wohnblock aus gelbgrau gestrichenem Zement.

»Das ist ein Haus«, sagte Ilse, »oder hast du geglaubt, wir wohnen hier in Zelten?«

»Wäre in diesem Fall wohl besser. Wie kann man es wagen, so scheußliche Häuser in eine Stadt wie Jerusalem ... und da, du lieber Gott, eine Ampel!«

Jetzt brach Ilse in ihr helles Lachen aus, und Shimon erklärte, daß man jedes Haus und jede Ampel mit Freude begrüßen müsse, denn sie seien Beweise einer lebendigen, wachsenden Stadt. Im übrigen sei es bisher die einzige Ampel, und die häßlichen Zementhäuser seien eine Ausnahme, da ein von den Engländern übernommenes Gesetz vorschreibe, alle Häuser der Stadt aus Jerusalem-Stein zu bauen.

Ich war erleichtert. Der großflächige, unregelmäßig zusammengefügte Stein war schön und hatte wie ein Chamäleon die rosige Farbe des Himmels und den goldenen Glanz des Lichts in sich aufgesogen. Die Häuser selbst waren an dieser ehemaligen Einfahrtsstraße nach Jerusalem nicht schön. Vierschrötig, ungepflegt und von unterschiedlicher Höhe reihten sie sich aneinander, und weder die Wohnungen in den oberen Stockwerken noch die Geschäfte im Erdgeschoß machten auf mich einen anziehenden Eindruck.

»Das ist das Zentrum«, klärte mich Ilse auf, »hier, in der Jaffa-, Ben Yehuda- und King George-Straße kauft man ein.«

Ich betrachtete enge, verschmutzte Bürgersteige, überquellende Mülltonnen und verstaubte Schaufenster. Dann hielt ich ein stummes, ernstes Selbstgespräch: »Orient«, sagte ich mir, »und außerdem ein gerade erst dreizehnjähriger Staat. Man kann nicht alles haben – magisches Licht und vergoldeten Stein und dann auch noch Häuser wie in Florenz oder Granada oder wie in meinen christlichen Bilderbüchern.«

»Hier ist die Knesset«, sagte Shimon, »unser Parlament ... da die große Synagoge und an der Ecke das King's Hotel.« Auch das waren keine eindrucksvollen Gebäude, und das einzige, was an ihnen verblüffte, war ihre Einfallslosigkeit und, im Falle des Hotels, eine unübersehbare Anzahl kleiner, rechteckiger Fenster.

»Jetzt kommen wir nach Rechavia, in das Viertel der deutschen Juden«, verkündete Ilse, »hier wohnen wir und die meisten unserer Freunde.«

Es war ein wunderhübsches Viertel, ein Miniatur-Grunewald Jerusalemer Prägung. Die Straßen waren mit Bäumen gesäumt, und die Häuser, keines höher als vier Stockwerke, hatten einen soliden, villenartigen Charakter. Sie standen in schmucken Gärten, in denen neben europäischen Blumen tropische Pflanzen wuchsen, und die Vielfalt an schattenspendendem Laub und kleinen, wenn auch struppigen Rasenflächen mochte in ihren Besitzern die Erinnerung an eine vergangene wald- und wiesenreiche Landschaft wecken. Die Sonne war inzwischen untergegangen, und ein letzter Abglanz perlmuttfarbenen Lichts fiel auf den wuchtigen, vernarbten Stein. Am Himmel aus zartem Türkisblau stand das Komma einer Mondsichel. »Mein Gott«, sagte ich, »wie schön das hier ist.«

Am nächsten Morgen weckte mich das Licht. Es lag wie warmer Atem auf meinen Lidern, drängte in goldflimmernden Streifen durch die Ritzen der Jalousien. Ich zog sie hoch. Licht stürzte ins Zimmer, spülte über mich hinweg, trieb mir die Tränen in die Augen – Tränen der Helligkeit, Tränen der Freude. Ich hatte nicht gewußt, daß Licht so glücklich machen kann. Ich sah mich im Zimmer um, in dem sich das gediegene deutsche Bürgertum der Jahrhundertwende breitgemacht hatte: kolossale Möbel aus düsterem Holz, im Wohnzimmer eine umfangreiche Bibliothek mit den Gesamtausgaben deutscher Klassiker, Buffet und Vitrinen gefüllt mit wertvollen Silberbestecken, Porzellan und Kristall.

Von draußen erscholl der tiefe, lockende Ruf eines Vogels, und ich trat ans Fenster. Eine zierliche Wildtaube mit zimtbraunem Gefieder saß in den Zweigen eines Orangenbaums, der unter meinem Fenster wuchs. Jasmin kletterte die Mauer hoch und verströmte einen süßen Vanilleduft. An der Ecke des Hauses stand eine Palme, deren wispernde Fächerkrone weit über das Dach hinausreichte. Ich war bezaubert von dem Anblick, den Düften, den Geräuschen des Morgenlandes.

Zwei alte Damen kamen die Straße herab. Sie trugen Einkaufskörbe und auf den Köpfen Strohhüte. »Bei Rosensaft«, sagte die eine, »gibt es jetzt jeden Mittwoch echte Matjesheringe.«

»Ach, laß ab«, sagte die andere, »bei Rosensaft hat es noch nie was Gescheites gegeben.«

»Ich schwöre dir, Herta, selbst in Cuxhaven habe ich nicht so gute Matjesheringe gegessen.«

Ich glaube, das war der Moment, in dem ich mich in Jerusalem verliebte, in diese unfaßbare Stadt der Extreme und Widersprüche, in der Orient und Okzident aufeinanderprallen und sich das Organische mit dem Aufgepfropften, das Geheimnisvolle mit dem Alltäglichen, das Fremde mit dem Vertrauten mischt. Diese merkwürdige Mischung aus importiertem Abend- und geduldetem Morgenland fand ich bei allen deutschen Juden, einer besonderen Spezies liebenswert veralteter, in ihrer Kultur und ihren Gewohnheiten verwurzelter Menschen, die sich nicht dem Land, sondern das Land sich anzupassen versucht hatten. Sie waren es, die mir mit ihrer Freundlichkeit und Zuverlässigkeit, ihrer Musik- und Literaturbegeisterung, ihrem Streuselkuchen und Rostbraten, ihrer Disziplin und Tapferkeit das lang verschlossene Herz öffneten, in deren Häusern ich bei meinen jährlichen Besuchen ein- und ausging und ein Stück meiner Kindheit wiederfand.

Rechavia wurde über zwanzig Jahre mein Zuhause. Jerusalem, lange bevor ich mich dort niederließ, meine Heimat. Ich erinnere mich noch genau an meinen ersten Gang durch Jerusalem. Ilse begleitete mich und war darauf erpicht, mir nur die Sehenswürdigkeiten zu zeigen: den ersten, vor kurzem eröffneten Supermarkt; das schöne, im englischen Kolonialstil gebaute King David Hotel; das Café Vienna, in dem der gesamte deutschsprachige Kulturkreis in Kaffee mit Schlagobers und Kuchen à la Sachertorte schwelgte; das eleganteste Herrenbekleidungsgeschäft, dessen Besitzer, Bernhard Rosenblum, der Mann von Ilses Busenfreundin war. Ich betrachtete alles mit gierigem Interesse: Das, was ich sehen, und das, was ich nicht sehen sollte. Zu letzterem gehörte ein orthodoxer Jude, den ich in seiner bizarren Tracht – Kaftan, Knickerbocker, weiße Kniestrümpfe, buschiger Pelzhut, Schläfenlocken und Vollbart – auf der anderen Straßenseite erspähte.

»Oh«, sagte ich, »so was habe ich noch nie gesehen ... entschuldige«, und wollte über die Straße laufen. Ilse hielt mich am Arm fest, und in ihrem Gesicht stand offener Schrecken. »Angeli, laß das«, protestierte sie, »der Mann hätte es gar nicht gerne, wenn ihm da eine strumpf- und ärmellose Frau nachliefe. Wenn du so was sehen willst, dann geh nach Mea Shearim. Da gibt es leider mehr als genug von dieser Sorte.«

»Aber was ist das denn für eine Sorte?«

»Orthodoxe Juden«, sagte sie abfällig, »Fanatiker, die unseren

Staat nicht anerkennen, auf den Messias warten und sich auch sonst auf jede Art und Weise unbeliebt machen.«

Ich wollte sofort nach Mea Shearim. Sie sagte: »Ohne mich!« und führte mich zu einer anderen Sehenswürdigkeit, dem feinsten unkoscheren Delikatessengeschäft der Stadt, in dem es unter vielen Köstlichkeiten auch gekochten Schinken gab.

Vom nächsten Tag an ging ich allein auf Entdeckungsreisen. Ich hatte keinen Stadtplan, keinen Reiseführer, kein bestimmtes Ziel. Ich ging unermüdlich, betrachtend und beobachtend, horchend und schnuppernd, getrieben von Spannung und Wißbegier, die immer intensiver wurden. Jerusalem, dieses vage Gebilde aus Weihnachtsgeschichten, frommen Bildern und Chorälen, aus flüchtig wahrgenommenen Fotoreportagen und Zeitungsberichten, wurde die Stadt meines Ursprungs. Meine heimatlos umherirrende Sehnsucht hatte plötzlich eine Herkunft, einen Anker gefunden.

Ich erforschte die Gazastraße, die Hauptverkehrsader von Rechavia, eine schmale, dem adretten Viertel unangemessene Straße mit verkümmerten Gärten und dunklen Kramläden, in die alte, verbeulte Busse ihre schwarzen Auspuffwolken husteten. Ich kannte jeden Laden und seinen Besitzer, die meisten von ihnen ältere, jiddisch sprechende Leute aus Osteuropa, in deren resignierten Blicken und gekrümmten Rücken sich immer noch das Stigma der Diaspora abzeichnete. Ich unterhielt mich mit ihnen, kaufte eine verstaubte Packung Kekse, studierte die Kunden und versuchte, an deren Gesichtern, Kleidung und Auftreten zu erraten, aus welchem Land sie gekommen waren.

Ich ging die Gazastraße hinab und freute mich jedesmal auf den Moment, da man vom rissigen Asphaltpflaster geradewegs in die unbebauten, unbepflanzten Hügel trat, Hügel, die wie Wogen heranzurollen schienen, durchsetzt mit Inseln aus grau und beige getöntem Stein. Damals beherrschten die Hügel noch die Stadt, griffen in sie über, gaben ihr ein ungezähmtes, ursprüngliches Gesicht. Ich liebte diesen Einbruch der Natur, der Straßen abschnitt, Häuser isolierte und in dieser geteilten, beengten Stadt Freiräume schuf, die einem die Illusion von Weite vermittelten. Einer Weite, die zur Sackgasse wurde, wenn man in den Bereich der Grenze geriet und sich der grauen Betonmauer, Meilen von Stacheldraht und Schildern mit der Aufschrift *Attention, frontier ahead* gegenübersah.

Wie oft lief ich am Rand des verwahrlosten Niemandslandstreifens entlang, durchquerte verlassene Viertel mit rußgeschwärzten, durchlöcherten Ruinen, stieg auf das Dach des Krankenhauses Notre Dame, von dem man einen Blick auf die »andere Seite« werfen konnte. Ich sah einen Teil der gewaltigen alten Stadtmauer, die goldene Kuppel des Felsendoms, Kirchtürme, Minarette und eng aneinandergepreßte, aufeinandergetürmte Häuser mit gewölbten Dächern. Es gab sie also doch noch, meine Bilderbuchstadt Jerusalem, da drüben, auf der anderen Seite, sichtbar, aber unerreichbar, eine märchenhafte Kulisse, die ich mit den Requisiten meiner Phantasie ausstatten mußte.

Zur Entschädigung ging ich nach Mea Shearim, das mir, wenn auch auf eine andere Art, genauso fremd und mysteriös vorkam wie die verbotene Stadt hinter der Mauer. Hier herrschte nicht farbenprächtiger, für mich zur Legende gewordener Orient, sondern Geist und Lebenshaltung eines mittelalterlichen, osteuropäischen Stettls. Die engen, baumlosen Gassen, die kargen, niederen Häuser, denen man häufig einen Auf- oder Anbau aus den abenteuerlichsten Materialien beigefügt hatte, die winzigen, finsteren Läden, die Stände mit fleckigem Obst und Gemüse, die großen religiösen Schulen, in denen ausschließlich Thora und Talmud gelehrt wurden, und die kleinen Betstuben, aus denen Tag und Nacht der Singsang der Gebete schallte, übten einen eigenartigen Reiz auf mich aus.

Was waren das für Menschen, die hier, allen weltlichen Freuden und ästhetischen Ansprüchen fern, in einem selbstgewählten Ghetto und nach Gesetzen lebten, die ihnen Gott persönlich vor dreitausend Jahren diktiert haben sollte? Die Frauen formlose Geschöpfe mit geschorenen Köpfen unter Tüchern oder Perücken, geboren, um zu gebären; die schlaffen, blutlosen Männer, deren Haut nie Sonne und Luft gespürt, deren Augen nie bewußt etwas Schönes gesehen, deren Körper, eine schändliche Materie, sich nie frei bewegt hatten; und die Scharen alter, luftdicht verpackter Kinder, die männlichen ab vier Jahren über die Thora gekrümmt, die weiblichen der Mutter bei der Aufzucht ihrer Brut behilflich – was ging in ihnen vor?

Waren sie in ihrer Gotteshörigkeit vielleicht glücklicher, in ihren starren, jeden Gedanken, jede Handlung vorschreibenden Dogmen vielleicht zufriedener als wir, die Abtrünnigen, die wir keine allmächtige Instanz mehr hatten, deren Gesetze wir befolgen, deren Gnade wir erhoffen, deren Vergebung wir erflehen konnten?

Mit solchen Gedanken durchstreifte ich stundenlang Mea Shearim, braun gebrannt, aber immerhin züchtig gekleidet, wie ein Spruchband am Eingang des Viertels es befahl; von Frauen und Kindern mißtrauisch beäugt, von Männern, die mit abgewandtem Gesicht an mir vorbeieilten, übersehen. Und trotzdem: War ich, die Urenkelin frommer, gesetzestreuer Juden, die gewiß ähnlich gelebt hatten wie diese hier, nicht blutsverwandt mit ihnen? Verwirrende Eindrücke, bestürzende Erkenntnisse, die mich auf meinen Gängen in immer neue, andersgeartete Stadtteile begleiteten.

Da waren Talbieh, Bakka und das alte Katamon, arabische Viertel mit stattlichen Herrenhäusern, deren Besitzer 1948 vor den Israelis geflohen waren; da war die von schwäbischen Templern gegründete deutsche Kolonie, in deren kompakten, von Nadelbäumen umgebenen Häusern sich der Geist ihrer Erbauer verriet; da war das von christlicher Romantik geprägte äthiopische Viertel, mit vielen Kirchen und stolzen, alten Bauten in üppigen Gärten; und da war Nachla'ot, das Zentrum der sephardischen Juden, mit seinen malerisch verhutzelten Häuschen, seinen weinüberrankten Innenhöfen, seinem großen, weitverzweigten Markt. Dort saß ich oft in einem winzigen Lokal bei einem Glas süßen, schwarzen Tees, gebannt von dieser Welt, die in ihrer berstenden Fülle an Lärm, Farben und Gerüchen mit der der europäischen oder gar orthodoxen Juden nicht zu vereinbaren war.

Jerusalem, eine zwischen Juden und Arabern, eine vielfach in sich geteilte Stadt, ein Sammelsurium an Weltanschauungen, Kulturen, Sitten, Sprachen, der Schauplatz jahrtausendealter jüdischer, christlicher, mohammedanischer Geschichte, Zankapfel dreier Religionen, so oft zerstört und immer neu erstanden, so fragil und gleichzeitig unverwüstlich, eine Stadt der Hügel, der Wüste und des Lichts, eine Stadt der Furcht, der Hoffnung und der Melancholie.

Wenn etwas in meinem Leben von Dauer war, dann war es meine Liebe zu Jerusalem. Sie entflammte bei meinem ersten Besuch und brannte sich in den drei Monaten meines Aufenthalts ein. Ich hielt mich an die Worte »Nächstes Jahr in Jerusalem!« und verbrachte jährlich einige Wochen in meiner Wahlheimat.

Jerusalem in seiner Vielschichtigkeit wurde mir vertraut, und trotzdem entdeckte ich immer wieder etwas Neues, Aufregendes, Überraschendes. In den ersten sechs Jahren meiner Besuche veränderte sich wenig an der Stadt, und das war mir nur recht. Ilses stolze Verkündigungen: »Wir haben ein neues Hotel, ein neues Restaurant, einen zweiten Supermarkt!« nahm ich mit Argwohn entgegen. Was brauchte Jerusalem, so perfekt in seiner Unvollständigkeit, ein neues Hotel, ein neues Restaurant, einen zweiten Supermarkt!

Immerhin gab es bereits vier Hotels und zwei unkoschere Restaurants: die italienische Gondola, in der man so gemütlich auf abgeschabtem Plüsch bei Wein und Pasta saß, und Fink's, an dessen Bar und fünf Tischen sich die intellektuelle Elite aus dem In- und Ausland traf und unter Betreuung des aus Würzburg stammenden Besitzers, bei gutbürgerlich deutscher Küche und Schlagern aus den dreißiger Jahren, eine einzige große

Familie wurde. Und was war an »meinem« Supermarkt auszusetzen? Gewiß, die Auswahl war etwas beschränkt und unübersichtlich, aber eine Konkurrenz brauchte er nicht. Nein, ohne mich! Ich blieb dem winzigen Swimmingpool des President Hotels, meinen zwei Restaurants und meinem Supermarkt treu.

Ich beäugte mißtrauisch jeden Neubau und war verdrossen über den langsam zunehmenden Verkehr, dessen Regelung eine zweite, eine dritte, um Himmels willen, eine vierte Ampel benötigte. Ich sah den hübsch angelegten Campus der Universität, das Israel-Museum, den neuen Knesset-Komplex und das Hadassah-Krankenhaus, oberhalb des idyllischen Dorfes Ein Kerem, wachsen und empörte mich, daß sie mir, mit ihren übertriebenen Dimensionen, die Sicht in die biblische Landschaft verstellten. Und als dann auch noch die Gazastraße verlängert wurde und sich durch meine geliebten Hügel zu fressen begann, machte ich Ilse und Shimon, die das alles sehr begrüßten, eine Szene.

»Aber Angeli«, wies mich Shimon zurecht, »Jerusalem braucht Straßen, Häuser, Lehranstalten, Regierungsgebäude, Krankenhäuser. Jerusalem ist keine antike Stätte mehr, sondern eine lebendige, wachsende, sich entwickelnde Stadt. Eine normale Stadt!«

Jerusalem, eine normale Stadt! Hatte man so was schon gehört? Wie normal sie war, durfte ich dann allerdings häufig auf Ilses Schabbat-Nachmittagsgesellschaften bei Kaffee und Kuchen hören: »Wir haben bereits Prostituierte«, trumpfte einer der Gäste auf. »Und Einbrecher«, sagte ein anderer mit Genugtuung. Sie freuten sich alle aufrichtig darüber. Jerusalem, in dem man nachts bei offenen Fenstern und Türen geschlafen, in dem die gesunden jüdischen Mädchen Hora getanzt und Pionierlieder gesungen hatten, war auf dem Wege, wie alle anderen Städte zu werden.

»Horrender Unsinn«, sagte ich mir, »laß sie reden!« Ich streifte weiter umher, wanderte an der Grenze des Niemandslands entlang. Manchmal fuhr ich nach Abu Ghosh, einem in der Nähe Jerusalems gelegenen israelisch-arabischen Dorf, dessen Bewohner nicht geflohen waren und sich gut mit den Israelis vertrugen. Das hoch gelegene Café Abu Ghoshs, von dem man einen herrlichen Blick auf die terrassierten, mit Olivenbäumen bepflanzten Hügel hatte, war eines der ganz wenigen Ausflugsziele jener Zeit. Es befand sich an der Straße nach Tel Aviv, der einzigen, die nach Westen führte und Jerusalem mit dem übrigen Land verband. »Wäre schön«, dachte ich bisweilen, »wenn man auch mal in die andere Richtung fahren könnte.«

Juni 1967 – Sternstunde Israels, Sternstunde Jerusalems. Die Stadt König Davids vereinigt und nach zweieinhalb Jahrtausenden wieder in jüdischem Besitz. An der Klagemauer wurde der Schofar geblasen. Ganz Jerusalem weinte, Tränen der Erschütterung, Tränen des Glücks. Das Symbol der Trauer wurde an diesem Tag zum Symbol eines triumphalen Sieges.

Die Straßen waren voller Menschen, Männer, Frauen, Kinder, Aschkenasim und Sephardim, Fromme und Soldaten. Ihre Gesichter leuchteten, ihre Schritte waren beschwingt, ihre Stimmen erregt. Man umarmte sich, lachte, schwatzte, weinte, kreischte freudig auf, stellte Zukunftsprognosen, tauschte Erfahrungen über die Tage des Krieges aus, zeigte sich Schrapnelle, die im Garten oder auf dem Balkon gelandet waren, zersplitterte Autoscheiben, mit denen man stolz herumfuhr. Die geteilte und in sich geteilte Stadt, das in Gruppen gespaltene Volk war vereint.

In kürzester Zeit waren die graue Betonmauer niedergerissen, der Stacheldraht, die Schilder *Attention, frontier ahead* entfernt. Scharen an beherzten Neugierigen wagten die ersten Schritte ins Niemandsland, lächelten sich ermunternd zu, starrten zur Altstadt hinüber, deren Tore für die Zivilbevölkerung noch geschlossen waren. Die Alten erinnerten sich an Mondnächte, in denen sie auf der Stadtmauer spazierengegangen waren, und an Araber, zu denen sie gute Beziehungen gehabt hatten. Die Jungen freuten sich auf die Mondnächte, in denen sie auf der Stadtmauer spazierengehen würden, und versuchten sich ihre Nachbarn, die Araber, von denen sie nie einen gesehen hatten, vorzustellen.

Dann, etwa zwei Wochen nach Kriegsende, wurde das erste der acht Tore, das ins christliche Viertel führende Jaffator, geöffnet, und ein unübersehbarer Strom euphorischer Israelis ergoß sich in die Altstadt. Ich war unter ihnen. Eingekeilt in enge, schummrige Gassen und schwitzende, stoßende, vorwärtsdrängende Menschen, wurde ich mitgeschwemmt und sah nichts anderes als Schultern, Köpfe, Haare, Hüte und hin und wieder das in Entgeisterung versteinerte Gesicht eines Arabers, der auf der Schwelle seines kleinen Ladens stand und die Kugeln einer rosenkranzähnlichen Kette durch die Finger gleiten ließ.

Das also war mein Einzug in die Altstadt. Ich muß gestehen, daß ich Westjerusalem von da an untreu wurde und bei meinen jährlichen Besuchen täglich in die Altstadt ging. Sie versetzte mich in eine Welt, die der meiner christlichen Bilderbücher entsprach. Eine orientalische Stadt, von jahrtausendealter Geschichte geprägt, von westlichem Fortschritt unberührt, atemraubend in seiner Vielfalt an mystischem und profanem Leben, an Heiligtümern dreier Konfessionen; umbrandet von lärmender Bazarbetriebsamkeit, an alltäglichem Geschehen hinter uraltem, weise wirkendem Stein, an antiker Schönheit über vermoderten Behausungen, an Bauelementen vorchristlicher Perioden unter bunten, zum Verkauf angebotenen Kleidungsstücken oder kitschigen Wandteppichen mit Berg-, Wald- und Wasserfallmotiven.

Damals, im ersten Jahr nach dem Sechs-Tage-Krieg, war die Altstadt noch von jener Ursprünglichkeit, die vom Zerfall gezeichnet ist. Es haperte an Elektrizitäts- und Wasserversorgung und stank streckenweise nach offener Kanalisation. Die kleinen Läden und Werkstätten waren nicht mehr als dunkle

Höhlen, und das buckelige, mit Abfall übersäte und in unerwarteten Stufen abfallende Pflaster machte das Gehen beschwerlich. Aber für mich tat das der Schönheit keinen Abbruch, im Gegenteil, so mußte es sein, so war es echt.

Ich lief durch die Altstadt, wie ich durch Westjerusalem gelaufen war, ohne Plan und ohne Ziel. Ich lief durch das Labyrinth an Gassen mit seinen ineinander verwachsenen, zerklüfteten Häusern, seinen dunklen, verwitterten Gewölben, seinen Arkaden und Passagen von wuchtiger asymmetrischer Schönheit. Ich schaute in die Läden mit ihrem Angebot an glitzernden Stoffen und arabischen Stickereien, an gehäuteten Lämmern und blutigen Schafköpfen, an Kupferkesseln und armenischer Keramik, an bunten, siruptriefenden Kuchen und exotischen Gewürzen, an billigem Schmuck und christlichen Andenken. Ich sah den Schustern, Schneidern, Gerbern zu, die, auf das primitivste Handwerkszeug beschränkt, flink und geschickt ihre Arbeit ausübten; den Barbieren, die ihre Kunden zu den Klängen schwermütiger arabischer Musik um den obligaten Schnurrbart herumrasierten; den Bäckern, die in der Glut riesiger Öfen lappenartige Brote backten; ich wagte mich bis in die düsteren, klammen Hauseingänge hinein, die, anstatt in eine Gruft, häufig in einen hübschen Innenhof führten, und schlich mich nahe an die hoch gewölbten, blaugrün gestrichenen und damit den bösen Blick fernhaltenden Cafés heran, in denen ausschließlich Männer saßen, Scheschbesch spielten oder Wasserpfeife rauchten. Ich wich eifrigen, mir in den Weg springenden Händlern aus, die mich in ihre Läden locken wollten, hochbeladenen Eseln und braunen, silberäugigen Ziegen, Mönchen und Schuhputzern, Araberinnen mit vollgepackten Einkaufskörben auf dem Kopf und schwarzgekleideten Popen mit großen Kreuzen auf der Brust; ich verscheuchte Horden kleiner Jungen, die mich für ein Bakschisch in die Via Dolorosa mit Endstation Grabeskirche oder zum Felsendom oder zur Klagemauer führen wollten. Aber dahin folgte ich lieber drei Chassidim, die mit kurzen, schnellen Schritten und hüpfenden Paies dem lang entbehrten Ziel zustrebten.

Wir gingen zu viert, ich in gehörigem Abstand, eine abschüssige Gasse hinunter und erreichten den unebenen, sandigen Platz, in dessen Mitte eine verstaubte Palme stand, die aussah, als hätte sie bereits die Zerstörung des zweiten Tempels miterlebt. In ihrem Schatten lagerten ein paar orientalische Juden, die Sonnenblumenkerne kauten und die Schalen in säuberlichem Halbkreis um sich herumspuckten. Scharen von Kindern rannten lachend, kreischend und sich gegenseitig jagend über den Platz, während die Gläubigen, die Frauen auf der linken, die Männer auf der rechten Seite, dicht vor der Mauer standen, manche in stiller Inbrunst Hand und Stirn an den Stein gelehnt, andere mit ruckartigen Verbeugungen, mit jammernden oder fordernden Aufschreien ihre Gebete begleitend.

Ja, es ging hier recht ungezwungen zu, und die gewaltige Mauer schien mir trotz zärtlicher Berührung und dringender Bitten unerbittlich zu sein. Aber das lag vielleicht an meiner Skepsis. Sie war es auch, die mich daran hinderte, dem Beispiel frommer Juden zu folgen und einen an Gott adressierten Wunschzettel in die Ritzen zwischen den Steinen zu stecken, die mich nicht davon abhielt, den Platz, auf dem der ehemalige Tempel stand, zu betreten und damit Gefahr zu laufen, meinen Fuß auf das seit zweitausend Jahren verschüttete Allerheiligste, den Schrein mit der Bundeslade, zu setzen. Ich schloß mich einem Trupp fröhlicher Soldaten und Soldatinnen an, die, mit Maschinengewehren, Coca-Cola-Flaschen und Kameras bewaffnet, die kleine Anhöhe, die Klagemauer und Tempelplatz miteinander verbindet, hinaufstiegen.

Dort stand es, das Prunkstück islamischer Architektur, und bestach mit seinen leuchtenden Farben und seiner enormen Größe: ein achtkantiger Unterbau aus Marmor und Keramik, gekrönt von einer Kuppel aus Blattgold. Ein eindrucksvoller Hintergrund für das Foto eines posierenden Siegerpärchens, das sah ich ein, aber mir war die noble, aus blassem Stein gebaute und mit einer bescheideneren, silbernen Kuppel geschmückte El-Aqsa-Moschee lieber. Sie stand nur wenige Meter vom Felsendom entfernt und in ihr versammelten sich die gläubigen Mohammedaner zum Gebet. Ich sah ihnen zu, wie sie die Schuhe auszogen, die Füße in einem marmornen Brunnen wuschen und dann lautlos durch das herrliche Portal im Inneren der Moschee verschwanden. Ich wanderte über den erhöhten, lichten, weiten Platz, der Flügel zu haben schien, setzte mich schließlich, mit Blick auf den Ölberg, auf eine niedrige, von Pinien beschattete Mauer und schlug das Buch auf, das mir ein pensionierter, meine Unbildung beklagender Geschichtsprofessor in die Hand gedrückt hatte.

Ich las das Inhaltsverzeichnis: 1. Kanaanitische Ära 2. David und die Erste Tempel-Ära 3. Zweite Tempel-Ära 4. Römische Ära 5. Byzantinische Ära 6. Arabische Ära 7. Kreuzfahrer-Ära 8. Mamelucken-Ära 9. Unter Ottomanischer Herrschaft 10. Unter Britischer Herrschaft 11. Die geteilte Stadt.

Das Buch war nicht auf dem neuesten Stand. Ich schlug es zu und schaute zum Ölberg hinüber. Ein spitzer Kirchturm, ein paar flache, von Gestrüpp überwucherte jüdische Grabsteine, darunter ein arabisches Dorf. Hinter mir hörte ich die Stimme eines Touristenführers:»Jerusalem wurde zehnmal zerstört und zehnmal wieder aufgebaut ...«

»O Jerusalem«, dachte ich, »was hat dich zu dieser magischen, Heil versprechenden und Unheil verbreitenden Stadt gemacht? Was hat der Prophet Zacharias damit gemeint, als er Gott verkünden ließ: ›Ich werde Jerusalem zum Laststein für alle Völker machen ...‹, und was meinen die Israelis, die Nachkommen König Davids, damit, wenn sie sagen: ›Jerusalem ist eine Stadt wie jede andere – eine normale Stadt.‹«

Als sich Touristen und kaufwütige Israelis in Massen durch die acht Tore in die Altstadt zu wälzen begannen und diese immer mehr zu einem Rummelplatz wurde, fuhr ich in die Umgebung Jerusalems, sah mir arabische Dörfer an und in Wadis verborgene Klöster, fuhr weiter in Richtung Osten durch die Judäische Wüste. Ich hatte das Gefühl zu fliegen, leicht war ich, frei von Ängsten und Zwängen. Ich war benommen von der Brillanz des Lichtes, der Klarheit eines tiefblauen Himmels, den Formen und Farben kahler Wüstenhügel, die sich bis in die Unendlichkeit fortzusetzen schienen.

Mir war, als sei ich Zeuge der Schöpfung, Teil dieser grandiosen Landschaft, aus ihr entstanden und in sie eingehend. Hier, in dieser Wüstenlandschaft, wurde der unfaßbare Begriff Ewigkeit faßbar, und das leere Wort »Gott« nahm Gestalt an. Hier war mein Ursprung und mein Ende, hier, in diesem Faltenwurf der Hügel, in der Weite und Stille der Wüste, deren Tor Jerusalem war.

Im Jahr 1970 verließ ich die Bundesrepublik Deutschland. Ich zog nach Jerusalem, in die Wohnung von Ilse und Shimon, die auf zwei Jahre in die Vereinigten Staaten gegangen waren. Ich kehrte offiziell zum Judentum zurück und wurde eine »Tochter Israels«. Ich lernte den Jerusalemer Alltag kennen und den Jerusalemer Winter. Stürme, die Bäume fällen und Elektrizitätsdrähte zerreißen. Sintflutartigen Regen, der einen in Sekundenschnelle durchnäßt und die Straßen in Flüsse verwandelt. Furchterregende Gewitter, die an Weltuntergang denken lassen. Manchmal Schnee, der den Verkehr lahmlegt und die Straßen zum Spielplatz begeisterter Kinder macht. Dunkelheit, die bereits am frühen Nachmittag hereinbricht, die Menschen in die Häuser treibt und die Abende schwer und endlos erscheinen läßt. Dazwischen strahlende Tage von unwahrscheinlicher Schönheit, himmlische Tage, an denen man restlos und grundlos glücklich ist, sein Alter vergißt, seine Falten, seine Schmerzen, seine zahllosen Ängste und Zweifel. Jene kostbaren Tage, an denen alles so klar ist wie das Licht, das einen umfließt, in das man taucht wie in einen Gesundbrunnen.

Und dann, Ende Februar, der kurze Frühling, eine Eruption an Knospen, die sich in Windeseile zu Blättern, Blüten, die sich zu Blumen öffneten. Überall sproß und blühte es: in den Gärten und Parkanlagen, auf den Straßen und Balkonen, den

Hügeln und sogar den Mauern, durch deren Ritzen Halme und Büschel drängten. Die Mandelbäume standen in weißer und rosa Gischt, und die Wüste hatte sich mit einem grünen, bunt gesprenkelten Flaum überzogen. Ich liebte Jerusalem in jeder Jahreszeit, egal ob dunkel und verschlossen oder leuchtend und betörend. Es war nicht mehr das zerstückelte, entwicklungsbehinderte Städtchen, es war von einem Tag auf den anderen um das doppelte gewachsen, eine Stadt mit goldener Zukunft.

Die Juden der Diaspora, Gläubige und Ungläubige, Zionisten und Antizionisten, Rechte und Linke fluteten in die Heilige Stadt, um an dem Wunder ihrer Wiedervereinigung teilzunehmen. Man stürmte die Klagemauer, fuhr staunend durch die eroberten Gebiete, entdeckte sein Judentum, seinen Glauben, seinen Patriotismus, wanderte ein. Man baute, pflanzte, sanierte die Altstadt, sprengte die arabischen Häuser um die Klagemauer, legte einen riesigen Platz an, der sich mehr zum Exerzieren als zum Beten zu eignen schien. Es entstanden Hochhäuser, neue Wohn- und Industrieviertel, Straßen und Parkanlagen. Es fehlte ja nicht an arabischen Arbeitern, amerikanischem Geld und israelischem Unternehmungsgeist.

Dann kam ein kurzer, aber heftiger Rückschlag: der Jom-Kippur-Krieg. In Jerusalem heulten die Sirenen, gingen die Lichter aus. Die Stadt lag im Dunkeln, umgeben von Feinden – in der eigenen Stadt, im besetzten Hinterland. In der Bevölkerung erwachten Zweifel an der Unfehlbarkeit israelischer Politik und Zorn auf die Regierung. Wie war es möglich, daß der weltberühmte israelische Geheimdienst versagt hatte, daß das Land ahnungslos an zwei Fronten überfallen worden und die Armee nicht sofort zur Stelle gewesen war? Es war ein Blitz aus heiterstem Himmel. Die Erschütterung hielt eine Zeitlang vor, brachte den Sündenbock, die Arbeiterpartei, zu Fall und Likud, mit Menachem Begin an der Spitze, ans Ruder.

1974 heiratete ich, und nachdem alle Versuche, meinen Mann zu Jerusalem zu bekehren, gescheitert waren, zog ich widerwillig mit ihm nach Paris. Die schönste und aufregendste

Stadt Europas berührte mich nicht und blieb mir vom ersten bis zum letzten Tag fremd. Ich sehnte mich nach meiner Wüstenstadt, ihrem Licht, ihren Hügeln, ihrem Stein, nach ihrer Maßlosigkeit und Unberechenbarkeit, die die alltäglichsten Dinge in Dramen oder Grotesken ausarten ließen und dem Leben einen irrealen Anstrich gaben.

Ich nahm meine jährlichen Reisen wieder auf.

Jerusalem war mir entwachsen, ein frühreifes Kind, dessen rasante Entwicklung mich immer wieder verblüffte. Manchmal war ich stolz auf dieses Kind und seine Errungenschaften, oft empört über Entgleisungen, die seinen Charakter zu verändern drohten, immer ein wenig nostalgisch, wenn ich an die Jahre zurückdachte, in denen es noch unschuldig und ohne Prätentionen gewesen war, in denen man in ein paar Bäumchen einen schönen Wald, in einer Ampel, einem Supermarkt, einem unkoscheren Delikatessengeschäft den Fortschritt, in einem Einbrecher Zeichen einer zu begrüßenden Normalität gesehen hatte. Ach, du lieber Gott!

Jetzt hatte man von allem mehr als genug. Ein dichter Wald bedeckte die Hügel rechts und links der neuen, vierbahnigen Autostraße, die von Tel Aviv nach Jerusalem hinaufführte – zweifelsohne ein Gewinn, wenn man es dabei belassen und nicht auch noch die Judäische Wüste ihrer Schönheit beraubt und mit Nadelbäumen bekleckert hätte. Supermärkte in immer noch wachsender Zahl verdrängten die intimen kleinen Läden, ein Überfluß an Ampeln sorgte dafür, daß der chaotische Verkehr mehr stagnierte als floß, und was die Einbrecher betraf, so gab es davon inzwischen so viele, daß die Jerusalemer Schmuck und Silberkästen in Tresoren deponierten und sich hinter vergitterten Fenstern und den mit vielen Schlössern gesicherten Türen verbarrikadierten.

Ich wohnte wie immer bei Ilse in Rechavia. Aber auch hier hatte sich viel geändert. Shimon war kurz nach dem Jom-Kippur-Krieg an einem Herzinfarkt gestorben, und die schweren Möbel aus Deutschland hatten, wie bei den meisten meiner Freunde, einer modischen Einrichtung und nützlichen elektrischen Haushaltsgeräten Platz machen müssen. Allein die wispernde Palme war noch da, der duftende Orangenbaum und die gediegene Bibliothek deutscher Klassiker. Aber bei der war es auch nur noch eine Frage der Zeit, bis sie, wie bereits bei vielen anderen, zum Teil auf dem Müll, zum Teil in den Händen deutscher Käufer und folglich wieder in ihrer Heimat landen würde.

Eine Epoche des Geistes ging zu Ende. Eine Generation, der Israel sein Erziehungs-, Justiz- und Kulturwesen verdankte, starb aus. Die Anzahl der orientalischen Juden und der Frommen, viele davon Amerikaner, die sich »Rückkehrer zum Judaismus« nannten und diese Rückkehr mit Fanatismus betrieben, wuchs – ein sehr zweifelhafter Ersatz für die ersten großen Einwanderungswellen europäischer Juden, die sich mit Leib und Seele, Fleiß und Idealismus dem Land verschrieben hatten.

In diesen Jahren fuhr ich häufig in die noch schöne, unberührte Landschaft der besetzten Gebiete und in die Einsamkeit der Wüste. Ich mußte immer weiter fahren, um dorthin zu gelangen, denn man hatte einen Festungsgürtel aus riesigen neuen Wohnvierteln und Siedlungen um Jerusalem gelegt. Die sah ich mir nur aus der Ferne an: stabile, keineswegs unattraktive Apartmenthäuser und schicke Bungalows, deren Kaufpreise oder Mieten verhältnismäßig niedrig waren und daher hauptsächlich junge Paare anlockten. In der Kernstadt waren die Preise inzwischen unerschwinglich geworden, und man fragte sich, wie ein Durchschnittsbürger mit einem für europäische Verhältnisse schmalen Einkommen eine mehrköpfige Familie versorgen, ein Auto fahren, ins Ausland reisen und sich die neuesten technischen Errungenschaften leisten konnte. Aber mit der Stadt waren auch der Lebensstandard, der Konsumzwang und die Ansprüche gewachsen, und wenn man kein Geld hatte, kaufte, reiste, amüsierte man sich eben auf Kredit.

Jerusalem, eine Stadt wie jede andere. Eine normale Stadt.

Ich hatte mich fast mit dem Gedanken ausgesöhnt – immerhin, die Normalität brachte auch Annehmlichkeiten mit sich. Zum Beispiel das große Angebot in- und ausländischer Waren in den Supermärkten (was für ein Reichtum an Käsesorten, Alkohol und Reinigungsmitteln!). Die Eß-, Trink- und Putzkultur der Israelis näherte sich der Vollkommenheit. Das merkte man auch an den vielen Restaurants, chinesischen, französischen, brasilianischen, italienischen, in denen man von höflichen arabischen Kellnern bedient wurde, die *welcome, please* und *thank you* sagten. Und die Hotels, alle in amerikanischem Luxusstil erbaut, eine laute, fade Pracht mit türkisfarbenen Swimmingpools.

Von Vorteil waren auch die neuen Straßen um, durch und aus Jerusalem heraus. Eine Unmenge zielstrebig gebauter Straßen, auf denen man herrlich hätte fahren können, wären sie für den israelischen Verkehr gesperrt gewesen. Ja, und dann die Parkanlagen und kleinen öffentlichen Gärten, mit denen man Jerusalem geschmückt hatte wie eine Braut. Sie waren wirklich schön und glichen mit ihrer farbenfrohen Anmut den strengen Festungscharakter der Stadt wieder aus. Das sogenannte Höllental, ehemals ein Stück verwahrlosten Niemandslands, war eine grüne Mulde geworden, in der, im Schatten von Oliven- und Feigenbäumen, arabische Schafe weideten und israelische Familien picknickten; die alte Stadtmauer war von einem jungen Grüngürtel umschlungen: vom Jaffator über das als Künstlerviertel wiederaufgebaute Yemin Moshe bis hinauf nach Ost-Talpiot, eine Strecke von mindestens sieben Kilometern, konnte man durch einen einzigen Garten wandern; der Independence Park im Herzen der Stadt, ein beliebter Treffpunkt der Homosexuellen, brüstete sich mit beinahe englischen Rasenflächen und der Garten in der Nähe der Knesset mit seltenen Rosenarten. In Jerusalem war eine wahre Blumenmanie ausgebrochen. Jedes Eckchen wurde mit Hingabe bepflanzt. Aber auch Fahnen, Denkmäler und Rassehunde waren ein wichtiger Bestandteil Jerusalems geworden.

So wie ich es in den mageren geliebt hatte, so liebte ich Jerusalem in den fetten Jahren. Man konnte sein Gesicht verändern, aber nicht seinen Charakter. Man konnte ihm Gewalt antun, man konnte es erobern, man konnte es zerstören, aber auslöschen konnte man es nicht. Aus den Hügeln, dem Stein, dem Licht, aus der Sehnsucht der Menschen würde ein neues Jerusalem entstehen.

1983 verließ ich Paris, wie ich München verlassen hatte – ohne Bedauern, ohne Zweifel, das Richtige zu tun. Europa, das einstmals an Geist und Kultur, jetzt an Geld und Gütern reiche Abendland, diese schöne, satte, selbstgefällige »erste« Welt, war mir entfremdet. Ich zog in meine Heimat Jerusalem, ließ mich dort aber nicht bei Ilse in Rechavia nieder, sondern in Yemin Moshe, einem kleinen Wohnviertel hart an der Grenze des ehemaligen Niemandslands. Es war 1860 von Sir Moses Montefiore mit der Absicht gegründet worden, die Juden aus ihrem Ghetto in der Altstadt herauszulocken und sie außerhalb der Stadtmauer anzusiedeln. Zum Broterwerb hatte er ihnen eine Mühle hingestellt, die, frisch herausgeputzt, immer noch dort steht, aber nie ein Korn gemahlen haben soll.

Nach dem Unabhängigkeitskrieg und der Teilung der Stadt wurde Yemin Moshe ein gefährliches, oft beschossenes Gebiet, das, von armen orientalischen Juden bevölkert, sehr schnell in einen Slum zerfiel. 1967, nach der Wiedervereinigung Jerusalems, warf der Bürgermeister Teddy Kollek ein Auge darauf und befand, daß es sich dank seiner schönen, jetzt ungefährlichen Lage, mit Blick auf Davidsturm, Ölberg und den östlichen Teil der alten Stadtmauer vorzüglich zu einem Künstlerviertel eigne. Es wurde entsprechend aufgebaut – und verfehlte seinen angestrebten Zweck.

Statt Künstler, die ja meist von der Hand in den Mund leben, zog der romantische Ort hauptsächlich reiche amerikanische und europäische Juden an, die sich dort pompöse, wenn auch stilgerechte Villen bauten und sie ein bis zwei Mal im Jahr für kurze Zeit bewohnten. Auf diese Weise wurde Yemin Moshe zu einem künstlerisch-künstlichen Schmuckkästchen, dem es zwar nicht an Idyllen und Schaulustigen, die staunend bis in die Häuser vordrangen, dafür aber an Künstlern und wirklichkeitsnahem Leben fehlte.

In diesem Viertel also hatte ich eins der wenigen bescheidenen und dadurch erschwinglichen Künstlerhäuschen gefunden, deren Besitzer auf ein Jahr ins Ausland gegangen waren.

»Ein wahrer Glücksfall«, dachte ich, denn die gewölbte Zimmerdecke, der kleine, weinumrankte Balkon und der Anblick der vierhundert Jahre alten, bei Dunkelheit fachgerecht angestrahlten Stadtmauer ließen mich über viele Mängel hinwegsehen. Worüber sich bei meinem Einzug allerdings nicht mehr hinwegsehen ließ, war ein Heer wohlbeleibter Kakerlaken, die meine Küche, und eine Meute magerer Katzen, die den winzigen Garten belagerten.

So begann mein neues Leben in Jerusalem. Die Kakerlaken wurden mit Hilfe eines Ungeziefervernichtungsunternehmens ausgeräuchert, die Katzen – ein entscheidender Fehler! – gefüttert. (Ich bin sie nie mehr losgeworden und lebe heute noch mit zwei Abkömmlingen aus dieser Zeit zusammen.)

Ja, es war ein ganz neues Leben: ein neues Viertel, eine neue Behausung, eine neue christlich-arabische Putzfrau – sie hieß Euphemia –, ein neuer, wesentlich jüngerer und nicht mehr deutsch-jüdischer Freundeskreis, neue Pflichten, die hauptsächlich darin bestanden, die Katzen und mich zu versorgen und die intensiven Beziehungen zu meinen Freunden zu pflegen. Das alles nahm meine ganze Zeit, Kraft und Erfindungsgabe in Anspruch, eine beklagenswerte Tatsache, die einem Menschen, der nie in Jerusalem gelebt hat, unverständlich bleiben muß. Aber, ich zitiere einen meiner Bekannten: »In Jerusalem ist das Leben an sich so anstrengend, daß man zu nichts anderem kommt.«

Drei Jahre kam ich zu nichts anderem, als jedes Jahr ein neues Haus aufzutreiben, dorthin umzuziehen und es in einen bewohnbaren Zustand zu bringen. Schließlich faßte ich unter dem Druck einer Mieterhöhung und dem zielbewußten Einmarsch einer Mutterkatze mit ihren sechs Jungen den Entschluß, mir in einem weniger geld- und zeitraubenden Viertel eine Wohnung anzuschaffen. Ich las Annoncen, rief Agenturen an, fuhr bei der Suche nach der angegebenen Adresse durch ein mir oft unbekanntes Jerusalem. Wie groß es geworden war mit all seinen neuen, geometrisch angelegten Satellitenvierteln! Ich beschränkte mich auf die schönen, alten Gegenden im Herzen der Stadt, aber dort waren selbst armselige Behausungen unbezahlbar.

Verzagt gab ich meine Wohnungsjagd wieder auf, widmete mich der Aufzucht meiner Jungkatzen, nahm, wenn auch mit wenig Begeisterung, am regen gesellschaftlichen Leben Jerusalems teil. Die Stadt war international geworden: internationale Festspiele, internationale Buchmesse, internationale Kongresse, internationale Sportveranstaltungen, internationale Filmfestspiele, Konzerte ausländischer Orchester, Vernissagen und Happenings, Karnevalsumzüge an Purim, Militärparaden am Unabhängigkeitstag, Feuerwerk am Jerusalem-Tag, Berühmtheiten aus aller Welt, Touristeninvasionen, Empfänge, Eröffnungen, Feste, auf denen nicht nur das Essen, sondern inzwischen auch das Trinken eine große Rolle spielte, Diskotheken und Pianobars, Kurse, Clubs und Zentren für alles, was der Mensch braucht, um gesund, schlank, entspannt, glücklich, beliebt und kulturbewandert zu sein. Jerusalem, die stolze, strenge Stadt, war nur noch in der Einsamkeit und Melancholie naßkalter Wintertage zu finden.

Ich suchte das alte, ursprüngliche Jerusalem also auf der anderen Seite. Auch hier sichtbarer Aufschwung. Neue Häuser und Villen mit viel orientalischem Dekor, planlos in die Landschaft gestreut. Keine Verbindungsstraßen, keine Gärten, dafür auf den Hausdächern prächtige, eiffelturmartige Gebilde, in denen sich die Fernsehantennen verbargen. Aber die östlich gelegenen Dörfer, die noch zu Jerusalem gehörten, waren nach wie vor unberührt, und wenn ich an ihnen vorbeifuhr und ausstieg, um sie näher zu betrachten, überkam mich oft der Wunsch, in eins der würfelförmigen, sonnengebackenen Häuser hineinzugehen und am Leben dieser mir fremden Menschen teilzunehmen. Ein irrwitziger Wunsch, der vielleicht der Sehnsucht nach diesem ganz anderen, dem einfachen, auf seine Grundbedürfnisse beschränkten Leben entsprang.

Im Winter las ich beim flüchtigen Durchblättern der Zeitung eine kleingedruckte, knappe Annonce, in der eine Wohnung im alten Abu Tor zum Verkauf angeboten wurde. Abu Tor, wörtlich übersetzt »Vater Stier«, war ein arabisches Dorf, das bis zum Sechs-Tage-Krieg zum westlichen Ufer Jordaniens gehört hatte und das von dem sich daran anschließenden israelischen Viertel durch die sogenannte Grüne Grenze getrennt worden war. Inzwischen gab es ein altes und ein neues Abu Tor. Letzteres hatte ich zufällig auf einem meiner Spaziergänge entdeckt. Es bestand aus modernen, weit ins arabische Gebiet vordringenden Häusern und war mir aus diesem Grund so unsympathisch gewesen, daß ich meinen Weg in den alten Teil gar nicht erst fortgesetzt hatte.

Was mich also plötzlich veranlaßte, nach dem Telefonhörer zu greifen, die in der Annonce angegebene Nummer zu wählen und den Agenten um nähere Auskünfte zu bitten, weiß ich nicht. Vielleicht war es die Unaufdringlichkeit der Annonce, der Name Abu Tor, das Zusatzwort »alt«; vielleicht war es der Deus ex machina, der schon einige Male in mein Leben eingegriffen hatte.

Am nächsten Tag fuhr ich mit dem Agenten nach Abu Tor, in ein kleines, ländliches Paradies, keine fünf Kilometer vom Stadtzentrum entfernt. Stille Wege, die plötzlich in Stufen übergingen, in Sackgassen endeten oder sich auf und ab an Gärten und Häusern entlangschlängelten, deren Mauern und Bäume ein hohes Alter erkennen ließen. Wir bogen in eine kurze Gasse ein und hielten vor einem alten arabischen Herrenhaus, dessen nobler Fassade man ansah, mit wieviel Liebe und Sorgfalt es gebaut worden war.

»Es ist die obere Wohnung«, sagte der Agent und zeigte auf eine lange Reihe hoher, schlanker Fenster, »die schönste Wohnung von Jerusalem«. Ich stieg aus und betrachtete das Haus, schweigend, ungläubig. Es war mein Haus, das Haus, das ich ein Leben lang gesucht hatte

Ich hatte in vielen Wohnungen gewohnt, aber keine hatte mir gehört, keine hatte mir gefallen. Sie waren Obdach gewesen und Provisorium. Erst in Jerusalem, der Stadt, die ich liebte, hatte der Traum von der eigenen Wohnung begonnen. Er war Wirklichkeit geworden – eine Wirklichkeit, die den unbescheidensten meiner Träume übertraf.

Eine Wohnung in Jerusalem und dann auch noch mit Blick in die Judäische Wüste! Eine Wohnung von einer Schönheit, die Menschenhand schafft und nicht die Maschine, in einem Teil Jerusalems, den Hektik, Lärm und Benzingestank noch nicht erreicht hatten. Hohe, lichtdurchflutete Räume, durch deren Fenster man den Himmel sah, Hügel, Baumkronen. Ein klösterlicher Innenhof, eine riesige Dachterrasse, von der man auf die goldene Kuppel des Felsendoms und die blassen Grabsteine des Ölbergs, auf arabische Dörfer, auf Täler und Höhen bis hinüber zu den malvenfarbenen, zerklüfteten Bergen Moabs blickt. Eine Fata Morgana, ein Haus mit dem Gesicht nach Osten, mit der Landschaft verschmelzend. Der Inbegriff des Friedens und der Harmonie. Hier, so sagte ich mir, würde ich endlich Ruhe finden.

Das Haus befand sich keine zehn Meter von der ehemaligen Grünen Grenze entfernt, also praktisch im Niemandsland. Ihm direkt gegenüber stand ein verfallenes, tür- und fensterloses Gebäude, das den Jordaniern bis zum Sechs-Tage-Krieg als Beobachtungsposten gedient hatte. Meine Wohnung, so klärte man mich auf, war ein militärischer Vorposten der israelischen Armee gewesen. Eine enge, ungepflasterte Straße trennte die von Israelis und die von Arabern bewohnten Häuser. Wir hätten uns von einer Terrasse zur anderen unterhalten können, aber es bestanden, trotz Aufhebung der Grünen Grenze, keine nachbarlichen Beziehungen zwischen uns. Wir sahen uns, wir hörten uns, und wir ignorierten uns. Wir lebten in zwei verschiedenen Ländern, einen Steinwurf voneinander entfernt.

Ich ließ meine Wohnung von einem arabischen Baumeister renovieren, denn wer wäre besser dazu geeignet gewesen als ein Mann, dem der Umgang mit dem schönen alten Stein im Blut lag. Er war ein Herr, hoch und schlank gewachsen, diskret und stolz. Sieben Wochen lang erschien er jeden Morgen mit seinen zwei Gesellen und machte sich, tadellos gekleidet, schweigsam und geschickt an die Arbeit. Am Abend war seine Kleidung immer noch tadellos und eine Wand durchbrochen oder neu gemauert, elektrische Drähte unter Putz gelegt oder alte Rohre entfernt.

Am Ende der ersten Woche der Bauarbeiten begann ich mich schüchtern mit ihm zu unterhalten. Ein paar Tage später trank ich mit ihm in seinen Arbeitspausen zum ersten Mal Tee. Schließlich fuhren wir gemeinsam in arabische Ortschaften, um dort billigeres Arbeitsmaterial zu kaufen. Am Ende der vierten Woche waren wir befreundet. Ich lernte seine große Familie kennen und erfuhr von diesem ganz anderen, einfachen und auf seine Grundbedürfnisse beschränkten Leben. Ich gewann die ersten Einblicke in die Kultur und Sitten dieser Menschen, und sie waren mir plötzlich nicht mehr so fremd.

An einem Tag im Juni bin ich in Abu Tor eingezogen. Die Renovierung war beendet, die Möbel aus Paris waren eingetroffen. Am Abend stieg ein großer, orangefarbener Vollmond aus dem Samt der Nacht. Die Kuppen und Hänge der drei sich einander zuneigenden und in einem Tal vereinenden Hügel waren mit goldenen und blaßblauen Lichtern besprenkelt. Ich stand auf der Terrasse meines Hauses und weinte über die Schönheit, den Frieden und die Harmonie dieser Landschaft. Ich weinte über mein Glück, das voll war wie der Mond. Mein erstes wahrhaftiges Zuhause, seit ich als Kind Berlin hatte verlassen müssen. Mein letztes vollkommenes Zuhause, hier in Jerusalem, in einem alten arabischen Märchenhaus mit Blick in die Wüste, Blick in die Ewigkeit. Meine Oase in einer mich mehr und mehr befremdenden Welt.

Ich begann, in meiner Wohnung zu leben. Ich begann zu schreiben. Ich bepflanzte den Innenhof, kaufte buntes Hebronglas, das ich auf die niederen Fenstersimse stellte, und dunkelrote Berberteppiche, die ich auf die hellen Fliesen legte. Ich verbat Euphemia, die hier üblichen Säuberungsmethoden anzuwenden und eimerweise Wasser auf den Boden zu schütten, und meinen Katern, ihre Krallen an den Ledersofas zu schärfen. Niemand durfte meiner Wohnung etwas zuleide tun. Ging ich aus, sei es, um Freunde zu besuchen oder um etwas zu erledigen, konnte ich die Rückkehr in mein Zuhause kaum erwarten. Ich schloß mit feierlichem Nachdruck die Tür hinter mir ab, wanderte durch die Räume, goß die Blumen im Innenhof, setzte mich auf die Terrasse. Ich lauschte den Stimmen der Muezzin, die von den Minaretten zu mir herüberschallten, und den heiseren Rufen des Melonenverkäufers, der in einem alten Vehikel am Haus vorbeifuhr. Ich beobachtete eine Herde brauner Ziegen, die mit unverschämter Zielstrebigkeit in den zum Haus gehörenden Garten eindrang und sich dort satt fraß, und eine Horde kleiner arabischer Jungen, die in dem zerfallenen Haus gegenüber Kriegsspiele veranstaltete und sich unter wildem Geschrei mit Steinen bewarf. Ich lebte im Niemandsland zwischen zwei Welten – ein idealer Platz, der mir die Geborgenheit der einen als auch den exotischen Reiz der anderen bot. Ich lebte in meinem Elfenbeinturm, den Blick in der Landschaft verloren, hoch über dem profanen Geschehen, das ungute Gefühle weckte.

Es kam der Herbst. Es kam der Winter. Es kam der arabische Aufstand in den seit zwanzig Jahren besetzten Gebieten. Es kam der Schock des jähen, bösen Erwachens. Darum also, und nicht um der Ruhe und Schönheit willen, hatte mich der Deus ex machina auf die Grüne Grenze gesetzt.

Oktober 1989. Heute hat man wieder geschossen, heftiger als seit langem. Es war gegen halb sechs Uhr abends und immer noch heiß. Ich saß an meiner Schreibmaschine, als es losging. Wenn man auf der Grünen Grenze lebt, springt man nicht bei jedem Schuß auf. Erst bei der dritten Salve, die klang, als würde sie unter meinen Fenstern abgefeuert, unterbrach ich meine Arbeit und ging auf die Terrasse hinaus. Nein, es war nur der Chamsin, der die Geräusche so nahe zu mir herüberwehte; der Krawall fand, wie gewöhnlich, auf der Straße unterhalb von Abu Tor statt, und auch an dem Bild hatte sich nichts geändert: Ein kleiner Schwarm Zivilisten stob in alle Richtungen, ein kleiner Trupp Uniformierter jagte hinterher. Schwarze Rauchpilze stiegen vom Boden auf, kleine Feuerkugeln fielen aus der Luft. Jetzt standen wir alle auf den Terrassen, zwischen Blumenkästen und flatternder Wäsche, die Palästinenser vor, die Israelis hinter der Grünen Grenze. Der einzige Unterschied zwischen uns war der, daß die Palästinenser aufgescheucht hin- und herliefen, während wir, die Israelis, in starrem Schweigen verharrten.

Das Ehepaar Green, mit dem ich das Haus teilte, stand wie angewurzelt unten im Garten, zwischen ihnen die jüngste Tochter, vor ihnen, die Vorderpfoten auf den Zaun gelegt, der Windhund Louis. Meine sephardischen Nachbarn im Eckhaus schräg gegenüber winkten mir zwischen zwei Salven zu. Trotz des Heidenlärms, mit dem sie ihre Tage würzen und meine Nerven ruinieren, lege ich Wert auf gute Beziehungen. Ich winkte zurück.

Die Sonne ging unter, der Mond, fast voll und sehr blaß, stand bereits am Himmel. Die Landschaft ließ sich durch nichts erschüttern. Sie trug immer noch ihren Heiligenschein aus magischem Licht und schmückte sich mit ausgefallenen Farben. Kaum war das kriegerische Zwischenspiel beendet, befand man sich wieder im Reich des Friedens und der Harmonie. Doch unten auf der Straße konnte man die Patronen, die Plastik- und Gummigeschosse auflesen wie reifes Obst.

Und aus der Zeitung konnte man erfahren, daß wieder drei Palästinenser erschossen, zwanzig verwundet und vierzig verhaftet worden waren.

Seit fast zwei Jahren leben wir mit der Intifada, von der Jerusalem aufgrund seiner Lage am schwersten betroffen ist. Die über zwanzig Jahre geteilte, seit zwanzig Jahren wieder vereinte Stadt, ist vereint und gleichzeitig geteilt. Es sind nicht die graue Betonmauer, der Stacheldraht oder die Schilder *Attention, frontier ahead*, die die israelische Bevölkerung daran hindern, die ehemalige Grenze zu überschreiten, es ist die Angst vor dem Stein oder Messer, das Unbehagen bei der Frage: »Hatten wir das Recht, die Palästinenser über zwei Jahrzehnte ihres Landes, ihrer Freiheit, ihrer Identität zu berauben, und haben wir das Recht, sie mit Gewalt zu zwingen, für immer darauf zu verzichten?« Eine peinliche Frage, mit der man in Jerusalem, der Stadt der Blumen und Steine, der Mahnmäler und der Polizeitruppen, der lebendigen westlichen und der toten östlichen Seite, auf Schritt und Tritt konfrontiert wird.

»Geht durch die Gassen Jerusalems, und schaut und merkt auf und sucht auf den Straßen der Stadt, ob ihr jemand findet, der Recht tut, und auf Wahrheit hält, so will ich ihr gnädig sein.« (Jeremia 5,1)

Ich ging durch die Straßen Jerusalems, in denen sich, bis auf den Touristenschwund und die stark eingeschränkten Bauarbeiten, nichts verändert hatte. Geschäftiges Leben und Treiben, chaotischer Verkehr, neu eröffnete Läden und Lokale, die Fußgängerzone vollgestopft mit fröhlichen, kauflustigen, eisleckenden, Kaffee trinkenden Menschen, die unauffällig von der Polizei und auffällig von eigenmächtigen Siedlern mit Maschinengewehr bewacht wurden. »Spürt man hier etwa die Intifada?« wurden ausländische Besucher gefragt. Aber nein! Was war das überhaupt, die Intifada? Aufgebauschte Greuelgeschichten fremder Journalisten, israelischer Defätisten und arabischer Terroristen ...

Ich ging durch die leeren Straßen Ostjerusalems und die

öden Gassen der Altstadt, deren Geschäfte, Werkstätten und Ämter in einem zweiundzwanzig Monate anhaltenden Streik der Palästinenser nur zwischen neun und zwölf Uhr geöffnet waren, deren Bewohner in der kurzen Einkaufszeit von einem großen Aufgebot mit Pistolen und Schlagstöcken ausgerüsteter Polizisten und Soldaten bewacht und schikaniert wurden, deren Schulen monatelang geschlossen, deren Krankenhäuser mit Verwundeten überfüllt waren. Hier knisterte die Angst, schwelte der Haß.

»Und wenn sie auch sprechen, bei dem lebendigen Gott!, so schwören sie doch falsch. Herr, deine Augen sehen auf Wahrhaftigkeit.« (Jeremia 5,2)

Heute bin ich kurz vor Sonnenaufgang auf meine Dachterrasse gestiegen und habe auf Jerusalem hinabgeschaut. Da lag es in dem perlgrauen Licht und der regungslosen Stille, die der Schöpfung vorangehen – aus den Hügeln, dem Stein, den Farben, dem Mysterium der Landschaft gewachsen. Noch nie hatte ich sie so schön gesehen, so unantastbar, erhaben über den Menschen, über seine Kriege und Gebete, eins mit jener höheren Macht, die sich in der Natur offenbart. Eine Flamme ungeheuren Glücks loderte in mir auf. »Jerusalem«, dachte ich, »eine Stadt, anders als alle Städte dieser Welt.«

(Jerusalem 1989)

Die Aktion

Morgens, kurz nach sieben, klingelte es Sturm, und kaum hatte ich die Tür geöffnet, hielt mir ein unsympathischer Mann einen Zettel unter die Nase. Auf dem Zettel war ein Stempel und ein paar gedruckte hebräische Worte, die ich nicht lesen konnte. Ich ahnte jedoch, worum es sich handelte. Das düstere Gesicht und aggressive Auftreten des Mannes drückten die Macht des Beamten aus.

»Ich kann das nicht lesen«, sagte ich.

»Chatulim«, sagte er – Katzen.

»Ich habe keine Katzen«, schrie ich, griff in meiner Not auf Gott zurück und beschwor ihn, keine Katze, geschweige denn das ganze Rudel auf einmal angaloppieren zu lassen.

Prompt sah sich der Mann in der idyllischen, für den Verkehr gesperrten Gasse um, durchdrang mit Raubvogelblick Büsche und Hecken, starrte zu Bäumen empor, spähte über meine Schulter hinweg ins Innere des Hauses.

»Ich habe keine Katzen«, sagte ich.

Der Mann grinste, was seinem Gesicht noch schlechter stand als der düstere Ausdruck, drohte mir neckisch mit dem Finger und hinkte davon. Er hatte ein steifes, aber energisch ausschlagendes Bein, mit dem das gesunde kaum Schritt halten konnte. Als er um die Ecke verschwunden war, setzte ich mich vor dem Haus auf die Treppe, um über den bösen Vorfall und seine womöglichen Folgen nachzudenken.

Es vergingen keine fünf Minuten, da erschienen sie, lugten vorsichtig um die Ecken, vom Dach, aus den Büschen, hinter den Mauern hervor; näherten sich mir tänzelnd, schleichend, in zierlichem Trab oder federnden Sprüngen: die drei graziösen, getigerten Geschwister mit den steil aufgestellten, überlangen Schwänzen; die schwangere Natascha mit dem Kirgisengesicht und dem grau-weiß gestreiften, immer sauber gewaschenen Fell; ihre drei hochgewachsenen, schwarzen Söhne, die ich, da sie nicht auseinanderzuhalten waren, kurz »die Russen« genannt hatte; »die Mutter«, ein ungewöhnlich garstiges Geschöpf, das ihren letzten fünfköpfigen Wurf in meinem Gartenschuppen einquartiert hatte; der kleine Tölpel mit dem einfältigen Gesicht, dem stacheligen gelbgefleckten Pelz und den zu kurz geratenen, stämmigen Beinen; Mia, deren beängstigend dicker, den Boden streifender Bauch mindestens acht Junge beherbergte; die neurotische Bella mit dem Silberblick und dem langen, in den Farben eines Herbstwaldes leuchtenden Fell; der falbe, schlanke Homosexuelle, der ein Verhältnis mit einem der Russen hatte; und schließlich Simmi, der Herr meines Hauses, ein großer, schmuddeliger Kater mit mächtigem Kopf, gefolgt von seiner ihn anschmachtenden Geliebten, einer drallen, orangefarbenen Katze.

Sie setzten sich in sicherer Entfernung im Halbkreis mir gegenüber und starrten mich mit gespanntem Erstaunen an. Die Augen, in allen gelben und grünen Schattierungen weit geöffnet, die Körper, bis auf die zuckenden Schwanzspitzen, regungslos.

»Kluge Katzen«, lobte ich, »habt gewußt, daß der Katzentöter hier war, nicht wahr? Woher habt ihr das gewußt?«

Simmi, der einzig zahme unter den Katzen, erhob sich beim Klang meiner Stimme, schüttelte seine an ihn geschmiegte Geliebte ab, schritt auf mich zu und begann seinen großen, harten Kopf an meinem Knie zu reiben.

»Ich weiß, was ihr wollt«, sagte ich, »Frühstück wollt ihr. Ob ich im Schock bin oder krank oder traurig, interessiert euch nicht. Das einzige, was euch an mir interessiert, ist das Fressen.«

Ich sah sie der Reihe nach an. Jede hatte die Augen mit hypnotischem Blick auf mich geheftet, jede sah in mir nur die rohen, nackten Hühnerköpfe, die ich ihnen morgens und nachmittags pünktlich bescherte. Allein Dickie, der Kater in dem graziösen, getigerten Dreiergespann, war eine Ausnahme. Er saß mir am nächsten, neben seinem Freund, dem kleinen Tölpel, und als ich noch einmal zu ihm zurückblickte, sah ich in seinem zarten, großäugigen Gesicht ein Entzücken, das weit über die Vorfreude auf den Hühnerkopf hinausging. Er wohnte mit seinen beiden Schwestern etwa dreihundert Meter von mir entfernt, in dem Speicher eines Hauses, wo er hin und wieder von einem netten, jungen Paar mit Tortenresten oder Bratkartoffeln gefüttert wurde. Natürlich bevorzugte er Hühnerköpfe, aber darüber hinaus war er in mich verliebt.

Ging ich abends aus, begleitete er mich zu meinem Auto und wartete dort in einem Versteck auf meine Rückkehr. An einer einsamen Stelle brach er dann aus dem Gebüsch, weidete sich mit der närrischen Freude eines Kindes an der gelungenen Überraschung, tanzte in Pirouetten vor mir her, verschwand, tauchte verschmitzt wieder auf, stellte sich mir schließlich in den Weg und wartete auf den Moment, wo auch ich stehenbleiben, mich bücken und, sanft auf ihn einsprechend, die Hand nach ihm ausstrecken würde. In seinen weit aufgerissenen, von der Pupille verdunkelten Augen, sah ich die Sehnsucht nach Liebe und zärtlicher Berührung, in seinem zur Flucht angespannten Körper die Angst vor dem unberechenbaren Monstrum Mensch. Kaum berührten meine Fingerspitzen sein Fell, schnellte er zur Seite und drehte sich, sei es weil ihn sein Mißtrauen in Verlegenheit oder sein Mut in Verwirrung stürzten, um seine eigene Achse.

»Hallo, mein Dickie«, sagte ich jetzt und lächelte ihm zu. Keine Frage, er lächelte zurück.

Aus dem Nebenhaus, keinen Meter von dem meinen entfernt, drang plötzlich stürmische Musik. Es klang nach Smetana oder Tschaikowsky. Zippi Rosenblatt, die Feindin der Natur, die Bäume abhacken und Katzen töten ließ, weil sie die einen für überflüssig, die anderen für schädlich hielt, war aufgestanden. In spätestens einer halben Stunde würde sie – ein großer, formloser Hintern unter geblümtem Stoff, ein grimmiges Gesicht unter einem rosa Strohhut – das Haus verlassen und, wenn die Katzen bis dahin nicht abgefüttert und verschwunden waren, den Beweis meines kriminellen Treibens vor Augen haben.

Ich sprang auf und im selben Augenblick brach der Tumult los. Meine eben noch laut- und regungslosen Katzen verwandelten sich in besessene kleine Furien, die unter gellenden Schreien und mit peitschenden Schwänzen in einem wüsten Tanz durcheinanderwirbelten, sich gegenseitig ohrfeigten und anzischten oder blitzartig an mir vorbei in den Korridor meines Hauses und wieder zurück auf die Straße schossen. Der einzige, der mit ernster Miene und in patriarchalischer Pose neben mir stand, war Simmi. Er folgte mir gemessenen Schrittes in die Küche, in der Deborah, meine schwarze, aus Europa mitgebrachte Perserkatze, auf dem Tisch saß und Cherny, mein ebenfalls schwarzer, aber kurzhaariger Adoptivkater, in einer roten Emailleschüssel lag. Ich nahm einen Topf mit Fisch und einen zwei Kilo schweren Plastikbeutel aus dem Kühlschrank. Die schöne, vornehme Deborah mit der Druckknopfnase und den riesigen gelben Eulenaugen erhob sich, streckte sich zu ihrer ganzen beachtlichen Länge und zirpte mich an. Simmi begann wie ein eingerosteter Motor zu schnurren und sich an meinen Beinen zu reiben. Cherny, dem es an Stolz und Einfühlungsvermögen mangelte, sprang auf den Küchentisch, bekam von Deborah eine Ohrfeige, fiel rücklings herunter und auf Simmi, der ihm entrüstet Prügel androhte. Die Drohung genügte, um den jungen Kater, der wie ein Minipanther aussah, aber ein Angsthase war, in zeterndes Geschrei ausbrechen zu lassen. Die Perserin hob indigniert die Brauen, und ich beeilte mich, ihr einen Teller mit Fisch hinzustellen, dann einige Hühnerköpfe aus dem Beutel zu holen und sie, einen nach dem anderen, durch die offene Tür in die Gasse zu werfen. Die Katzen flogen den Köpfen förmlich nach und landeten wie diese mit dumpfem Aufprall auf der steingepflasterten Straße.

Mich grauste inzwischen vor nichts mehr. Der monatelange Umgang mit Hühnerköpfen hatte mich abgestumpft. Während ich die hektische Katzenbande fütterte, griff ich ungerührt in den glitschigen, blutigen Inhalt des Beutels, warf ihn händeweise den Tieren zum Fraß hin, beobachtete, wie die einen possierlich, die anderen gierig die Delikatesse zerfetzten, lachte über einen der Russen, der sein Frühstück wohl schon in der Mülltonne eingenommen hatte und nun mit dem Hühnerkopf Ball spielte, indem er ihn am Kamm packte, in die Luft warf und mit den Vorderpfoten wieder auffing.

Ein junger Mann und ein kleines Mädchen joggten um die Ecke und geradewegs in die Bescherung hinein. Die Katzen, ihre Beute zwischen den Zähnen, flohen ein paar Schritte, hockten sich dann wieder hin und fraßen weiter. Das Kind, ein sehr hübsches, braungebranntes Geschöpf, blieb wie angewurzelt stehen: »Papa«, rief es, »schau mal die vielen Katzen! Schau mal, was sie da essen! Hühnerköpfe!«

Der Vater, fast so braun und hübsch wie seine Tochter, ignorierte das Geschehen.

»Mit Schnabel und Augen, Papa! Schmeckt ihnen denn das?«

Der junge Mann sah mit Ekel im Gesicht auf, und mit Vorwurf in den Augen zu mir herüber. Ich fragte mich, was er mir vorwarf: daß ich die Katzen mit etwas so Widerlichem wie Hühnerköpfen oder daß ich sie überhaupt fütterte. Ich lächelte freundlich. Jetzt sah mich auch die Kleine an: »Gibt ihnen die Frau die Hühnerköpfe?« erkundigte sie sich.

Ich trat schleunigst ins Haus und schloß die Tür hinter mir.

Kurz nach vier kam ein zweiter Mann von der Stadtverwaltung. Er war dick und hatte ein gutmütiges Gesicht. Als er mir denselben mit Stempel und hebräischer Schrift versehenen Zettel hinhielt, lächelte er entschuldigend.

»Ich kann das nicht lesen«, sagte ich

»Chatulim«, sagte er – Katzen.

»Ich habe keine Katzen.«

Er deutete mit dem Kinn auf das Haus von Zippi Rosenblatt und hob dann bedauernd die Schultern. Ich lud ihn ein, eine Tasse Kaffee bei mir zu trinken, und er folgte mir ins Wohnzimmer. Ein Schwarm Katzen floh durch die offene Tür in das Gärtchen. Cherny und Deborah hatten die beiden Sessel besetzt. Der Mann war zu feinfühlig, um mir meine Lüge vorzuhalten. Wir tranken Kaffee und unterhielten uns über das romantische Viertel, in dem ich wohnte. Die Mutter und ihre fünf Jungen zogen im Gänsemarsch an der Tür vorbei. Dann erschien mein Freund, Robert, ein sehr gepflegter und charmanter Engländer. Er starrte ungläubig den dicken Mann an.

»Ich heiße Shlomoh«, sagte der und schüttelte ihm die Hand, »freut mich, Sie kennenzulernen.«

»Ganz meinerseits«, sagte Robert verdattert.

»Der Herr ist von der Stadtverwaltung«, sagte ich.

»Es tut mir wirklich leid«, sagte Shlomoh, »ich habe Tiere sehr gerne. Aber es ist mein Beruf.«

»Ist das einer von deinen gestörten Sozialfällen?« fragte mich Robert auf englisch.

»Die Katzen sollen umgebracht werden«, sagte ich.

»Ich habe gewußt, daß es so kommen würde!« schrie Robert. »Ich habe dich hundertmal gewarnt! Diese ganze Hühnerkopfsauerei mitten auf der Straße und im Nebenhaus das Miststück Rosenblatt!«

Shlomoh war erschrocken aufgestanden: »Es tut mir wirklich sehr leid«, sagte er, »ich werde mal zu Frau Rosenblatt gehen und sie bitten, die Klage zurückzuziehen.«

»Danke«, sagte ich mit Tränen in den Augen.

Robert lief stumm im Zimmer auf und ab.

»Es ist gar keine Sauerei«, jammerte ich, »sie lassen nur die Schnäbel übrig. Und womit soll ich so viele Katzen sonst füttern? Du weißt doch, daß es nichts Billigeres gibt als Hühnerköpfe, das Kilo ein Shekel, und gesund sind sie außerdem.«

»Erzähl das mal deiner Nachbarin, die wird sich freuen, daß sie so gesund sind.«

In diesem Moment fing meine Nachbarin an zu kreischen.

»Um Himmels willen, der arme Shlomoh«, sagte Robert und eilte ihm zu Hilfe.

Keine fünf Minuten später kehrten die beiden Männer mit roten Gesichtern und gesträubtem Haar zurück. Zippi Rosenblatt kreischte noch immer. Dann donnerte die Tür ins Schloß.

»Nichts zu machen«, murmelte Shlomoh, »die Frau hat kein Herz.«

»Und nun?« fragte Robert. »Wann werden die Katzen umgebracht? Wie werden sie umgebracht?«

»Die Aktion findet morgen früh um sechs Uhr statt«, seufzte Shlomoh. Er zog eine Büchse Sardinen billigster Sorte aus der Hosentasche: »Hiermit.«

»Mit Ölsardinen?«

»Und Strychnin«, sagte Shlomoh bekümmert und legte mir eine schwere, warme Hand auf die Schulter: »Retten Sie, was zu retten ist. Sperren Sie so viele Katzen wie möglich in Ihr Haus ein.«

Stunde für Stunde waren Robert und ich auf Katzenfang. Wir liefen pss, pss, pss rufend, wie die Irren, durch die Gassen, einen Hühnerkopf, dann sogar – auf diese Idee hatte uns Shlomoh gebracht – eine Büchse Ölsardinen in der Hand, und versuchten die Katzen damit ins Haus zu locken. Wir stellten Kartons mit Leckerbissen auf, lauerten in Verstecken, bis eine Katze hineinsprang, und versuchten dann, eine Decke über sie zu werfen. Wir bauten hinter geöffneten Türen und Fenstern ganze Katzenbuffets auf und warteten mit angehaltenem Atem, daß uns eine in die Falle ginge.

Die Katzen, zunächst hocherfreut über diese unverhoffte und üppige Bewirtung, die ihnen an den ungewöhnlichsten Plätzen serviert wurde, liefen uns zwar nach, sprangen in Kartons, pirschten sich durch Fenster und Türen ins Haus, doch waren sie unvergleichlich viel schneller und schlauer als wir und entkamen uns jedes Mal. Dann, mit der Zeit, begannen sie die merkwürdigen Methoden, mit denen wir sie fütterten, die fliegenden Decken und plötzlich zuknallenden Türen und Fenster zu befremden, und da sie sowieso schon alle mehr als die übliche Ration verschlungen hatten, zogen sie sich an Orte zurück, an denen sie vor uns sicher waren. Allein die Mutter, die gerade im Gartenschuppen ihre Jungen säugte, wurde durch geistesgegenwärtiges Zuwerfen der Tür gefangen. Dafür waren Simmi und Cherny, die unser Treiben für unzumutbar hielten, entflohen. Ich brach in Tränen aus, und Robert, dem nicht mehr gewachsen, beschwor mich, bei meiner Freundin, Naomi, zu übernachten und ihm alles weitere zu überlassen.

Ich fuhr mit Deborah, die ich keinem Menschen anzuvertrauen wagte, einem gefrorenen Fischfilet und einem mit Sand gefüllten Kasten zu meiner Freundin. Als sie mir öffnete und mich dort stehen sah, mit verheultem Gesicht, den dicken, runden Katzenkorb wie eine Hochschwangere ihren Bauch mit beiden Armen umfangend, rief sie erschrocken: »Du lieber Gott, Liebchen, ist deine Katze etwa tot?«

Ich verstand nicht ganz, warum sie annahm, daß ich ihr eine tote Katze anschleppe, wollte aber nicht danach fragen und sagte dumpf: »Nein, sie ist noch lebendig, aber es ist etwas Furchtbares passiert. Kann ich heute nacht bei dir schlafen?«

»Du kannst so viele Nächte bei mir schlafen, wie du willst«, sagte Naomi, deren Gastfreundschaft und Hilfsbereitschaft keine Grenzen kannten.

Ich erzählte ihr, unter neuen Tränen, was passiert war, und sie kochte Suppe für mich und Fisch für Deborah, machte mir ein Bett und fand eine gemütliche Ecke für das Katzenklo. Robert rief an, um mir mitzuteilen, daß Simmi eingetroffen sei, und eine Stunde später, daß er Cherny eingefangen und sich dabei das Knie aufgeschlagen habe.

»Und was ist mit Dickie?« schluchzte ich. »Dickie liebt mich und ich ihn.«

»Erspar mir solche intimen Eröffnungen«, sagte Robert, der mit seiner Kraft und Geduld am Ende war.

In der Nacht träumte ich, die Schritte des Katzentöters zu hören und die erfreuten kleinen Schreie der Katzen, die nicht in aller Herrgottsfrühe mit einer so leckeren Mahlzeit wie Sardinen gerechnet hatten.

Deborah, durch die Vorgänge am Nachmittag und die ihr fremde Umgebung aus dem Gleichgewicht gebracht, jagte mit gebogenem Schweif und lärmender, unmotivierter Heiterkeit durch die Wohnung und riß abwechselnd Naomi und mich aus dem Schlaf. Am Morgen stand ich gerädert auf. Es war acht Uhr. Die Katzen mußten schon alle tot sein. Ich trank, stumm vor mich hin starrend, ein paar Tassen Tee.

Naomi versuchte mich zu ermutigen, indem sie mir die Millionen Menschen vorhielt, die täglich durch Hunger, Krankheit und Gewalt ums Leben kamen. Robert erschien, brachte Croissants mit und sagte, ich hätte ja immer noch vier alte und fünf junge Katzen und wenn ich weiter diese verdammten Hühnerköpfe auf die Straße schmisse, in spätestens einer Woche ein Dutzend neue. Dann riefen sie eine gemeinsame, in meinem Viertel wohnende Freundin an und trugen ihr auf, festzustellen, ob die Aktion tatsächlich stattgefunden hätte und wenn ja, in welchem Ausmaß. Eine Viertelstunde später kam der Bericht: »Ein Katzen-Holocaust«, schrie die Freundin so laut, daß ich es bis ans andere Ende des Zimmers hörte, »überall liegen tote Katzen rum, und nirgends sieht man mehr eine lebendige.«

»Du bleibst heute nacht noch bei mir«, beschloß Naomi, und Robert erklärte: »Sie darf überhaupt nicht mehr nach Hause, sie muß in ein anderes Viertel ziehen.«

Als Naomi zur Arbeit gegangen war und ich Robert unter dem Vorwand, keine gefrorenen Fischfilets mehr zu haben, in den Supermarkt geschickt hatte, fuhr ich nach Hause. Ich wollte wenigstens Simmi, Cherny und die Mutter mit ihren fünf Jungen sehen. Es war zwölf Uhr und die Straßenfeger mußten längst dagewesen sein und das Bilderbuch-Viertel von Katzenleichen gesäubert haben. Ich ging durch die hübschen, stillen Gassen voller Blumen, Bäume und Vögel, das Katzenparadies, in dessen Gärten sie gespielt, auf dessen Bänken sie sich gesonnt, auf dessen Hausdächern sie gesessen und die vorübergehenden Menschen beobachtet hatten, lief an Dickies Haus vorbei und an der Mauernische, in der Natascha die drei Russen geboren hatte. Da war tatsächlich keine Katze mehr, die auf mich wartete, mich begleitete, mich mit großen, schillernden Augen erwartungsvoll ansah. Ich setzte mich auf die Treppe meines Hauses und schlug die Hände vors Gesicht.

Jemand zwickte mich zart in die Wade, und wenn die Katzen noch am Leben gewesen wären, hätte es nur Mia sein können, die sich in Stunden besonderen Übermuts so etwas erlaubte. Ich schaute durch die Finger und da stand sie, der Bauch leer und ausgeleiert, das Gesicht listig. Ich schrie auf, und sie machte einen Satz zurück und starrte mich vorwurfsvoll an. Während ich mir noch überlegte, daß ihr wahrscheinlich die achtköpfige Geburt das Leben gerettet hatte, lugte die neurotische Bella mit ihrem Silberblick um die Ecke, sah mich und huschte, fünf Schritte vor, drei zurück, auf mich zu. Kaum hatte sie sich niedergelassen, nahte mit dem schweren Gang der Schwangeren Natascha, warf einen Blick über die Schulter und benachrichtigte ihre Söhne mit einem gurrenden Ruf von meiner Rückkehr. Sie erschienen sofort, eine galoppierende Troika, gefolgt von ihrem Schatten, dem falben, schlanken Homosexuellen. Aber wo waren Dickie und seine beiden Schwestern?

Das große Glück, meine totgeglaubten Katzen wohlbehalten wiederzusehen, wich der Angst um meinen Lieblingskater. Ich stand auf, trat in die Mitte der Gasse und rief beschwörend seinen Namen. Anstelle meines grazilen Dickies kam der kleine Tölpel angetrottet, blieb einige Male stehen, schaute zurück und dann mit einem Ausdruck bekümmerter Einfalt zu mir auf.

»Was ist?« fuhr ich ihn an. »Wo ist dein Freund?«

Die Katzen, die es unerhört fanden, daß sich ihr Frühstück um Stunden verzögerte, begannen ungeduldig um mich herumzustreichen und wehleidig zu maunzen. Mia zwickte mich ein zweites Mal in die Wade, diesmal nicht mehr so zart. Ich schaute noch einmal die Straße hinab, und da sah ich an ihrem fernen Ende drei steil aufgestellte, überlange Schwänze, die in einer geraden Linie bewegungslos in den blauen Himmel stachen. Ich lachte, kniete mich hin und breitete die Arme aus. Und da flogen sie mir entgegen, drei getigerte Katzen. In der Mitte, den anderen einen Sprung voraus, Dickie!

Er kam einen Meter vor mir zum Stehen und strahlte mich an. Ich streckte die Hand nach ihm aus und er wich ein paar Schritte vor mir zurück. In seinen weit aufgerissenen Augen sah ich die Sehnsucht nach Liebe und zärtlicher Berührung, in seinem angespannten Körper die Angst vor dem unberechenbaren Monstrum Mensch.

»Hast recht, Dickie«, sagte ich, und er begann sich verlegen und verwirrt um seine eigene Achse zu drehen.

Ich lief ins Haus, umarmte die mich empört anschreienden Kater, öffnete die Tür zum Garten, vor der Simmis dralle, orangefarbene Geliebte eine schlaflose Nacht verbracht hatte, befreite die wild fauchende Mutter aus der Gefangenschaft, zerrte einen großen Plastikbeutel aus dem Kühlschrank und ließ einen Hagel an Hühnerköpfen auf die Gasse prasseln.

In diesem Moment stürmte Robert, auf der Suche nach mir, um die Ecke. Er erstarrte. Die Tüte mit den Fischfilets entglitt seiner Hand, seine Augen schlossen sich und sein Mund öffnete sich in einem heiseren Aufschrei: »Großer Gott, was sind das für Katzen? Wo hast du die Katzen her?«

»Robert«, sagte ich beruhigend, »es sind doch meine Katzen. Schau, wie quietschlebendig sie sind, die klugen Tiere. Sie haben gewußt, daß in den Ölsardinen Strychnin war, und haben sie nicht angerührt. Kommst du mit auf den Markt? Ich brauche dringend neue Hühnerköpfe.«

Er schnappte nach Luft, machte auf dem Absatz kehrt und rannte davon.

Und ich, ich setzte mich auf die Treppe meines Hauses und sah mit einem Gefühl tiefer Befriedigung meinen Katzen beim Fressen zu.

(Jerusalem 1985)

Stille Nacht in Bethlehem

Um acht Uhr abends fuhren wir nach Bethlehem. Es war eine kühle, klare Nacht, der Himmel schwarz mit einem Hauch von Blau, der bleiche, geäderte Mond fast voll.

»Fehlt nur noch der geschweifte Stern, der uns zur Krippe leuchtet«, sagte ich.

»Kommt gleich«, sagte Lea.

Sie trug einen jener langen, weißen Schafpelzmäntel, wie sie in früheren Zeiten massenweise in der Altstadt von Jerusalem verkauft worden waren. Es waren schlecht verarbeitete Mäntel und dennoch lag eine gewisse Eleganz in ihrer geraden Linie und den Fellrüschen an Kragen, Manschetten und Saum. An der hoch- und schlankgewachsenen Lea, mit dem schmalen Gesicht und dem silberdurchzogenen schwarzen Pagenschnitt, wirkte der Mantel auffallend.

»Hättest du nicht etwas weniger Spektakuläres anziehen können?« fragte ich irritiert.

»Was ist denn daran spektakulär? Der Mantel ist uralt, hat lauter Flecken und sogar einen Riß im Ärmel ... da, guck mal!«

Wir hatten Jerusalem hinter uns gelassen und kamen auf die breite, nach amerikanischen Maßstäben angelegte Autobahn, die Hunderten von Olivenbäumen das Leben und zahlreichen Palästinensern ein Stück Land gekostet hatte. Bevor man Gilo, eine gewaltige Siedlung mit Festungscharakter, gebaut hatte, war hier eine schmale Landstraße gewesen, über die man von Jerusalem über Bethlehem nach Hebron gelangt war. Wie oft war ich sie damals gefahren, kurz vor Sonnenaufgang, wenn über der hügelgewellten Landschaft ein zarter Dunstschleier hing, die Blätter der Olivenbäume, noch feucht vom starken Tau der Nacht, glänzten und nur hier und da ein Schäfer mit seiner Ziegenherde, ein Eselkarren, die Gestalt eines Mannes in schwarzer Djellabah, die einer Frau in buntbestickter Tracht zu sehen war. Wie hatte ich diese Fahrten genossen, das Gefühl, in einer anderen Welt, einem längst vergangenen Jahrhundert zu sein, ein Gefühl, das in Hebron fast zur Wirklichkeit wurde. Denn dort, in der kleinen, in einer Schlucht zusammengeduckten, von felsigen Hängen verdüsterten Stadt, in den engen, schattigen Gassen und Passagen, hinter den verwitterten Mauern der Häuser, in den verschlossenen Gesichtern der Menschen, schien die Zeit bereits im Mittelalter haltgemacht zu haben. Ich war, einzige Touristin weit und breit, mit wachsamem Blick und einer kleinen, anschlagbereiten Alarmglocke in der Brust, durch den höhlenartigen Basar gewandert, aus dessen Dunkel vereinzelte Farbinseln hervorleuchteten: der goldgelb bestickte Miedereinsatz einer Frau, die weiße Kefieh eines Mannes, ein Haufen überreifer Orangen, ein silberdurchwirkter Stoffballen, eine große Messingplatte. Ich hatte von einer schwarzverschleierten Frau, die als solche nur an den Händen zu erkennen war, ein Sträußchen Pfefferminzblätter gekauft und in einer winzigen arabischen Teestube ein Glas des starken, süßen Gebräus getrunken. Und die ganze Zeit hatte mich der Gedanke beschäftigt, was in diesen weltabgewandten Menschen wohl vor sich ging, was Leben für sie bedeutete.

Inzwischen war aus Hebron, in dessen Herzen sich ein Rudel fanatischer jüdischer Siedler festgesetzt hatte, eine Zeitbombe geworden, und ich war seit Beginn der Intifada nicht mehr dort gewesen.

»Wann warst du das letzte Mal in Hebron?« fragte ich Lea.

»Vor etwa einem Jahr, zusammen mit einem australischen Fotografen, der sich vor Angst in die Hosen gemacht hat. Wir waren schneller wieder draußen als wir drin waren. Unheimliche Atmosphäre! Ich sollte etwas darüber schreiben, aber hab's dann doch nicht gemacht. Was soll man denn noch darüber schreiben? Ist ja schon alles tausendmal gesagt und nichts getan worden.«

Lea, die Journalistin war, machte wenig Gebrauch von ihrem Beruf. Sie hatte nach dem Tod ihrer Eltern ein kleines Vermögen geerbt und das gestattete ihr ein angenehmes Wohlstandsleben. Arbeit hielt sie für Zeitvergeudung.

»Ich war früher in Hebron«, sagte ich, »und mindestens einmal die Woche auf dem Herodion. Wenn ich da oben stand und über die Judäische Wüste bis hinab zum Toten Meer blickte, hatte ich immer das Gefühl, daß sich das Leben, trotz allem, lohne.«

»Für mich lohnt es sich nur, wenn ich geliebt werde und …« Der Satz ging in einem langgezogenen Wimmern unter.

»Schon gut, Lea, schon gut«, sagte ich, »so geht's uns ja allen. Schau mal, wie schön das hier alles glitzert!«

Man hatte ein Stück Straße weihnachtlich geschmückt und in ihrer Mitte ein Regiment geschweifter Sterne aus winzigen, goldenen Glühbirnen aufgehängt.

»Da ist er ja«, sagte Lea und lachte schon wieder, »wir können den Weg zur Krippe gar nicht mehr verfehlen.«

Kurz vor dem Kontrollpunkt nahm die schöne, breite Autobahn ein Ende, der Verkehr floß zusammen und bildete eine Schlange, die sich erstaunlich schnell verkürzte.

»Glaubst du, sie lassen uns mit unserem israelischen Nummernschild rein?« fragte ich.

»Ich würd's verstehen, wenn sie uns nicht reinließen. Warum sollen sie uns reinlassen, wenn wir sie nicht rauslassen. Hast du deinen deutschen Paß dabei?«

»Himmel, ich hab ihn vergessen.«

»Ich meinen englischen auch. Macht nichts. Wir lächeln freundlich, und wenn die palästinensische Polizei da steht, sagen wir ›Merry Christmas‹, und wenn es israelische Soldaten sind, ›Happy Chanukka‹.«

»Und wenn es eine gemischte Kontrolle ist?«
»Sagen wir ›Peaceful Weinukka‹.«
»Wir können auch ›Frieden auf Erden und den Israelis und Palästinensern ein Wohlgefallen‹ sagen.«
»Oder: ›Fuck you all!‹«
Wir lachten, und ein israelischer Soldat, der einen Berliner Pfannkuchen aß, warf einen kurzen Blick in den Wagen und winkte uns weiter.
»Happy Chanukka«, rief Lea.
»War das alles?« wollte ich wissen. »Oder kommt jetzt noch ein palästinensischer Kontrollpunkt?«
»Was weiß ich! Wenn das so weitergeht, sieht das ganze Land bald wie ein Parcours aus. Alle paar Meter ein Hindernis ... so, jetzt sind wir in Palästina, wie nicht schwer zu erkennen ist.«
Es waren Zigtausende von Arafats, die mir auf dem Hintergrund eines taschentuchgroßen palästinensischen Plastikfähnchens entgegengrinsten. Man hatte sie, in knappem Abstand, an Schnüren befestigt, kreuz und quer über die Straße gespannt, und dieses Arrangement schien kein Ende zu nehmen. Als wir in die Straße nach Bethlehem einbogen, wurde es noch dichter und vermischte sich auf abenteuerliche Weise mit einem Wust an Weihnachtsdekorationen. Die Zahl der bunten und goldenen kleinen Glühbirnen, die zu Sternen, Engeln, Christbäumen, Kreuzen und anderen Devotionalien geformt, flimmernd, glitzernd, funkelnd über uns hereinbrachen, konnte sich gut und gerne mit den Arafatfähnchen messen. Allerdings hingen hier auch bemerkenswert große palästinensische Fahnen und Arafatposter, die wiederum gegen lebendige Weihnachtsmänner mit weißen Bärten, roten Mänteln und Kapuzen anzukämpfen hatten. Es gab ein gutes Dutzend davon und sie dienten einem doppelten Verwendungszweck: Erstens trugen sie zu einer weihnachtlichen Stimmung bei, und zweitens verteilten sie Werbezettel zu den bevorstehenden palästinensischen Wahlen.
Es wimmelte von begeisterten Menschen – Kindern, Frauen,

jungen Burschen, verschiedenartig uniformierten Männern –, die Geschäfte waren geöffnet und festlich geschmückt und ein nicht abreißender Strom an Autos fuhr die Straße bis zum israelischen Kontrollpunkt hinunter und dann bis zu der palästinensischen Absperrung, kurz vor dem Manger Platz, auf dem die Geburtskirche stand, wieder hinauf. Junge Männer schrien »Merry Christmas« und nationalistische Parolen aus den Fenstern, und ununterbrochenes Hupen mischte sich mit amerikanischen Weihnachtsliedern, die von Lautsprechern übertragen das Gehör gefährdeten.

»Hab ich dir zuviel versprochen?« rief Lea und stimmte lauthals in ›I'm dreaming‹ of a white Christmas‹ ein.

Da alle Autos unterwegs waren, fanden wir eine Parklücke in der Nähe des Restaurants, in dem es den guten Kebab gab. Daneben befand sich ein Laden, der große, aufgeblasene Weihnachtsmänner und Arafats aus Gummi verkaufte.

»Sind schon dicke Kumpels geworden«, sagte Lea, »welchen von den zwei Aufgeblasenen möchtest du haben?«

Lachend betraten wir das Restaurant. Auch dort herrschte weihnachtlich-nationale Stimmung. Bunte Glühbirnchen-Girlanden flimmerten an Decke und Wänden, und selbst die Nachspeisen auf der Anrichte, das Bild eines ehrbar aussehenden Ahnen, die palästinensische Fahne und das Foto Arafats waren damit umkränzt worden. Statt amerikanischer Weihnachtsschlager wurde uns arabische Musik geboten und statt freudig feiernder Palästinenser ausländische Journalisten, deren Gesichter einen gewissen Zweifel an dem gewagten Ambiente ausdrückten.

Der Besitzer, ein liebenswürdiger Mann mit einem schüchternen Lächeln, kam uns entgegen, begrüßte uns mit »Welcome, merry Christmas«, führte uns zu einem Tisch am Ende des kleinen, rechteckigen Raumes und rückte den Gasofen näher an uns heran. Lea zog den Schafpelz aus. Sie trug schwarze Leggings und einen kirschroten, gegürteten Russenkittel.

»Wie sehe ich aus?« fragte sie und strich sich seitlich von den Achselhöhlen abwärts über Rippen und Hüften.

»Fabelhaft«, beteuerte ich, »aber wenn du so stehen bleibst, halten dich die Journalisten auch für eine Weihnachtsdekoration. Sie starren schon zu uns herüber.«

Sie setzte sich.

»In letzter Zeit starren mich alle Männer an«, erklärte sie, »es ist geradezu verrückt! In meinem Leben geht es zu wie in einem Taubenschlag. Lauter Männer! Und alle sind unzufrieden, der eine wegen seiner langweiligen Ehe, der andere wegen seiner Freundin, die unbedingt ein Kind haben will, der dritte wegen seinem Job, der ihm nicht gefällt, der vierte wegen was weiß ich! Sie sprechen sich bei mir aus, weißt du, und fragen mich um Rat.«

»Und wieviel zahlen sie dir für eine psychotherapeutische Beratung?«

Sie schwieg einen Moment, zog die schmal gezupften Bögen ihrer Brauen hoch und preßte die auf den Russenkittel abgestimmten kirschroten Lippen zusammen. Dann fuhr sie fort: »Ich habe schon lange nicht mehr so viele Komplimente bekommen, Aufmerksamkeiten, Verehrung … ich bin voller Energie, das Leben ist einfach herrlich!«

»Du sagst es«, nickte ich und bestellte bei dem herangetretenen Kellner Humus, Kebab und Arak.

»Dasselbe für mich«, sagte Lea, die offensichtlich darauf brannte, mir weiter von ihren Erfolgen zu berichten.

Was war bloß los mit ihr? Geschwätzig und ichbezogen war sie schon immer gewesen, aber so hektisch und selbstgefällig noch nie. Im Grunde ihres Wesens war sie unsicher und wurde es mit jedem Jahr mehr.

Sie brauchte die Anerkennung ihrer Person, die Bestätigung ihrer weiblichen Reize wie ein Zuckerkranker Insulin, um nicht ins Koma zu fallen. Vielleicht war sie kurz davor, hatte erkannt, daß der Taubenschlag in ihrem Leben ein mißlungenes Manöver war, das sie weder von den Ängsten, die ihr die Menopause verursachte, noch den seelischen Schmerzen, die ihr der Verlust einer großen Liebe zufügte, abzulenken vermochte. Sie hatte den Schritt von der konservativen jüdischen Tochter in die Eigenständigkeit einer emanzipierten Frau nie ganz bewältigt. Romantisch veranlagt und immer darauf bedacht, feminin zu wirken, schlug sie die Männer, die etwas Handfestes im Bett und nicht etwas Ätherisches vor dem Kaminfeuer haben wollten, schnell in die Flucht und war dann verwirrt und verletzt von diesem ihr unerklärlichen Verhalten. Wahrscheinlich würde auch die Schar unzufriedener Männer bald verschwinden, denn wenn deren Beichte nicht Leas williges Amen folgte, würden sie ihre Zeit nicht länger vergeuden.

»Also wie findest du das?« fragte Lea.

»Wie finde ich was?« war ich gezwungen zurückzufragen, denn meine Gedanken, die laute Musik und nicht zuletzt mein Desinteresse hatten mich daran gehindert zuzuhören.

»Daß Jean-Pierre zur selben Zeit in London sein wird wie ich.«

»Das finde ich toll«, sagte ich.

Humus und Kebab schmeckten ausgezeichnet und der Arak verbreitete eine angenehme Wärme in meinem Bauch. Zwei palästinensische Paare mittleren Alters betraten das Restaurant. Es war offensichtlich, daß sie dem gehobenen Bürgerstand angehörten, wohlhabend waren und einen einwandfreien Ruf genossen.

Sie waren sorgfältig gekleidet und frisiert, bewegten sich gemessenen Schrittes auf den letzten freien Tisch zu und vermieden es, die anderen Gäste anzusehen. Die Frauen trugen die, bei Araberinnen so beliebten, hochhackigen Schuhe, Angorapullover mit schillernden Applikationen und allerhand Gold an Hals, Ohren, Handgelenken und Fingern; die Männer akkurat gebügelte Anzüge in gedeckten Farben, weiße Hemden und einfarbige Krawatten. Ich beobachtete, wie sie sich ohne Hast setzten, die Frauen nebeneinander, die Männer ihnen gegenüber, und dann, ihre Umgebung immer noch negierend, ein paar gedämpfte Worte miteinander wechselten.

Einen Moment lang beneidete ich diese Frauen um ihre natürliche Gelassenheit, den Schutz ihrer schnauzbärtigen Männer, die Unantastbarkeit ihrer Traditionen, die strenge, als selbstverständlich akzeptierte Gesetzmäßigkeit ihres Lebens.

»Ich gehe jetzt wieder in meinen Slimnastikkurs«, sagte Lea, »und ein bißchen Bodybuilding mache ich auch. Meine Oberschenkel sind schon viel straffer geworden.«

Unsere Oberschenkel, unsere Wechseljahre, unsere Altersprobleme, unsere gescheiterten Liebesaffären und Ehen, unsere Einsamkeit, unsere Freiheit, unsere Selbstsucht, unser Wettlauf mit der Zeit! Waren wir nicht auf vielen Gebieten lächerlicher und bemitleidenswerter als jene Frauen, die nicht aus der Rolle gefallen waren und sich in dem Korsett gesellschaftlicher Konventionen sicher, im Kreis einer Großfamilie geborgen und mit dem Ablauf der Zeit im Einklang fühlten?

»Du hörst überhaupt nicht zu«, konstatierte Lea.

»Doch. Deine Oberschenkel sind schon viel straffer geworden, hast du gesagt … meine leider nicht.«

»Ich rede zuviel, ich weiß, aber mein Leben ist zur Zeit so voll …«

»Und wo ist Frank in dieser Fülle abgeblieben?« fragte ich hinterhältig.

»Frank ist mit seiner Familie zum Skifahren in der Schweiz«, sagte sie kurz und verstummte.

Es war nicht nett von mir gewesen, aber die einzige Möglichkeit, sie zum Schweigen zu bringen. Frank, der Geliebte, der ihrem Taubenschlag entflogen war, um nur noch sporadisch und auch dann nicht mehr so innig gurrend zurückzukehren, war der Hauptgrund ihrer überspielten Verzweiflung, und schon der Gedanke an ihn, die Erinnerung an eine Zeit des Glücks, trieb Tränen in ihre großen, braunen, etwas hervorstehenden Augen. Aber sie hielt sie zurück, schneuzte sich in ihre Papierserviette und lachte bitter: »Ausgerechnet in die Schweiz mußte er fahren, etwas Banaleres konnte ihm nicht einfallen. Er wird eben alt und damit immer banaler.«

»Komm, Lea«, lenkte ich ab, »stürzen wir uns ins Vergnügen, schließlich sind wir ja dazu nach Bethlehem gefahren.«

Bis zum Manger Platz, auf dem die eigentlichen Festlichkeiten stattfanden, war es noch ein Stück zu laufen. Es war ein beschwerlicher, steil ansteigender Weg, auf dem man ständig in Gefahr war, von einem Auto angefahren, von einer Horde entfesselter Jugendlicher umgerannt zu werden, auf dem erbärmlichen Straßenpflaster in ein Loch zu fallen, über einen Stein zu stolpern oder in frei herumliegenden Müll zu treten. Dem nicht genug, mußte irgendwo ein Rohr geplatzt sein, und ein Bach stinkenden Wassers spülte allerlei Unrat die abschüssige Straße hinunter. An der Absperrung war die palästinensische Polizei darum bemüht, eigensinnige Autofahrer zum Umkehren zu überreden. Es waren sehr junge, schlecht ausgebildete Burschen, die nicht einmal die Zeit gehabt hatten, in die dürftigen dunkelblauen Uniformen hineinzuwachsen und sich den respekteinflößenden Schnurrbart heranzuzüchten. Allein die Tatsache, daß sie uniformierte Palästinenser waren, verschaffte ihnen ein wenig Autorität und sehr viel Zuneigung.

»Das ist doch ein einziges Chaos hier«, sagte ich zu Lea, die sich mit modischen Schnürstiefelchen und hochgeschürztem Mantel einen Weg bahnte, »wie soll denn das funktionieren?«

»Jetzt sind sie genau einen Tag autonom, und du erwartest, daß es funktioniert. Gib ihnen doch etwas Zeit! Rom ist auch nicht an einem Tag erbaut worden.«

»Die fünfzig Meter lange Straße vor meinem Haus, die von Palästinensern gebaut wird, ebenfalls nicht. Bis jetzt hat es fünf Monate gedauert, und es wird noch weitere fünf Monate dauern.«

»Sie haben eben sehr viel Zeit.«

»Ja, aber ich nicht.«

»Das, Sweety, ist nicht das Problem der Palästinenser.«

Der Manger Platz, den wir schließlich erreichten, war groß,

aber nicht schön. Er wurde von Bauten neueren Jahrgangs und anmutsloser Architektur flankiert: dem Gebäude der Stadtverwaltung, einer Moschee, der Polizei, dem »Tourist Shopping Center«, einer langen Zeile kitschiger Andenkenläden und einem kleinen Restaurant. Das einzig Beachtenswerte war die Geburtskirche, deren Alter bis ins Jahr 336 zurückreicht und deren endgültige Gestaltung die Kreuzritter auf dem Gewissen haben.

Sie war in L-Form errichtet worden, ein stämmiger, fast fensterloser Bau aus wuchtigem, blatternarbigem Gestein, der mehr einer streitbaren Festung als einer friedliebenden Kirche glich. Ein gewaltiger Trakt, auf dem ein vierschrötiger Glockenturm kauerte, zog sich bis zum Platz, die viel niedrigere Eingangsfront, mit einer so winzigen Tür, daß man gebückt hindurchgehen mußte, war weit zurückgesetzt und über eine gepflasterte Fläche erreichbar. Jetzt im Dunkeln sah man jedoch nur den Umriß des Gemäuers und auf dem flachen Dach den unvermeidbaren Stern aus goldenen Glühbirnchen.

Der Platz war gesteckt voll. Es mußten Tausende von Menschen sein, die ihm, ununterbrochen in Bewegung, das Aussehen eines wellenschlagenden Sees verliehen. Das Gebäude der Stadtverwaltung war hinter einer riesigen palästinensischen Fahne versteckt, ein nicht minder großes Porträt Arafats schmückte das »Tourist Shopping Center«. Ein dicker, verschmitzter Weihnachtsmann mit einem Sack über der Schulter und ein ebenso bunter wie häßlicher Weihnachtsbaum aus Sperrholz waren rechts und links neben der Kirche postiert worden. Weitere goldene Sterne und bunte Glühbirnen sprenkelten das Dunkel und beleuchteten farbenfroh den Abfall, der in gleichmäßiger Schicht den Boden bedeckte. Ein nicht enden wollendes ›Stille Nacht, heilige Nacht‹ mischte sich mit arabischer Musik und knallenden Feuerwerkskörpern.

»Das Riesenrad fehlt«, sagte ich, »wo ist das Riesenrad?«

Lea, den Kopf in die Pelzrüsche geduckt, hielt sich die Ohren zu: »Reichlich laut hier«, rief sie.

»Stille Nacht, heilige Nacht«, rief ich zurück, »komm, mischen wir uns etwas unters Volk.«

»Ich habe Angst vor Feuerwerkskörpern.«

»Ich auch, aber Jesus ist mit mir. Bleib hier neben dem Schaschlikgrill stehen, ich bin gleich wieder zurück.«

Ich schob mich, auf leere Coca-Cola-Dosen, Limonadenflaschen, Plastiksäcke, Speisereste und andere undefinierbare Gegenstände tretend, ein Stück in die rotierende Menge. Sie bestand vorwiegend aus Männern jeder Altersgruppe, vor allem aber aus Jugendlichen. Frauen, zu vereinzelten kleinen Gruppen zusammengeschlossen, hielten sich am Rand. Sie waren, wie man an ihren weißen Kopftüchern und langen Mänteln leicht erkennen konnte, Mohammedanerinnen. Christliche Araber, egal ob Frauen oder Männer, beteiligten sich kaum an diesem rüden, unchristlichen Treiben. Autonomie, so begrüßenswert sie auch war, war eine Sache, Jesu Geburt, die sie sehr ernst nahmen, eine andere.

»Moslems«, hatte meine christlich-arabische Zugehfrau, die aus Bethlehem stammte, verächtlich gekräht, »sie verstehen nichts von Weihnachten, nichts! Sie heiraten zwei oder drei oder vier Frauen!« Für sie war die Polygamie an allem schuld, auch daran, daß Moslems nichts von Weihnachten verstanden.

Die jungen Burschen, die hier feierten und ihrem sexuellen Druck mit knallenden Feuerwerkskörpern nachgaben, hatten gewiß keine Ahnung von weihnachtlichen Bräuchen, aber von Frauen, die ihnen bis zur Ehe vorenthalten wurden, noch viel weniger. Für sie war die Hauptsache, daß ein Fest stattfand und sie sich nach Monaten der Langeweile und Frustration austoben konnten. Autonomie oder Weihnachten, Arafat oder Jesus, Christbaum oder Fahne, eins war so gut wie das andere. Das Gebaren, mit dem sie ihre Erregung kundtaten, mit dem sie die Arme warfen, rannten, sprangen, johlten, klatschten, trommelten, war wild und konfus, ihre Gesichter dagegen wirkten eher kindlich-gutmütig. Die meisten von ihnen trugen die weltweite Uniform der Jugend: Jeans und irgendein saloppes, über der Hose hängendes Oberteil. Die Aufmachung stand ihnen überhaupt nicht. Sie sahen mickrig und schmuddelig darin aus. Es war eine verwirrte, verlorene Generation, die mit der traditionellen Kleidung ihre Würde, mit den höflichen orientalischen Umgangsformen ihren Stolz abgelegt hatte und nun die eigenen Werte mit westlichen Konsumgütern zu ersetzen versuchte.

Darüber hinaus waren sie Kinder der Intifada, eine Epoche, die sie trotz aller Gefahren genossen und der sie ein Höchstmaß an Freiheit, eine Aufgabe, Ideale verdankten. Damals hatte man sie als Helden und Märtyrer gefeiert, jetzt, in die Enge der Familie, die Zwänge des Alltags, die Bedeutungslosigkeit zurückgeworfen, kam ihnen das Leben schal vor und die Autonomie, zu der sie mutig beigetragen hatten, wurde zum Verlust ihrer persönlichen Selbständigkeit.

Das Fest, eine haargenaue Wiederholung der Feste, die in den sechs anderen, für autonom erklärten Städten stattgefunden hatten, machte mich traurig. Die unweigerliche Ernüchterung, die Wirrnisse und Enttäuschung, die ihm folgen würden, war mir bekannt. Der Feind, der sie zusammengeschmiedet hatte, würde nicht mehr dasein, die bunten Glühbirnchen erlöschen, die Arafatfähnchen verschwinden und das tagtägliche Leben mit neuen, ihnen fremden Aufgaben und Anforderungen über sie hereinbrechen. Woher sollten sie, seit Jahrhunderten von anderen Völkern besetzt, die Mittel, das Wissen und den Überblick nehmen, um ihr zerstückeltes Land lebensfähig zu machen.

Ich ging zum Schaschlikgrill zurück. Lea unterhielt sich mit einem Mann in adrettem schwarzem Anzug und weißer Kefieh. Sie stellte ihn mir als Abu Kamal, den Besitzer eines Möbelgeschäftes vor. Der Mann hatte ein schmales, braunes Fuchsgesicht mit nahe beieinanderliegenden Augen und einer gewaltigen Nase.

Was ich zu dem Fest sage, wollte er wissen.

Ich fände keine Worte, sagte ich.

Er nickte und erklärte, es sei das erste palästinensische Weihnachten seit 3000 Jahren.

»3000 Jahre!« wiederholte ich und vermied es, Lea anzusehen, die einen glucksenden Laut von sich gab.

Fünfzigtausend Menschen würden aus aller Welt kommen, berühmte Menschen, fromme Menschen. Sie würden mit ihnen, den Palästinensern, die Geburt Jesu und die Geburt des palästinensischen Staates feiern. Ob er uns zum Abendessen einladen dürfe?

Wir hätten schon zu Abend gegessen, bedankten wir uns.

Dann zu einem Kaffee.

Wir müßten leider nach Hause, sagte ich. Unsere Ehemänner warteten auf uns, sagte Lea.

Das verstand er, wünschte uns noch einen schönen Abend und ein fröhliches Weihnachten und verschwand.

Auf dem Weg zum Auto kamen wir an der Polizei vorbei. Der hohe Maschendrahtzaun, hinter dem sich die israelischen Polizisten jahrelang verschanzt hatten, war demoliert worden und lag, ein Zeichen des Triumphes, auf dem Boden. Auf der Schwelle des bescheidenen Baus standen zwei palästinensische Polizisten höheren Ranges, die nicht erst in ihre dunkelblauen Uniformen hineinwachsen mußten. Ich schaute auf den Zaun hinab und sagte: »Tja, Lea, diese Ära ist nun vorbei. Glaubst du, es folgt eine bessere?«

Und Lea, die zum Himmel hinaufschaute, sagte: »Immer wenn Vollmond war, haben wir, Frank und ich, ihn angeschaut und ganz intensiv aneinander gedacht. Glaubst du, das kommt noch mal wieder?«

(Jerusalem 1996)

Frieden

Um neun Uhr früh stand Mohammed plötzlich vor der Tür. Ich hatte ihn nicht erwartet, denn soweit ich mich erinnerte, gab es ausnahmsweise nichts Dringendes in meiner Wohnung zu reparieren. Oder es war mir entfallen, was bei meinem durchlöcherten Gedächtnis für Verabredungen und die alltäglichen Dinge des Lebens sehr gut möglich war. Da es nun aber ein grober Verstoß gegen die arabische Höflichkeit gewesen wäre, meine womögliche Gedächtnislücke dadurch zu füllen, daß ich ihn nach dem Anlaß seines unangemeldeten Besuches gefragt hätte, setzte ich ein strahlendes Lächeln auf und sagte: »Was für eine nette Überraschung, Mohammed, komm herein.«

Er sah nach jeder Art von Überraschung, aber keiner »netten« aus. Sein Gesicht hatte die Farbe einer nicht mehr frischen Olive, sein Blick irrte, über meinen Kopf hinweg, den langen Korridor hinunter, und als er die Mütze abnahm, stellte ich fest, daß er sich die Haare hatte abrasieren lassen. Mein Schreck darüber war stärker als das Gebot arabischer Höflichkeit, und ich rief aus: »Mohammed, warum hast du denn das getan?«

Er fuhr sich mit der Hand über den kahlen Schädel, versuchte zu lächeln, was mißlang, und murmelte etwas von dünnem Haar, dummem Friseur und heißem Sommer. Dann drehte er den Schlüssel zweimal im Sicherheitsschloß herum und fragte: »Bist du allein? Ich höre Stimmen.«

»Das ist der Fernseher. Komm, ich mach uns schnell eine Tasse Tee.«

Sein Verhalten war noch ungewöhnlicher als sein gelbgrüner, kahlgeschorener Anblick. Mohammed war ein gutaussehender, siebenundzwanzigjähriger Mann, lang und schmal, mit einer hochgewölbten Stirn, nachtschwarzen, dichtbewimperten Augen und fleischigen Lippen. Darüber hinaus war er ein selbständig denkender, intelligenter Mensch, der jedes Handwerk beherrschte, sich langsam bewegte, bedächtig sprach und sich wie ein Gentleman benahm. Und nicht zuletzt war er ein treuer, zuverlässiger Freund, der mich zu jeder Tages- und Nachtzeit aus den vielfältigen Desastern eines hundertjährigen Hauses rettete.

Was also, fragte ich mich, als ich ihm voran den Korridor hinunterging, war geschehen? Wie war es möglich, daß er, der die arabischen Umgangsformen wie sein Handwerk beherrschte, sich nicht ein einziges Mal nach meinem Befinden und dem Zustand des, von ihm umgepflanzten, Oleanders erkundigte. Was hatte ihn dazu bewogen, das Abschließen des Sicherheitsschlosses selber in die Hand zu nehmen, und was hatte ihn beunruhigt, als er Stimmen in meiner Wohnung hörte? Ich überlegte, ob ich ihn rundheraus fragen sollte, ob etwas mit seinem Befinden und Zustand nicht in Ordnung sei, doch bevor ich noch zu einem Entschluß gekommen war, sagte er: »Ich weiß von dir, daß du Frieden willst, und du weißt von mir, daß ich Frieden will.«

Wir hatten die Wohnung betreten und standen uns gegenüber.

»Ja«, sagte ich, »so ist es«, und wollte weitergehen. Aber er hielt mich am Handgelenk fest: »Mir ist nichts wichtiger als der Frieden, Angelika, nichts, und das ist mein Unglück.«

»Wie meinst du das?«

Er schwieg, und sein Blick, mit dem er immer den haarfeinsten Riß in einer Wand, die kleinste Regung in meinem Gesicht wahrgenommen hatte, war unstet. Aus dem Fernseher schallte jetzt Trauermusik, und ich fragte mich flüchtig, wem sie wohl galt. Es gab in dieser Woche gleich drei Möglichkeiten: Da waren die vier Jugendlichen und hundert Verletzten, die in Jerusalem einem Bombenattentat, die elf Soldaten, die im Libanon einem Anschlag, und die »Prinzessin der Herzen«, die mit ihrem Liebhaber in Paris einem Autounfall zum Opfer gefallen waren.

»Entschuldige«, sagte ich und ging ins Schlafzimmer, um das Gerät abzuschalten. Auf seinem Bildschirm sah mir elegisch Diana entgegen. Sie trug ein schwarzes, tief dekolletiertes Kleid und ein edles Collier.

»Affentheater«, zischte ich und drückte auf den roten Knopf der Fernbedienung.

Mohammed war ins Wohnzimmer gegangen, stand unschlüssig in der Mitte des Raumes und rauchte eine Zigarette.

»Setz dich doch«, forderte ich ihn auf, »ich mach uns rasch den Tee.«

»Nein, danke, keinen Tee«, sagte er, »ich habe nicht viel Zeit.«

Er hatte noch nie eine Tasse Tee oder Kaffee abgelehnt, und noch nie hatte Zeit für ihn eine Rolle gespielt. Zum Teufel mit den arabischen Umgangsformen. So konnte das nicht weitergehen!

»Du machst einen merkwürdigen Eindruck, Mohammed«, sagte ich mich setzend, »stimmt etwas nicht?«

»Ich glaube, ich habe mich erkältet und Fieber«, erwiderte er, »aber ich mußte dich unbedingt sprechen.«

»Dann sprich!«

»Wir müssen Frieden machen zwischen den Israelis und den Palästinensern, du auf deiner Seite, ich auf meiner. Wir sind doch nicht die einzigen, die Frieden wollen, nicht wahr? Es gibt doch viele! Wir müssen ihnen zeigen, daß es geht, daß es Frieden geben kann, wenn man wirklich will.«

»Und wie stellst du dir das vor? Was sollen wir, du und ich, tun, um die zwei Seiten zu überzeugen?«

»Du kennst doch so viele Leute …«

»Aber keinen Messias«, unterbrach ich ihn.

Er sah mich verwirrt an und ich ermahnte mich, daran zu

denken, daß Ironie bei diesem jungen, verzweifelten Mann völlig fehl am Platz war.

»Mohammed«, sagte ich sanft, »du bist doch ein gescheiter, realistischer Mann. Was ist denn plötzlich in dich gefahren, daß du mit solchen Hirngespinsten kommst? Überleg doch mal!«

Er beugte sich zu mir herüber, und die Hand, die krampfhaft die Mütze umklammerte, zitterte.

»Ich habe ein Mittel«, sagte er leise, »mit dem man alles heilen kann.«

Ruhe! sagte ich mir, griff nach einer Zigarette, zündete sie verkehrt herum an und warf sie in den Aschenbecher.

»Und woher hast du dieses Wundermittel?« fragte ich.

»Das darf ich dir nie und nimmer sagen, ich würde dich in Lebensgefahr bringen! Aber glaub mir, Angelika, es ist ein Mittel, mit dem man alles heilen kann, alles! Auch Aids und Krebs. Alte, kranke Menschen, die im Sterben liegen, werden wieder gesund und stark, Kinder, die nicht normal sind, und Krüppel, die sich kaum bewegen können ...«

»Mohammed!« rief ich fassungslos.

»Ich kann dir das Mittel besorgen, Angelika, und du kannst es den Israelis geben, wenn sie bereit sind, Frieden zu machen.«

»Ich brauche jetzt doch eine Tasse Tee«, sagte ich und stand auf, »ich muß etwas trinken.«

Während ich in die Küche ging, den elektrischen Wasserkocher einschaltete und Tassen auf ein Tablett stellte, überlegte ich: War es möglich, daß ein Mensch von einem Tag auf den anderen wahnsinnig wurde? Ein junger, gesunder Mensch, der mit seiner Großfamilie in einem palästinensischen Dorf am Rande Jerusalems lebt? Ein verheirateter Mann, der eine schöne Frau, ein kleines Kind, ein altes Auto, einen roten Werkzeugkasten und goldene Hände besitzt? Ein geschätzter Handwerker, der für viele israelische Kunden arbeitet und fließend hebräisch spricht? Offenbar war es möglich. Alles war möglich in diesem Land, in dem christliche Touristen dem religiösen Wahn, Israelis dem Größenwahn und Palästinenser dem Verfolgungswahn verfallen. Na schön. Fünfzehn blutjunge, unschuldige Menschen waren umgekommen, die Seuche war unter meinen Katzen ausgebrochen, und Mohammed war wahnsinnig geworden. Was noch?

Ich goß den Tee auf und kehrte damit zum Tisch zurück.

»Trink einen Schluck«, bat ich Mohammed, »wenn man Fieber hat ...«

Ach ja, das Fieber! Vielleicht war es wirklich sehr hoch und er im Delirium.

»Ich hole schnell mal das Fieberthermometer«, sagte ich, »damit du dich messen kannst.«

»Nein, bitte nicht jetzt. Bleib hier, ich muß dich etwas fragen.«

»Ja?«

»Kann ich mich bei dir verstecken, wenn sie hinter mir her sind?«

»Wenn wer hinter dir her ist?«

»Das kann ich dir nicht sagen. Aber es könnte sein, daß ich mich verstecken muß, und du bist die einzige, der ich vertraue.«

Seine Augen hatten nicht den Glanz des Fiebers, sie waren vielmehr stumpf, und in seinen Wangen war nicht die Spur einer Röte. Ich sah das Gesicht eines verängstigten Menschen und spürte, wie die Angst auf mich übergriff und mir den Mund verschloß.

In diesem Moment fiel etwas klirrend zu Boden, und Mohammed sprang auf und lief ans Fenster.

»Das war Kater Dino«, beruhigte ich ihn, »er ist da hinten auf das Tischchen gesprungen und hat was runtergeworfen. Er ist so alt und ungeschickt geworden.«

Keine Frage, der Mann fühlte sich verfolgt, hatte Angst, kam in seiner Not zu mir. Und ich saß hier, überdachte die Konsequenzen, die seine womögliche Flucht zu mir haben könnte, und zögerte. Vielleicht hatte sich die Angst in Jahren der Unsicherheit und seelischen Bedrängnis in ihm aufgebaut und war jetzt, durch eine zusätzliche Erschütterung wie das von Hamas verübte Bombenattentat, in Verfolgungswahn umgeschlagen. Vielleicht war es aber auch eine reale, berechtigte Angst. Was wußte ich, was sich in diesen zerrütteten palästinensischen Dörfern an politischen Kämpfen und persönlichen Fehden abspielte! Gewiß, er hatte absurdes Zeug geredet, doch konnte in diesem Geflecht aus krankhafter Einbildung und zügelloser Phantasie nicht sehr wohl ein Fünkchen Wahrheit stecken? Er wäre nicht der erste gewesen, den man von palästinensischer Seite der Kollaboration und von israelischer Seite der Terroraktivitäten bezichtigte und bedrohte. Und in dem Moment, in dem eine Bombe hochging, wurden unberechenbare Emotionen frei, die nicht selten in Massenhysterie und den Schrei: »Tod den Arabern!« ausarteten.

»Mohammed«, sagte ich, »wenn du wirklich in Gefahr bist und dich verstecken mußt, kannst du jederzeit zu mir kommen.«

»Schwörst du mir das?«

»Ich schwöre es.«

»Warum tust du das?«

»Weil ich weiß, daß du ein anständiger, ehrlicher Mensch bist und ...«, ich versuchte ihm ein Lächeln zu entlocken, »... weil ich doch das neue Rohr brauche.«

Aber er lächelte nicht. Er nickte und sagte: »Das Leben ist so schwer, Angelika. Ich habe eine Frau und ein Kind. Ich arbeite, ich schlafe, ich esse. Ich tue niemandem etwas zuleide. Nicht deinen und nicht meinen Leuten. Ich will nur Frieden. Doch das ist ein gefährlicher Wunsch in diesem Land.«

Er streckte mir die Hand entgegen. Die Hand war kalt. Sein Blick glich dem einer gejagten, kranken Katze, die ich zu fangen versuche, um sie zum Tierarzt zu bringen.

»Heute nacht«, sagte er leise, »habe ich Stimmen vor meinem Fenster gehört. ›Wir müssen ihn töten‹, haben sie geflüstert.«

»Nein, Mohammed, nein! Du hattest Fieber und hast das nur geträumt. Du bist krank, du mußt zum Arzt ... dringend!«

»Ich war schon bei einem Doktor.«

»Und was hat er gesagt?«

»Es ist nicht schlimm. Es sind nur die Nerven.«

»War er ein Nervenarzt?«

»Nerven und anderes. Er hat mir Tabletten gegeben ... Tabletten anstelle von Frieden.« Er lachte kurz und bitter und begann den langen Korridor hinunter zur Haustür zu gehen.

»Weißt du, wie die Tabletten heißen?«

»Nein, ich hab's vergessen. Sie machen müde, hat der Doktor gesagt. Wie soll ich arbeiten, wenn ich müde bin.«

»Also nimmst du sie nicht.«

»Vielleicht heute abend, damit ich gut schlafe.«

»Mohammed, du mußt sie regelmäßig ...« Plötzlich war mein Kopf so leer und meine Beine so schwach, daß ich mich gegen die Wand lehnen mußte. Die ganze Auswegslosigkeit der Situation brach über mir zusammen und ich murmelte: »Ich weiß nicht, was ich machen soll ... lieber Gott, ich weiß es nicht.«

Da war ein junger Mann, der in einem Land des jahrzehntelangen Unfriedens an einer unheilbaren Krankheit litt: dem Wunsch nach Frieden. Ein junger Mann, dem das Gift des Hasses, der um ihn loderte, bis in die Seele gedrungen war und dort Ängste auslöste, die ihn, egal ob eingebildet oder real, um den Verstand zu bringen drohten. Und ich, der einzige Mensch, dem er vertraute, die Privilegierte der herrschenden Klasse, mußte es hilflos mit ansehen.

Was Mohammed brauchte, war ein Psychiater. Doch bereits dieser erste Schritt, der die Erklärung des Wortes »Psychiater« und damit eine beschämende Vermutung voraussetzte, würde am Veto des schlichten und verschreckten Mannes scheitern und mich womöglich sein Vertrauen kosten.

Und selbst wenn er sich bereit erklären sollte, mir zu folgen, wohin sollte ich ihn bringen? Ein israelischer Arzt, den er unter den gegebenen Umständen als Bedrohung empfinden mußte, kam nicht in Frage. Einen palästinensischen Psychiater kannte ich nicht, wußte nicht einmal, ob bei der desolaten medizinischen Versorgung in den palästinensischen Gebieten ein Arzt, eine Therapie, eine Heilanstalt dieser Art existierte. Darüber hinaus war es mit einem Besuch ja nicht getan, und eine gründliche Behandlung kostete Geld, Zeit, die Bereitschaft Mohammeds, die Unterstützung seiner Familie. Hoffnungslos! Ein Bürger zweiter Klasse ohne Geld, Verbindungen, Papiere, ein friedliebender Palästinenser, der weder Freiheitskämpfer noch Kollaborateur sein wollte, konnte es sich nicht leisten, in einem psychisch kranken Land psychisch krank zu werden. Und wurde er es trotzdem, dann gab es eben nur die Tabletten, die müde machten, und die Person, die einem versprach, ihn vor seinen Verfolgern zu verstecken.

»Geh jetzt nach Hause, leg dich ins Bett und versuch zu schlafen«, sagte ich mit der tonlosen Stimme der Ohnmacht, »und wenn was ist, wenn du glaubst, in Gefahr zu sein ...«

»Ich liebe dich«, unterbrach er mich. »Ich liebe dich als Mensch. Du verstehst, wie ich das meine, nicht wahr?«

»Ja, ich verstehe.«

Er zog die Mütze über den kahlen Kopf, öffnete die Tür, spähte die kurze, leere Straße hinab und drehte sich noch einmal nach mir um.

»Schalom, Angelika«, sagte er, »und wegen des Rohres brauchst du dir keine Sorgen zu machen. Es hält noch eine Weile.«

»Ach, Mohammed!«

Ich sah ihm nach. Eine schmale Gestalt, die sich mit den hastigen Schritten und hochgezogenen Schultern der Angst entfernte.

»Wegen des Rohres«, wiederholte ich, »brauche ich mir keine Sorgen zu machen. Es hält noch eine Weile. Aber Mohammed, wie lange würde der noch durchhalten?«

(Jerusalem 1998)